作家・田沢稲舟

明治文学の炎の薔薇

伊東聖子
Itō Seiko

社会評論社

作家・田沢稲舟――明治文学の炎の薔薇＊目次

序章

表現への未完の炎を抱いたまま、明けやらぬこの国の東北、山形県の鶴岡で、儒教支配の倫理的桎梏にあえぎ、その文学は悪魔視されながら、若く美しいひとりの女が、自殺にちかいかたちで命を絶った。

明治二十九年九月十日。享年二十三。

その名を田沢錦《きん》（筆名、稲舟《いなふね》）といった。

「やっぱりのう」

と、彼女を若い死に導くにいたった破婚をめぐって、当時の鶴岡の人たちはいった。

「お錦はんには親も世間もあらばこそなんだ。自由結婚とかいうものをしくじったためだと。田沢の旦那さんも気強い娘をもったばかりに苦労するもんだ。お錦はんはちょっと見ると温和しい器量のいい娘さんなのになあ」

当時の文壇の言文一致運動推進の旗手でもある山田美妙との結婚生活も、わずか三か月。みずからの柔美な容姿とたたずまいをほこり、紫縮緬の着物の衿もとを大きめにあけ、その衿もとに見せる白絹の半衿をきちりと形ととのえ、端麗な頬をかげらせて、田沢稲舟は日本の近代初頭を足ばやに通りすぎた。

ほんとうに彼女はあまりにはやく逝った。いま二十三歳といえは、まだ綿のジーンズが似合い、いきなパンタロンの裾をひるがえして街のショッピングなどを楽しむ女の子である。田沢家（現在、木根淵医院）の前には内川が流れている。その川端に立って川底を眺めると、当時と同じように水藻が細くなびいている。ただ違うのは、稲舟が生花の水を汲みに横切ったその川端通りの道を、黒い凶器のようなオートバイが爆音をあげていまは走っている。

明治維新以後の日本の精神のながれは、波乱にみちたものであった。それまで、うっくつさせられていた日本の女たち、黒船来航以来、急速に「近代」が移入されたこの国の、明治の女たちが、ものを書こうとしたとき、そこに働いていた力は、それを支えた多くの男たちの変革へのエネルギーであったとしても、総じて、女自身の解放への強い志向であった。

近代日本の思想を画然とかたちづくるにはまだ遠く暗いとき、あらゆる分野のエネルギーが混淆している日本の文化史上での最大の混乱期に、中島歌子・三宅花圃・若松賤子・樋口一葉・北田薄氷・大塚楠緒子・伊藤昝花、そして、田沢稲舟らの女の作家たちは、なにごとかを証し、書こうと、苦闘を展開していたのである。

田沢稲舟の文学の足跡はユニークなものであった。当時の各女流作家の作品に眼をとおし、それとの対比で稲舟の作品を見るとき、その創作態度の硬質なことに驚かされるのである。

たとえば、稲舟より二歳年長の樋口一葉の文学は、庶民の中に埋もれながら、煩悶・哀感・希求といった、終生むくいられることのなかった物質的不遇の、現実に根ざす生活的極限状況から得たものを基底とする作品が主であった。樋口一葉は、日本近代初頭の庶民の物質地獄の様相を証言した叙情詩人であり、一葉の文学は、庶民のもつ弱さ、哀れさ、愚かさ、ずるさを「ゆるす」ところに成立した。それは、弱者への深い「ゆるし」と祈りを思わせるものであった。しかし稲舟の文学は、自己が美とみなすものからはずれた精神、事柄については、それをいささかも「ゆるさない」ところに成立する。ときに美に耽ることさえあって、たやすい救済など拒絶する、むしろ、悪意に彩られた文学であった。

鶴岡の街を歩きまわってみると、この街はやはり庄内藩から三百年の間支配をうけつづけた旧城下町であると思った。鶴岡の街にはほかの街よりも軒の低い雑貨屋や古道具屋が目立ち、一歩裏通りに入ると、どこか深閑とした気配がある。私は何度も鶴岡の街を歩きまわってみた。時には稲舟の眼と重なりながら、それらの街のたたずまいを見ているような気がしたものである。

彼女は、どこか底冷えのするようなこの城下町のなかで、内燃するものの吐け口を待ったのだ。のちに自分の夫ともなる山田美妙の「新体詩選」の詩や、日本で最初の女の裸体画の挿絵入りの彼の小説「胡蝶」を読み、無口で内圧の激しい彼女がどれだけ強く心を燃やしたか私にはわかる。稲舟が死んで百余年、私は鶴岡の街すじを辿りながら、稲舟が短く生き、そして死んでいったこの町の体質が、どれだけ変わったものか、と思った。稲舟の激越な生や、悪意に彩られたその作品を丸ごと理解し抱きとめることのできる人が、いまにして何人いるだろうか、とも思った。

稲舟文学には、クロロフォルムによる女の凌辱の場面とか、恋人から贈られた衿止めをのみこんだ伯爵夫人を、当の恋人の医師が開腹して取りだす、といった血の臭いのする場面がでてくる。

稲舟の文学が一葉の文学とあきらかに異なり、当時のいかなる女流文学ともちがっていたところは、表現への方法意識がまだ稚拙だったとしても、この近代にさしかかってなお、人間のどうしようもない血と肉による惑いとその地獄相を、悪夢として描こうとしたことである。当時の時代状況と照らしあわせてみて、よくまあ描いたものだ、そしてそれらを書いて稲舟は疲れもしただろう、と私は思う。

稲舟の写真の顔は一見端麗だが、底に魅惑をひそめている。とくにその眼つきがいいし、この眼の中には何かがある、と私は思った。鶴岡の城下町のたたずまいが、稲舟のこの魔にとりつかれたような眼つきを生み出したともいえる。しかし、稲舟に棲みついたデーモンは、彼女をしだいに少しづつ喰っていたのだ。稲舟の活動期よりほんのすこし前、フローベルは「ボヴァリー夫人」を書いている。このロマネスクな夢想にとりつかれたグロテスクな女主人公と稲舟はどこか似ている。

私はかつて、稲舟と一葉の文学について、ひとりの歌人と語ったことがあった。そして、二人の作家の洞察力の波長の大きさが問題になったとき、彼は「物質的貧しさのもたらす予見の貧しさは、捨てることのできない弱さからくる」といった。文学は、仮説をたてていくしごとであると見る私は、よしんば荒々しく破綻の多い文体しか残さなかったとしても稲舟の洞察力の大きさ、その精神のバネの強さを重要に思う。

しかし、日本近代文学史のなかにおける一葉の物質的な苦悩の表現、稲舟の倫理的桎梏との格闘を見るとき、両者とも時代原理と深くかかわりをもっていたことがわかる。そして、二人とも時代の罪にいためつけられ、その谷底で若い生命を絶やしていった。私はこの二人を「よく生きた者」と思っている。

といっても、私は、稲舟の文学やその生に、私の好む、深みへ深みへとはまりこんでいく性質、小賢しさのない小まわりをしない無限否定の情熱、絶対探求者のもつ強靭な精神の胚胎を見る。反世界を知り認めたうえで、言語を機能させることのできる視線の波長の大きな者の資質を見る。

明治初期に生まれて、日本の近代文学にかかわり、作品を残した女の各作家・歌人・自由民権運動家たちの多くは、稲舟を含めて、ほぼ、日本の中の上層部に属したものが多い。いわゆる、平民の女たちにとっては、言語文化（書き言葉文化）は、時代のうわずみのことであって、自己からは遙かに遠いものだった。しかし、時代はいかなる者の生にでも映し出されるものと私は思っている。

田沢稲舟は、明治七年十二月二十八日、山形県鶴岡市五日町三番地（現在の本町一丁目、木根淵医院の所在地）に、士族田沢清・信（のぶ）夫妻の長女として誕生し、錦と命名された。

鶴岡は庄内藩酒井氏十四万石の旧城下町であり、田沢家の祖は藩のお抱え医者であった。

稲舟の生まれた明治七年頃は廃藩置県の余波のゆれ動く渦中であった。農民が石代金納を要求して闘った、いわゆる「わっぱ騒動」とよばれる百姓一揆もおこっている。こうした一揆に見られるように、民衆の近代意識が抬頭してきていたかたわら、瓦解し荒廃した武士たちの階級意識だけは鶴岡という町の中に色濃く流れていた。

庄内藩の施策には、わりあいはやくから街区をあらためたり、江戸との米穀の流通を積極的にするなど、部分的にはひらけたものがあった。その風潮は明治にもひきつがれ、ヨーロッパ的ないちはやい文化の導入があった。市役所や警察署という公的な建造物にそれがまずあらわれた。それは、精神的な面にもあった。次にのべる田沢家の異様な墓にもあらわれているように、解禁まもないキリスト教がこの町に深く定着していく。

昭和四十三年十一月初旬、私は鶴岡の郷土史研究家工藤恆治氏に案内してもらい、日吉町にある般若寺境内の稲舟の墓を訪れた。墓は、死者に最高の倫理的価値をもたせて建てようとする心をこの国の人たちはもっている、と私は思っているが、私の見た一群の田沢家の墓は、格別異様な感じで、印象に残るものだった。

田沢家の墓は、ひとつの墓石の中に死んだ家人全部がおさまるというのではなく、ひとむらがりの墓群となっていた。それは、稲舟の両親の墓、稲舟が東京に出たため、田沢家の跡取りをすることになった妹富（とみ）とその夫の墓というように、物質的に豊かでなければできない夫婦単位のものであった。

それればかりではない。父清のそれが「済生院清仙学居士」と戒名が刻まれているのに、同じ墓石に母信のは「猛仁迦信子信女」とあった。あきらかにモニカという殉教聖女からとったキリスト教の洗礼名である。富夫婦の場合も同じであった。婿養子にはいった夫のは戒名であるのに、富のは「仏蘭智慧須賀信女」であった。この仏蘭智慧須賀＝フランチェスカも、キリスト教徒として洗礼をうけたしるしなのだ。

私にとって、田沢家にこれほど深くキリスト教が根づいていたとは意外だったが、日本の武士階級が崩壊したあと、たくさんの旧士族が精神の支柱を失い、キリスト教にその拠りどころを求めたという。鶴岡には、県内の内陸よりも早くこの現象があらわれていたらしい。生まれてはじめて見たこの異様な墓の前で私は、はたちの頃、私自身プロテスタントに入信した者として、しばらくは個人的な感慨にうごかされながら立っていた。

田沢家の精神構造のありようは、稲舟の母信、妹富のキリスト教への入信と、そうではない父清と富の夫と、そのながれは大別されるようである。キリスト教は本質的には、他者と自己についての距離を計量する、そうした高い認識に触れるものである。それをいちはやくとりいれた稲舟の母と妹は、新しい考え方に適応できる柔軟な精神のもち主であったことがうかがわれる。

田沢稲舟の墓は、肉親たちの墓とは別に独立していた。両親や妹夫婦のにくらべると、近代的でシンプルに感じられる墓であった。それは、素朴な暗い色の水成岩の墓石にただ「田沢錦子墓」と刻まれているだけである。その墓には、田沢錦というひとりの個性が強調されていた。墓に刻まれてあるのは、「浄徳院真如妙覚大姉」という死後に与えられた戒名ではない。稲舟が生きて苦悩し喜悦した生前の名前なのである。これは私にはうれしいことだった。

当時の文学界にいろいろの波紋を投げ、言文一致運動の推進者であった山田美妙の思想に従い、それを自分の文学の上にも体現し、その男を愛し、その愛に破れた稲舟に、それはふさわしい墓であった。

この稲舟の墓には、稲舟の死後に残された者の気負いが感じられる。そのことを工藤恆治氏に指摘したら、氏は、田沢稲舟の文学作品やその反逆的な生きかたを、とかく悪魔的なものとしてきめつけがちだった世間へのレジスタンスから、稲舟の父清がそれらへの示威として、この墓を建てたものであろうと語っておられた。

前にも述べたように、辛酸刻苦の生の証しの文学を成した一葉とちがい、稲舟の文学は、物質的にはめぐまれた状態の中から生まれたものである。稲舟は物質の飢えにしばられないから、自己の憧れや夢を現実に具現しやすい状態に置かれていたのである。天性の美貌と才気によって、当時の文学界の前衛としてあった山田美妙にも愛された稲舟について、彼女が羨やましいという意味の文章を樋口一葉は書き残している。

しかし、物質的な飢えから解かれたものは、その先にある地獄を見なければならなかった。稲舟の置かれた状況は、いまのわれわれの置かれている状況と似ていると思う。物質的な飢えは遠のいたかに見えながら、精神の領域での乾きの途方のなさの前にひきすえられていることにおいて——である。うわついた善意が多く文章化されていた当時において「しろばら」のクロロフォルムによる女の凌辱、あるいは、人の死体をカラスについばませる等の凄惨な情景の描写などは、ただそれを描くことさえ、当時としては闘いであった。山田美妙の指導とか影響のもとでそうした文章を書いたものであろうとの憶測もあるようだが、私はそうは思わない。稲舟は、人のもつ血とか肉のもたらす迷いやわずらいの根の深さを見すえていた人だと思う。彼女が死ぬすこし前、髑髏（しゃれこうべ）の絵を描いたそばに書き残した、

浅ましや骨をつつめる皮一重迷ふ身こそは愚なりけれ

という歌でもわかるが、この歌は、若い命の燃えたつ血肉が知った、エロス（生）と死の実相からほとばしりでたものだと思う。

生の充実の頂点でこそ人は、死の臭気を鋭く嗅ぎわけるのである。

「稲舟」という筆名は、明治二十七年十一月にはじめて使用されている。これは、

もがみ川のぼればくだる稲舟のいなにはあらずこの月ばかり

という、古今集のなかの東歌からとったものという。

明治二十七年までは「田沢きん子」「田沢錦子」などの筆名で作品を発表していた。「春帯記」(小説田沢稲舟)を書いた長谷川時雨によれば、山田美妙に出会う前に自分で「稲舟」とつけたように書いてあるが、右の歌の歌意を見るにつけても、時間的に見ても、山田美妙が名づけたように思われる。

内川の流れ

鶴岡市の中心部を南から北に川が流れている。内川である。

鶴岡の駅を降りてすぐのところは、どこにでも見うけられる街筋だけれど、そこを通り抜け、やがて水底に川藻を茂らせた内川の流れに出会うと、私はこれが鶴岡だな、と思う。この内川の流れに沿った川端通りを歩いていくと擬宝珠のついた古風な橋が見える。この川と橋は鶴岡を特徴づけている代表的なものだ。

鶴岡のほぼ中心部を流れているこの内川は、郊外を流れる赤川の傍流のように見えるが、実はもと本流であった。大雨による変化でいつのまにか赤川の支流になってしまったのである。かつて初代藩主酒井忠勝の鶴ヶ岡城の外堀として重要視され、物資の運輸路ともなっていた川である。

田沢稲舟は鶴岡市本町一丁目のこの内川のほとりに生まれ、山田美妙との破婚でここに帰り、睡眠薬の過量服用で死んだ。

この、もと田沢家の前を俗に川端通りという道が通り、道をへだてて内川が流れ、そのほとりはいまバラ園になっている。バラに囲まれて、鶴陵文化懇話会会長の尾形六郎兵衛氏らによって、稲舟の胸像のついた記念碑(昭和四十四年十一月三日、除幕式がなされた)が建てられた。

当地出身で、晩年の稲舟の心のなかに相当強く意識されていた高山樗牛の研究にも造詣のあられる工藤恆治氏は、

「ここいらに、もと柳が植わっておりましてね。隣家の森田家の亡くなられたおばあさんは、田沢稲舟が生花の水を汲みに川に下りていくのを見たそうですよ」

と話された。

それは、稲舟が明治二十九年八月五日に睡眠薬を服んで重体となり、家人の看病によって一度なおりかけながら死んでしまう九月十日までの間のことであった。前述のおばあさんは、稲舟が手桶に水を入れてふらりふらりと歩いているのを見かけたのだ。

晩夏である。内川の川端には濃緑の柳の枝葉が揺れたわみ、夏草が生い繁っている。病み衰えて凄婉な美しさを見せはじめた稲舟は、その白い膚を藍染の単衣に包んで川端に立ち、しばらくの間うつろな眼をこの川面に放ったろう。そのような稲舟は絵にかいたようにきれいだった。

当今の女たちは、化粧とか着るもの、心のかたちまで演出し、自在に変化させて楽しむ術を知っている。だが、当時の、男たちに存在させられるものになりきっていたような女たちの一人としては、稲舟は自分の美貌を武器とすることを知っている女性であった。彼女はたとえ破婚に憔悴していても、衣服や髪のかたちのような外形を崩さなかったし、とりわけ心のかたちにきびしい作家だったから、内なる精神のかたちにもくずれを見せなかった。

だが、この頃の彼女は、自分の細りゆく命をよく知っていた。彼女の頭の中では、いかに生きるかということよりも、いかに死ぬか、ということを考えるほうが強くなっていたにちがいない。死の予感を前にし、生まれたときから見つづけていた内川が、晴雨によって表情を変えながら流れるのを彼女は見ていたのだ。稲舟の作品にはこの内川の面影が大きく影を落としている。

稲舟は川や水の比喩を、作品のなかでずいぶん使っている。

山田美妙との破婚のあと稲舟は、いくつかの嘆きの詩を書いた。明治二十九年六月八日付の「読売新聞」には「月にうたふさんげの一ふし」という新体詩を発表している。

山田美妙が稲舟を妻としながらほかにも浅草に愛人を囲っており、そのスキャンダルを新聞「万朝報」がすっぱぬき、稲舟はたいへんなショックを受けたのだが、世間の矢はおおかた山田美妙を突き刺し、稲舟に同情的であった。詩の内容は、自分を愛していた青年を斥けて故郷を出奔し、東京に出て山田美妙と結婚したためにこの苦悩と破婚を招いた、というものである。その詩の中にも内川は流れている。

「今日の別れのうたてさに、浅き山田とうたはれし、きのふのそしり、おもひいで、さがなき人の言の葉を、まことなしくやしさに、心はちぢにみだるなり、さはれ浅きは水ならで、うかびかねたるいなぶねの……
とがとしりなば世の中の、誰かは君をそしるべき、思へばかなしいづこにか、つまをそしらすつまやある、其ことわりはしりながら、あつき情にそむきつつ、はかなく人にそしらする、我をばさこそ心には、つらしと君もうらむらめ……
我はゆかしきこひごろも、けふぬぎすててすてられて、よるべ浪間にこがれ行、人をも世をもいなぶねの、いなにあらぬ最上川、うきつしづみつ流れきし、うらみはいとどふかみ草、さはれ色香は涙雨、はれまもあらぬかなしさにちるばかりなる身ぞつらき」（句読点は筆者）

無口な稲舟は対象をじっとみつめる眼で内川の流れと川の心を見た。東京での山田美妙との愛に破れ、身心ともに病んで故郷鶴岡のこの川端の家に帰った稲舟は、自分に決定的な深手を負わせた山田美妙を、内川の流れにたくしてかばって歌っている。

残虐なシーンを平然と書けたのも、この山田美妙に見せた弱々しい愛惜の心も、彼女の育ちをあらわしている。稲舟は妹の富とちがって無口で内攻的である。彼女の心は、時に発作的にさわいでいたかと思うとつぎには端麗な頬をうつむけて無表情になってしまう、というように躁と鬱の起伏の落差が激しい。想像世界では激越な筆づかいができるし、彼女の想像世界の延長にしかすぎない実人生も一種ファナティックなものだった。だが、いったん周囲の視線や現実的不遇に出会うと、一葉が示したような「小説を書けばお金になるようだ」というような実生活上でのしたたかな根性を基盤とする態度とは根本的にちがうのである。だから、「お錦はんの紫縮緬の着物の袖には七輪の火の焦げあとがついていたんだそうな。万事われわれ盲縞のつっぽ袖着てかまどにいぶされているのとはわけがちがう」というように、世間の嫉妬を含んだ後ろ指をさされる対象になる。

昭和四十六年に、東京の近代博物館で開かれた「近代女流文学展」で展示された樋口一葉の綿入れ丹前を私は見たが、それは粗末な端ぎれをつぎはぎして作ったものであった。

「いな舟、稲舟、かの主、羨れ候」

と、一葉は自分の歌稿の余白にいたずら書きしている。一葉のように物質的に生涯むくわれることのすくなかった者からみれば、稲舟の奔放な生も、物質的富貴も羨望の対象であった。

稲舟の、内攻的ながら、富裕の家柄に育ったにしては激越な生きかたや、一種ファナティックな筆づかいの血筋を辿ってみると、そこに芸術的な血がほの見えている。

田沢家は加賀の前田氏を祖としているという。戦国期に奇行の士として知られた前田慶次という人物である。

加賀の前田家の紋も田沢家の紋も同じ梅鉢である。父の清の人力車にも梅鉢の紋がついていたといわれている。

尾形六郎兵衛氏からこの前田慶次の話をお聞きし、また「前田慶次道中旅日記」という資料をいただいて稲舟の血の源流をさかのぼってみた。

前田慶次は加賀百万石の祖前田利家の一族で、のち利家と折り合いが悪く、出奔して上杉景勝の食客として越後にあり、景勝と文芸を通じてのつきあいと主従関係をもっていた。慶長三年、上杉景勝が会津に移封になると従って会津に移り、関ヶ原の役では山形城の最上義光と戦つた長谷堂合戦に功を立てた。戦後、上杉景勝が上洛して家康に赦免を申し入れるとき、前田慶次は間に立って、前田利家らを動かし、上杉景勝の弁護の斡旋をはこんだ形跡があるが、上杉景勝が会津百二十万石から米沢三十万石に移封され、京から下ったあとを追って米沢に移ったのである。この時の、京都伏見から羽州米沢にいたるまでの、前後二十六日間の道程を書きつづったのが「前田慶次道中旅日記」である。

「前田慶次旅日記」の韻を踏んだ文章内容は秀れたもので、前田慶次のなみなみならぬ文才を証明している。前田慶次のことは「故事を援拠し、文義を解釈する、頗る蘊奥を極む、当世儒者の遠く及ぶ所に非ず」と、清水彦助が「鶴城叢書巻之五十五」で讃めてもいる。彼は生来自由不羈の奇行が多かった。京師に仮り住いして文人に交わり、和歌・古典の嗜みを追い、とくに連歌をよくし、「穀蔵院ひょっと斎」と号したりもした。酒脱通人である。号を見るとおどけた軽薄才子ともとれかねないが、文学の実力の程は、「源氏物語」を講義できるほどの力があり、古文や漢詩にも精通していたという。京から米沢に下る途中、逢坂関まできたとき、前田慶次は、

誰ひとりうき世の旅をのかるべきのぼれば下る大(逢)坂関

と歌った。時代の夜明けにまだ遠い時、田沢稲舟の祖の前田慶次は知の人として「だれひとりうき世の旅はのがれられない」という宿命論をつぶやいていたのである。

米沢に移ってのち、前田家に内紛があり、前田家の三人兄弟は山を越えて、いまの朝日村田沢に入った。兄弟を殺

害する陰謀があったからということである。

この旧田沢村に転住したとき、田沢姓となった。そのあとしばらくして藤島の八色木に移り、兄弟のうちの一人は寺に入り、一人は百姓となり、一人は鶴ヶ岡に出た。

その、鶴ヶ岡に出た者の中から医者が出たのである。

田沢家の紋と前田家の紋が同一だということは右のような経過によるものである。

清の代になって、前田侯爵家から鶴ヶ岡の田沢家に再々使いがきたということである。それは、前田慶次の末裔とその後の田沢家についての調査が目的だったのだ。それに対して田沢家はどう出たかというと、

「当方となんの関係もないことです。遠路ご苦労ではございますが、お調べはご免こうむりとうございます」

と調査を拒否したという。前田侯爵からの使者はそのようにして何度か無駄足を踏んだ。田沢家ではなぜこのようにして調査を拒否したかというと、侯爵などとかかわりを持つといろいろ面倒になり物入りも大変だ、と思ったのだ。調査を受けたとしても、田沢家では二度も火災に遭っているので、それらに関わる文書類は焼けてしまったのだから、応じるにもよくわからなかったとも思われる。

稲舟の曾祖父は意安という名だった。この意安という人がどれだけの医術に通じていたかあまりこまかいことはわからない。酒井の殿様が多年痔を病んで苦しんでいたのを、田沢医師が手術によって全治させたと伝えられている。殿様の痔疾を手術によって全治させたのが、稲舟の曾祖父の意安なのか、あるいは祖父の伯珉であるのかはっきりとしない。だが、田沢医師が信用を得てお抱えの医者にとりたてられたというのだから、意安か伯珉のどちらか外科手術に有能な腕をもっていたことになろう。

意安の長女が、専である。家つき娘の専に伯珉が婿養子にきたのである。

伯珉という人は飽海郡松嶺在小見村郷士、佐藤伯余の次男である。嘉永五年壬子三月二十三日養嗣子となって田沢家を相続した。

往診はカゴ馬を飛ばしていた時代である。日本的な乗用車の人力車が発明されたのは明治二年で、一般的に伝播したのはそれより数年経ってからだから、梅鉢の家紋を光らせた田沢家の人力車が鶴岡を走ったのは清の時代になってからである。

稲舟の父清は、家つき娘の専と伯珉の間にできた長男である。

清は「竹を割った性格」というか、湿ったところのすくない陽性の性癖の人である。だからだいぶ遊里にも出入りしたが、遊里の空気の中に惑溺していく、という精神の粘質性はない。

ドライな淋しがり屋とでもいうか、白縮緬の帯を常用するようなダンディな身ごしらえをして今様をくちずさみ、金ばなれがサラッとしていて酒席では大笑したというから、家の中は暗くなかった。理学系人種というのがいるが、この種の人たちにはカラリとした性質の人が多い。近代にさしかかると、医者はなによりも腕を見られる自由競争期に入るし、清は頭のいい人だったから新医術をとりいれ弟子も多かった。

稲舟の母信は、安政元年十二月二十日、通称仲通、飽海郡大宝寺村士族甲崎権之助の次女として生まれ、明治三年庚午十二月一日、田沢家に嫁した。大宝寺村というのは、現在は鶴岡市街地にくみいれられ、大宝寺町となっている一帯である。信は小柄ながら、目がぱっちりと利発そうな顔をしたきれいな嫁だった。サンショは小粒でもピリリと辛いたちの、立居のきっぱりした武家娘である。

清が十九歳、信が十六歳だったから、いまでいえば幼夫婦である。清は鼻筋のとおった美丈夫だったし、信も可愛いらしい娘だったから、二人は似合いの夫婦であった。この夫婦にして結婚五年目に異端の女流作家田沢稲舟が誕生したのである。

信という人は、まれにみる金銭の動きに敏い理財にたけた女性だった。信は後年、鶴岡とか黄金、山添付近に田地を買い求め、刀剣類の売買をやり、自宅から約二百メートルほどはなれた三日町の橋の東南角に銭湯を開業したりした。

この「桜湯」というのは現在楯野金吉氏の所有している楯野洋服店のある場所で、当の楯野金吉氏のお話では、五十年ちかく前に田林さんという魚屋さんがそれをそっくり買いうけ、その二十年ほどあと、太平洋戦争中に楯野氏が買われた、ということである。

稲舟の祖父伯珉の御典医としての名声的地盤に、稲舟の父の清の新医術と母信の近代的商法で、田沢家はすこぶるつきの繁盛をしていった。そしてこれらは、信が盛りになってからの話である。

稲舟の母信の経営した銭湯は、当時の鶴岡ではハイカラなものであった。「桜湯」の入口には、扇のかたちをした幅が二間から三間、縦が一間半はあるかと思われる大きな看板があった。それにはなにも字が書かれておらず、満開の桜の木が描いてあった。「桜湯」の出入口の近くに水の豊かな井戸があり、それは手押ポンプで汲水され樋を伝って風呂場の中に導かれていた。井戸水常用の当時の鶴岡で、この手押ポンプというのは珍しいものであった。

湯屋の番台に座っている信はてきぱきと下働きの男に汲水の指図をし、風呂加減を見させ、風呂に入りにくる客をとりしきった。現楯野洋服店のご主人である楯野金吉氏は五歳くらいのとき親御さんに連れられてこの「桜湯」に入りにいったそうである。楯野氏は入口にあった「桜湯」のその桜の木の描いてある看板の大きさをよく覚えておられるという。楯野氏のお年から推して、その時はいまから七、八十年くらい前のことになり、田沢稲舟が死んでから十年くらいあとのことになる。

「桜湯」は後年、田沢稲舟の「小町湯」という小説に利用された。

稲舟の母信は、毎朝この番台に座った。

「おはようさん、いま丁度の風呂加減だようだけれど、おどさんこの頃動かしてもうかるのは米より小豆のほうでないけか。○○さんその後足の具合どうだのう。湯に入るとやっぱり少しは楽だと思いますかのう」

つい近年まで日本の庶民にとって行き渡らない医学の暗闇のなかで、湯治とは信仰だった。稲舟の母信はここにも目をつけていた。「田沢医院」に病気でかかり神経痛でかかった病人は、回復し退院するとこの「桜湯」で疲れをとった。病人のオートメである。この着眼は当たり、

「鶴岡の田沢はんにかかると湯治もできるし具合がいい」

と繁盛したのである。

風呂に入りにくる客の機嫌をとり、米・小豆の動きを見聞きしながら情報を収集して、すばやく金を動かし、武士階級の瓦解で左前になった武家からの刀剣類の出ものがあると、彼女は小金をもっている町衆にマージンをがっちりとって売った。その頃の鶴岡は藩の支配意識からぬけられなかったから、士族のご新造様がこのようなことをすることは異例中の異例である。

「鶴岡の田沢はんはなんと抜け目がなく、士族はんなのにベイショウ（米商）もしなさるんだ」

城下町の鶴岡では、米の仲買人は俗にベイショウまたはタタキとよばれ、多分に蔑視の対象となっていた。

稲舟の母親の信はとにかく頭の切れる人である。名よりも実をとり、管財の才にこれほどたけた女もいない、と思われる程である。

また信は情にも厚く、男ざかりに遊びに遊んだ稲舟の父清の老後の面倒もよく見た。五十すぎにはすでに中風にか

かった清は子どものようになり、母にあまえつく子どものように信にあまえ、信がいないと日も夜もなく、

「のぶ、のぶはいないのか」

と呼んでいた。

五十すぎにはもう足腰がたどたどしくなった夫をかかえ、気が強くちょっと癇がたつと口をきかなくなって、自分の用事を紙に書き家の中に貼ったという稲舟の妹富にはさまれて、信の老年も精神的にはあまり楽ではなかった。

しかし、信という女性は階級とか身分といった亡霊を蹴とばして、資本主義の創業時代に金銭がなにものであるのかをよく摑んで動いていた女性なのである。この信の気質には往時の主流だった湿潤な被抑圧者的な女らしさ、などというのはなかった。江戸時代後期の商人文化が繁栄していた頃に時折みかけたような、実業に腕の立つ女たちの彼女はひとりだった。

信は貧乏くさいのがきらいであった。

市松人形のようなくっきりとした目鼻だちと白い肌をもった稲舟が生まれたとき、信は、「この子はすこし弱そうだけれどいい子だ。きっとだれにもまけない美しい賢い娘に育てなければならない。貧乏くさい目にはあわせられない。欲しがるものはなんでも与えられるようにしよう。この世の幸せを一手にひきうけさせよう」と思った。この世の栄耀栄華をみなもたせてやりたい、と思った。だから、階級的にも物質的にも、最高の位をあらわす「錦」という名を夫の清とともにつけた。

信の物質欲への開眼は、彼女の燃えさかる命の具現であった。

稲舟が後年、一度の愛に破れたからといって、極度に精神を衰弱させていったのは、この信の過度の物質的な愛に犯されたところに多分に因をもつものと思う。

稲舟誕生

稲舟の母信は実業に目のきく、実力のあった人だが、このことはなみなみならぬことであり、稲舟の文学に血肉として浸みわたってもいたのである。

田沢家には、父清の新しい医学への意欲とともに、母信のこの当時の女たちのありようからははみだしている、経済・物質の流通にたいする鋭い眼力によって明らかに近代が存在していた。

明治の女流の作家・歌人・自由民権運動家たちの主流は、経済的にめぐまれた状態から発生をみている。当時の一般庶民の女たちは、いまの女たちのように、与えられていても学ぼうとしないのとはちがい、知ることから閉ざされていた。経済にめぐまれた女たちは「知る」ことができる状態におかれ、目覚めやすかった。当時はだから女たちにとっていまよりいっそう苛酷な戦いがあるのは当然である。

明治七年十二月二十八日、田沢稲舟が誕生した。

父清二十三歳、母信二十歳の間にはじめての子として生まれた。この日は年もおおしつまり、非常に寒かった。鶴岡の冬は、西風がシベリアから日本海を渡って氷雨や吹雪をはこんでくる。

信は朝から寒気がし、やがて稲舟の祖母の専は信が産気づいたことに気がつき、産婆に使いを走らせた。幾度目かの陣痛のゆりかえしののち、夜になって女の子が生まれた。

生まれた赤子ははっきりと目を開いていた。目鼻だちのくっきりとした、とりわけ鼻筋のとおった赤子であった。

「めんごい子だのう」

待望の田沢家のはじめての赤子をとりかこんで祖母の専、祖父の伯珉がまず喜びの声をあげた。父清は若い父親らしく喜びを押しかくしてのぞきこんでいる。

産湯をつかわれ産衣に包まれて枕元に連れてこられた赤子を見て、信は安心した。

「きれいな子だ。生まれる前は、とにかく無事で生まれればいい、手と足の指が五本ずつあればいいと思ったけれど、思ったよりきれいな子でよかった」

と思った。赤子は、母信よりは父清の面輪に似ていた。

だが信はみんなの歓声のなかで、夜に生まれた赤子のことをちらとなぜか不吉なように思った。信は明るいカラリとした明快な気分が好きであった。朝の光の中で生まれたのだったらなおよかったのに、と思ったが、みんなの喜びにそんな気分は散らされ、やがて産後の疲れのなかでうつらうつらしはじめた。

信は夢を見た。

柔らかい砂の上であった。海があるな、と思った。海がある、と思っただけで、どこまで歩いても海は見えなかった。花が咲いていた。それはこまかな小さな白い花で、海辺にこんな花が咲いていたのか、とちらりと思った。鳥だな、鳥が飛んでいるな、と思った。思っていると頭の上を飛んでいた鳥が信の肩先にバサリと落ちてきた。

信はギクリとして目を覚ました。

枕元に、清がいた。信は、

「夢を見ていてのう」

といったが夢の中味のことはいわなかった。中味をいうにはあまりにさびしい夢であった。信は、なぜかその時、

「この赤子は気をつけて育てなければならない」

と思った。清は、

「前から考えていたように、女だったら錦ということにしていたのだが、お前に異存はないか」

といった。

信は「はい、いい名だと思う」といった。

清は、自分とよく似ている赤子に父の血をかきたてられて喜んでいた。

稲舟は、目鼻だちもくっきりと整った京人形のような顔だちに、白い肌を天から与えられた。だが髪は、どちらかというと赤毛であった。これは黒髪を日本美の頂点とする風土の中で、稲舟が最後まで気にしつづけたことである。これは肌の白い者に時折見られる色素の希薄の現象なのだが、稲舟は生涯このことを気にかけた。田沢家のみんなも、

「この子は人形のようにきれいだけども、なぜなのか髪が赤い」

といった。父の清だけが生来の快活さから、

「いまに黒くなるさ、髪ぐらいどうということもない」

といった。

祖母の専は稲舟をことのほか溺愛した。

祖母の専は四十をすぎたばかりでまだ盛りである。いそがしい若い清夫婦から孫をとりあげるようにして溺愛した。赤子の錦を抱いた専は、内川の前で、

「錦見ろや、川の上に筏がきたよ。この筏の木は森田さんの店で買ったものだよ。お前のおとはんもいまにあんな木でお前の家をもっと立派に作ってくれるぞ。この川のさきにはもっと大きな川と海があるぞ」

と、なにもわからない赤子にしゃべった。

後年、東京での稲舟の行動にはらはらしどおした清や信に見えないところで、専は稲舟に金を渡したりした。祖母

のこの孫のいいなりになる溺愛性、稲舟への盲従性がなかったら、あるいは稲舟の文学は成立しなかったかもしれない。

稲舟の天与の容姿は、後年稲舟の気位の高い精神構造を作ることにもなり、女にかけて審美のうるさかった山田美妙の愛を受けることにもなるのである。稲舟がもっと醜かったら、耽美的な山田美妙は自分の妻にしなかったろうし、彼女の文学表現についても気を入れた助言者とはならなかったであろう。

時代は明治に移ったとはいえ国内にはまだ血なまぐさい風が吹いていた。佐賀では江藤新平・島義勇ら佐賀士族の暴動が起こり、鶴岡の青少年は西郷隆盛を慕って田原坂の戦いに参加した。

地元の酒田県では、石代上納雑税廃止などを要求した、いわゆる「わっぱ騒動」が起こり、一万人の農民が参加する事件などもあった。

この明治初頭の混乱のなかで「ご典医」としての名声のうえに立った田沢家の暮らしむきは、当時の鶴岡におけるハイソサエティーだった。

明治初頭はまだ、農民も一般民衆もおおかたは貧しく、押しひしがれた生きかたしかできぬ時代である。

しかし、若い稲舟には、最上川をのぼり下りする「稲舟」が風雅には見えても、その「稲舟」をあやつり、土を這いずって生きていた当時の農民の実在は見えなかったし、それを知って傷つくには、彼女はあまりに早く逝ってしまった。

稲舟の戸籍上の名前は「錦」なのだが、明治十四年九月三十日までは、戸籍簿には「銀」と記載されていた。これは奇妙なことだけれども、昔の役所仕事とはずいぶんルーズなものだったらしい。例えば筆者の伊東の東は昔の戸籍簿に、藤と書かれていて筆者の家の者がそれを役場に訂正させた、というような話があることなどでもわかる。

鶴岡にかぎらず、われわれの住む東北地方の風土的な言葉の大系は、カ行が第二音節にくるとき、各発音が、たとえば、

「イガ（イカ＝烏賊）」「タゴ（蛸＝タコ）」「カギ（カキ＝柿）」「キグ（キク＝菊または聞く）」「ミガン（ミカン＝密柑）」「ユギ（ユキ＝雪）」

というように変化しているのだ。鶴岡に限っていえば「雪」は「ヨギ」となったりする。だから、錦とか菊とかいう名をつけられても呼ばれるときは、「おギンはん」「おギグはん」という具合になる。だから田沢家で役場にとどけ出にいった時にそれが口頭でのとどけなら、右と同じやりかたで「錦」が「銀」にまちがえられて記載されてしまう、ということが考えられる。

明治十四年、稲舟が数え年八歳の秋になって、やっと錦の名が正確に戸籍に記載されたのだ。多分就学年齢に達したので田沢家の者がそのほうの手続きをしていた時にでもこの誤りが発見されたものであろう。

戸籍には、小さく切った和紙が銀の字の上に貼り付けられてその紙片に錦と書きあらためてある。生まれるとそうそうから実名を誤記されるとは、そこに不吉なものを感じないでもない。

鶴岡の言葉といえば、稲舟の取材にあちこち歩きまわっていた時のことである。鶴岡からバスで加茂までいった時のことなのだが、加茂でバスから降りたら、さて行く先がわからず人にきこうとしたのである。「○○さん宅はどちらのほうですか」と通りがかりのおばさんにきいた私は、「それダバノ、そのミヂ（道）まっすぐエッてガイ、左のほうサしばらぐエぐどガイ、ソゴエラヘンでキグどガイ、すぐわがるんだどもガイ」という答えがかえってきたのを覚えている。

庄内方面に出向くたびに私はこの連発される「後置詞」にギョッとさせられる。悪いけれどもずいぶん軽々しく感

じさせられることもある。「後置詞」が多く入った言葉をつかうのを私はどうもあまり好まない。なかなかできるものではないのだが私の理想としては、なるたけ簡潔に動詞と名詞だけで話したり書いたりできるようになりたい、と思っているからだ。「後置詞」が連発される場合を考えると、どうしてもそこにあまえがあるように思えてならないのだけれど、どういうものであろうか。

稲舟は、鶴岡の言葉でいうと「めッちゃはん」となるのだそうである。「め」は女で、「ちゃ」は尊敬の接尾語、そのうえに「はん」がつく、あげもうされた呼称でお嬢さん、ということになる。田沢家のめッちゃはん、といえば鶴岡の町でも最も良い家のお嬢さんなのだ。

お嬢さん育ちというのは世間のこわさ、ものすごさからたえず目かくしされて育てられてしまうから、世間知らずの気質になりやすい。稲舟の生きかたの総体について思いを沈めて考えてみると、やはりめッちゃはんの生きかただと思う。他人の痛覚や思惑などは度外視して、自分の欲望をとげるために突っ走っていった彼女は、自己陶酔に陥りがちであった。だから自分を冷静に見ることができなかった。

この自己本位の言動から出てくる、彼女の美も試行錯誤も、その若さのゆえに輝きとして後世に照り返すバネとなったのである。

明治七年という稲舟誕生の年は、ロシアでは知識階級による「人民の中へ（ヴ・ナロード）」運動が起こっていたが、後年稲舟の母信（洗礼名、猛仁迦＝モニカ）妹富（洗礼名、仏蘭智慧須賀＝フランチェスカ）が入信したキリスト教の国内状況は、水沢県（岩手県）では、新政府のキリスト教禁止の高札撤去布告を無視して、キリスト教の禁止をつづける、という状態であった。

稲舟誕生の数年前の慶応三年には夏目漱石・正岡子規・幸田露伴・斎藤緑雨や、後年稲舟の夫になった山田美妙と親しく交った尾崎紅葉・石橋思案などが生まれている。慶応四年には稲舟の生涯を大きく変えた早熟の作家山田美妙、本名武太郎が東京・神田柳町に生まれた。

また、同郷であり稲舟を妹のようにかばいつづけた高山樗牛、本名林次郎が、明治四年の一月に鶴岡の高畑町に生まれている。山田美妙との愛に破れたあとの失意の稲舟は、この同郷の物書きである高山樗牛に心の支えを見つけようとした形跡があった。

高山樗牛の略歴に触れてみると、樗牛は鶴岡の斎藤という士族の次男として生まれている。この斎藤一族の系列には優秀な頭脳が多出している。樗牛の兄の斎藤親広は官界に、弟の良太も信策も秀才で、斎藤信策は斎藤野ノ人というペンネームをもち評論活動をやっていた人である。

高山樗牛という人の容姿は顔の長い、目や口の大きな人だったといわれている。幼時は茶目っ気が激しく、ご飯にお湯やお汁をかけて音をたててかっこむので、彼の養母岩江はこまったそうである。

樗牛は明治五年（二歳）に斎藤家から高山家に養子に入り、幼時から以後は養父久平の転任とともに鶴岡をはなれてしまったし、幼少年時代には稲舟との接触はなかった。

高山樗牛の文学にも思想にもディモーニッシュなものはなく、自分の傷口を見せることなどもってのほか、といった作品態度だったから、その文体も端正流麗で日本主義の骨格と美意識をはずさなかった。

いまの若い人に高山樗牛のことをいってもたいてい、「タカヤマチョギュウ?知らないな」ということになる。すこしは知っているらしい者にも出会ったけれど、その二十代初期の青年には「ああ、あのウラギリモノか」と一言のもとに否定的に言いすてられてしまうありさまである。ウラギリモノとは、哲学では木村鷹太郎らの経験主義に対して純正哲学の価値を説き、美学では森鷗外の芸術至上に対して道徳主義を唱え、国家をもって人類発達の必然的な形成とする認識のもとに、国民的性情に反する仏教・キリスト教などの輸入宗教を排斥し、君民一家の建国の精神を重んずべきだと主張していたことなどを指しているようである。

樗牛は山田美妙の八方破れな生きかたとは対極的な誤算の少ない生きかたをした人間である。

稲舟と親しかったこの二人の男性の特質には興味深いものがある。

山田美妙には、「欧化熱の中での早産児」と評した内田魯庵の言葉に代表されるように、時代の亀裂が端的に反映されている。

日本の近代化が表面の西欧化と見えながら、じつは帝国主義の地歩が固まっていくという様相の中で、美妙は右手に言語改革案として言文一致の説を推進しながら、「文明正道の帝国主義を外国に普及させるを理想とする」（注、「漁隊の遠征」）と、左手には日本帝国主義推進を正義とする思想を握っていたのである。

肌を透く血の色

稲舟は幼児から頑丈な体質ではなく、腺病質だった。感情の起伏が激しく、無口で、音とか色など、まわりの様子に気分が支配されやすかった。

ことに色彩には敏感だった。抱きなれた京人形の衣服のかたち、その柄、人形の着物の裾からこぼれる紅絹の裏地の出具合いなどにことに敏感だった。

父の清は、稲舟の祖父の伯珉を助けそのかたわら新式の医術への心も傾けていた。田沢家はその全盛へむかっていくところである。

気丈で頭のいい母の信も、田沢家のいっそうの隆盛のために、身を惜しまず働いた。

父母とも多忙だったから、二、三歳頃の稲舟は祖母の手にゆだねられることが多かった。おばあさんっ子は三文安いとよくいわれるが、それは老人に育てられるとどうしても覇気に欠けることになる、ということであろう。

しかし、稲舟の祖母の専という人はおっとりとした家つき娘であり、そのうえ秀才のほまれ高い伯珉の妻だったから、愛らしい幼女の稲舟にかたむける愛は余裕のあるものだった。

「錦、見てみなさい、この羽二重布の端切れは私がお嫁になった時、親から作ってもらった長襦袢と同じ余りぎれだよ。いいだろう、これで錦の京人形の長襦袢を作ってやろう。女はな、下着が大事だ」

稲舟の鋭敏な視覚は、専が作ってくれた人形の着物の、秋の七草を配した黒地の友禅染の袷着に、白羽二重のしっとりとした風合の長襦袢を重ねた時に生ずる美しさをうけとめていた。稲舟は鋭い感覚で、メリンスよりは白羽二重とか金紗御名のほうがどうしてもしっくりと美しい、と思った。使用人の袖口からのぞいているすこし汚れたネルとか色木綿の襦袢から、彼女は人間の種類の高低を知った。稲舟は、大きくなったらきっと房飾りのついた紫の被布を着よう、絵草紙に書いてあったお姫様が着ていたような被布を着よう、と子ども心に固くきめていた。

後年、山田美妙との現実生活で、稲舟が嫁入りの時にもっていった紫縮緬の被布には、袖に七輪の焼け焦げのあとがついたということである。紫縮緬と七輪の焦げあと。これは、山田美妙と稲舟の結びつきの意味を証す象徴的な事柄であり、のちの二人の関わりの破綻をも暗示するものである。

稲舟の好みの傾向は、日本の当時の上層部のそれに万事焦点が合わせられていた。当時の日本の上層部が美とみなすものを美と考えることにあった。だから、稲舟の身なりにも気質にも武家娘風の固苦しさ、つましさというのはなく、もっと自由な貴族趣味、とでもいう変てこなロマンティシズムがあった。

稲舟の母信は、士族の出でありながら、鶴岡という城下町では蔑視される米商という米穀類の仲買までして金銭をもうけていたのだから、稲舟の貴族趣味的な傾向も、このようなところでもうけられた金銭の上にのっかっていたものであった。

稲舟の身づくろいや生きかたのお手本は、主に書物から得た美意識によってなされていた。この傾向を助長したのは、ご典医だった祖父伯珉の妻、家つき娘の祖母専に負うことが大きかったように思う。

子どものエネルギーはまず第一に物の形を手がかりとする。物の外形のカッコ良さにむかう。だから現象に熱狂する。現象に奔出する子どものエネルギーは、しかし初々しい生命の証しなのだ。稲舟の幼い心の、美への確執はしだいに目覚めていった。

稲舟の誕生した明治七年は、鶴岡に多くの学校が設立された年である。いまからみればおそろしく粗雑なものだったらしい。そして、男女七歳にして席を同じゅうせず、の教えが厳然と生きていた。鶴岡市史の編者でいられる大瀬欽哉氏のお話によれば、男女生徒が混りあわないように小学校の廊下には杉の板戸で境界がもうけられていたということである。戦後の男女共学の教育を受けた私にはまるでわからない話である。

しかし、なにはともあれ教育機関の設立が東北の末端までとどきはじめたのが稲舟の生まれた頃なのだから、当時の日本の民衆の知的水準もわかろうというものである。

明治七、八年頃からいくぶん形式的な近代が形をとりはじめ、女子の教育機関も置かれるようになり、ミッションスクールなども開校される。この頃から女流の自由民権運動も動きはじめていくのである。

その頃はやった歌にこんなのがある。

　おいおいに開け行き
開化の御代のおさまりに

郵便ハガキで事たりる
針金だよりや陸蒸気
つっぽ姿に靴をはき
乗合馬車に人力車
はやるは旅篭の安どまり
西洋床に玉つき場
　また温泉場

世のなかが開化へとなだれこんだ時代である。

明治九年、稲舟が三歳になった初夏、父清が家督を相続した。祖父の伯珉のからだが弱りがちで医業をつづけることができなくなったからである。伯珉は文政七年の生まれだから五十二歳ということになる。まだ男ざかりの年齢にしては弱りが早いように思えるが、あまり頑丈な人でもなかったのだろうか。清の家督相続後のちょうど一か月目、七月二十七日に伯珉は死亡した。

その時、三歳の稲舟はまぢかの人の死をはじめて見たし、死がなにごとであるのかを見た。

稲舟は、夏の暑い床の中で異臭を放っている人を見た。尿のにおいと、なにかが腐る臭いをかいだ。稲舟を抱いて遊ばせてくれた温和な祖父から出る臭いを知った。

稲舟は祖母の専にまとわりつきながら、臭いがしてくさい、といった。それから、こわい、といった。

三、四歳頃の体験は人の心をかたちづくっていく時に、根深くかかわりをもつといわれている。後年稲舟が作品の中で、人の死体を浜鳥につつかせるような描写をすることになるが、死は腐るもの、輝きをなくさせるもの、腐臭を放つものとする認識のしかたが、この時稲舟の心のヒダに根づいたのではなかったか。

稲舟のやわらかい心に、どこからきたとも知れない不安が生まれていた。

伯珉が死んだ七月二十七日は風も死んで、むし暑かった。死臭を消すために香がたかれた。もうもうと家の中を漂う香の煙をくぐって、稲舟は祖父の死体が安置されている座敷にいった。祖父の死体のそばには、香でもごまかされない、なににも例えようのない異臭が漂よっているのを稲舟は知って、真に恐ろしいと思った。

女たちがひっそりと泣く声を稲舟はきいていた。三歳の稲舟にとって、死はまだはっきりと形をなさないものだったが、稲舟はそのただならぬ異臭から、子供心に死がなにものであるのかを知った。

人間は汚いもののように思われた。

稲舟が後年若くして自死のような形で睡眠薬過量服用のため死んでいく前に残した、

浅ましや骨を包める皮一重迷ふ身こそは愚なりけれ

の一首の歌には、破婚によって悲嘆にくれた稲舟の心情がたたきつけられたように歌われているとしても、生の重さ、骨肉への呪いがこめられていると思う。

生きることは重い。しかし「浅ましや骨を包める皮一重」とは生の全的否認につながる。普通の人間にとって血や内臓は腐りやすく汚いというイメージになりやすいが「骨はきれいだ」というのではないだろうか。稲舟はこの一首の歌でこの世への全的否認をたたきつけて死んでいったのである。

また、後年、問題小説とされた彼女の「しろばら」の末尾には、清らかな少女が麻薬のクロロフォルムを男から嗅がされて意識不明のまま犯され、その翌々日には柏崎の荒磯に着物もはぎとられ、無残な死体となって打ちあげられている場面を描いている。その死体にむかって「めざとく見つけた浜鳥、はや、容赦なく飛んできた」と書いているのである。肉体を観念的にオブラートに包んで書く当時の作品風潮を尻目に、肉体が「物」であることをずばりと描いて見せることができたのは、死の現実を生理的に目撃したものでないとできないことなのではないかと私には思われる。

稲舟はどこかでたしかに死の現実を目撃している。それも根深く目撃している。

生存中の稲舟の身内の死との対面は伯珉であったが、病院である生家にはしじゅう死のにおいはあった。稲舟は患者たちにも死を嗅ぎつけた。病む、ということは死に近づくことである。病んだ者たちは暗い眼つきをし、病み衰えた肉体をもち、みな異臭を放っていた。だれもみな醜かった。

稲舟の死の直前のこの「浅ましや骨を包める皮一重迷ふ身こそは愚なりけれ」という一首の歌には、少女稲舟が学校で教えられた老子の無の思想があるように思われる。

「天地の間は、それなおふいごのごときか、虚にして屈きず、動いていよいよ出づ」(老子)

これは、天と地との間、つまりわれわれの存在する空間はふいごのようなものか、ふいごはその動きによって空気を送り出し、天と地のあいだの虚(空虚)に、ふいごの無限活動によつて万有を生みつづける、という意味だろう。老子という人が最後に到着したのは、形ある有を否定しつくした虚(虚無)そのものだったが、稲舟の無限否定の激しい情熱もまた歌の中で自分の存在の根拠を根こそぎ疑っている。

自己の存在の根拠を根こそぎ疑うところからやっとはじまるのに、稲舟はそこでいのちを絶やしてしまった。稲舟は思想の出発点にやっと立ったばかりの時、疲れてしまって自分の命数を絶やしてしまった。

明治十年五月十三日、稲舟の妹富が誕生した。

稲舟三歳の時である。

国内では西南の役が起きており、鶴岡の青少年も血を騒がせ、田原坂の合戦に参加していくというような、血腥い風が吹いていた。

外国では一八六四年にはトルストイの「戦争と平和」が、七三年にはアルチュール・ランボーの「地獄の季節」が、七九年には十九世紀における巨大な作品のひとつに数えられているドストエフスキーの「カラマーゾフの兄弟」が発表されている。

洋の東西を問わず時代はきしりながら動いていた。

田沢家では、つぎは男であって欲しい、と思っていたろう。しかし、また女の子であった。富と名づけられた。五月生まれの子は聡明で美しいという諺があるが、富もまたきれいな子であった。稲舟よりはすべての造作がひとまわり大きいような感じで、稲舟が生まれた時よりは丈夫そうに見えた。

稲舟は女の赤子が生まれたので喜んだ。

稲舟は小さい時から、男性より女性のできを美しいと思っていたようなフシがある。稲舟には、男は女よりも優美さにおいて欠けるという、みやびを大事にする気風があった。女は短足でありアヒルのようで総じて男性より醜い、としたバーナードショウの女性憎悪とは対極の美意識である。

富もやはり利発で美しい娘となったが、稲舟は後年「医学修業」のなかで、

「きわだちてこれといふ程の粧飾もなけれど、よろづ行とどきてあかぬところなく、風流たるひとまのかたすみには、花車なる朱塗の行灯光ほのかに、誰たきしめしか心にくゝも名香かをるは白菊か、ここ桜木家令嬢姉妹の寝室

なり。二人とも地は藤色に扇流の模様ある縮緬の蒲団二つをかさね、枕も対の御守殿風、同じ模様に燃立ばかりの紅絹うらつけたる夜着をかつきて伏したるさま、ほのかなる夜目にはいづれおとらぬ花あやめ、引ぞわづらふ面影を、もし色このむ男のかいま見なば、何とかいはん」

というような一節を書いている。

余談になるが、この「医学修業」という小説には多分に稲舟の実人生が織りこまれているはずだ、と考えていた私は、田沢稲舟の生家の奥座敷を見せてもらった時、なぜか〈ちがうな〉と思った。なにがちがうのかその時ははっきりしなかったけれど、稲舟の生前そのままといわれている生家の奥座敷の戸障子は無雑作なように見える赤い塗りのものだったことであった。

私の映像にある稲舟の生家の奥座敷の戸障子は、繊細な組子の多い黒塗りの戸障子だった。欄間などにも数寄を凝らした組子があるように思いこんでいたのである。

稲舟の生家の奥座敷は、割合いに無雑作などこにもあるような作りだった。だから「医学修業」の中に書いてある桜木家の姉妹の生活には、稲舟と妹富の生活によせる「願望的感情」が描かれているように思う。

田沢家は華族ではなかった。なのに、稲舟の作品の中にはしばしば華族が主人公または副主人公となって登場する。稲舟の世界を見る視線はどちらかというと上目づかいであった。比するに樋口一葉は上目も下目もつかわない、同一平面上に立つ者を描いたと思う。稲舟の文学にはスノビズムがにおうことがある。

稲舟は三つちがいの妹富を愛した。

ふたりとも肌は白く、白い肌を透して血の色がが透けて見え、寒い日に指先きが薄赤くなっている様子は、なんとも女らしく美しかった。それは指先きに葡萄酒をつめたようだった。

鶴岡では、どういうものか男でも女でも驚くほど美しい人にまれに行きあうことがある。

数年前、よく鶴岡に出かける所用があった。

あるバス停にいると、高校生と思われる十六、七の少年が通りかかったので何気なく見ていた。そして私は、その男の子の容貌の美しさに驚かされたのである。男としては中肉中背。卵型の顔にくっきりとした蛾眉。その眉の下に、完全無欠の杏型の目が象嵌されている様子はあきれるほどに美しいものだった。皮膚は、やや紅潮したバラ色で、皮膚の底に流れる血の色が鮮明に透けてみえた。その少年は曇天の空を見上げながら、端麗な切りこみの唇からきちりとした歯列を見せて土の上にパッと唾を吐いたのである。

その時私は「一瞬のうつろい……」と思いながら春日井建のナルシズムに溶け崩れるような左記のような短歌を思い出した。

悲しみのあてどなく湧く卵型のわが頬濡らせり未明の雪は

あれほどに美しい顔を、私はその前にも後も見たためしがない。それは、内陸や村山には見られない、ある透明な光を含んだ美しさ、そういうものであった。庄内の風土の中には、なぜなのかその精神にも、澄んで明快な、光か風に似た質があるように思えてならない。庄内のAという詩人に「内陸から庄内の方向を見ると、なにかほの明るく見えるんだけど」といったら、彼は「いや、住んでみれば暗いぜ」といった。彼が自分の土地に対して不明なのか私が不明なのかはわからなかったけれども、彼がいったのは制度のことなのかもしれない。

稲舟の妹の富という人は、内にこもりがちになる稲舟とちがって、性格のかっきりとした外向型である。

鶴岡で当時発行されていた「東光」という雑誌にのっている姉妹の短歌を見てみると、歌題「幽栖萩」「古渡舟」

に、

露繁き草の庵りも糸萩の時しき顔に咲き匂ひけり

言とひし昔はいかに渡守隅田河原の夕暮のそら

（田沢きん子）

草深く戸さしし宿の垣根にも秋つげ顔に萩ぞ咲きける

いにしえの跡を問はばや都鳥隅田川原のいづこわたりと

（田沢とみ子）

という二姉妹の短歌作品がある。

右の二人の歌は、現代短歌の在りかたから見れば作者の区別がつかないほど没個性的なのだが、よくよく観察すると、稲舟の周到な言いまわしとか余情を計算しているのにくらべ、富のは言葉の練りかたが開け広げに思える。

それにしてもこの姉妹は才女である。この短歌は稲舟二十歳、富十七歳の作品である。ひとつの形を踏んだ短歌作品であり、形の下敷が見えるとしても、とにかく十七歳と二十歳の少女が鶴岡あたりで短歌形式と韻律を学んでいたことは大したことだったと思う。

稲舟も、妹の富も物質的にあまやかされて育てられた、いわゆる「おかいこぐるみ」である。

父清は新式の医術をとり入れていたから書生も数人いたし、使用人もいたので稲舟の小説「医学修業」の中に出てくる桜木家の令嬢花江とほぼ似た生活をしていたと思われる。

「其夜はさらでも重くるしき木綿夜具のいとつらきをかしましき広子のいびきにさまたげられて、ろくろく夢も結ばず。あくるを待ちかねて花江は、広子と共に朝とくおきて、まづ始めて手づから床をあげ、始めて箒を手にして……

絹物ならでは肌ふれぬかよわき花江も、さだめなき八世のならひとて、今日はいたいたしきぬのこに身をかため、はじめてたすきを肩にかけ、ましろに細く玉のごとき腕ををしげもなくむきいだし、白魚のごとき指に、勿体なや雑巾つかみてふき掃除するさまのいじらしさ、まことあはれを知り美を知る人ならば、涙もこぼし情もかけぬべきを、心なき下女や産婆の雛児は露程も思うてくれず、ひまなく目をきょろつかせて用捨もなく『桜木さん、そんなにしづかに撫まはしたって仕方ありません、もっと指の折れるほど力をいれておふきなさいよ、ネー仲どん』

と金子は怒鳴りぬ」

おおかたの庶民の女の子たちは幼女から男に仕えるべく訓練されて育てられ「雑巾つかんで」拭き掃除を教えこまれていた時代である。洗い張り洗い張りした頑丈な木綿の縞物を着せられ、多産の故の、子守り使い走りは当時の幼女の常道だった。

樋口一葉が生前着ていた綿入れ丹前を稲舟が見たら、あまりの惨めさに顔をそむけるだろう。それは、黄八丈柄の木綿の布地の肩のところから胴にかけて、あきらかに端切れと思われる花柄の布がつぎはぎしてあり、粗末なものであった。

年とった人にきいてみると、貧乏人は近年までつぎはぎの布で着物をつくったものだ、とくに肩のあたりに、別の布でつぎたして、背ののびた分だけ補いをしたものだ、といっていた。そのような衣生活が大半だった。

とにかく、稲舟は赤貧の樋口一葉とはくらぶべくもない生活していた。

女の子は貧富の差別なく、小さな時から料理・裁縫を教えこまれたものなのだが、稲舟はそういうことをするのにとくにうとかった。静かにぼんやりしがちな子どもであった。夢想癖をもつ子ども特有の、絵草紙などをめくって、その中の彩色された武士や姫君の様子をことこまかに観察し、しだいに心はその絵草紙の中に吸いこまれはじめ、絵草紙の中で動きまわる人物たちとともに彼女もまた挙動しはじめるという具合だった。

富はどちらかというときかぬ気で、使用人たちが掃除をしていたりすると、箒やハタキを取りあげ、自分でもやってみる。やってみてつまらないとポイと投げ出す、という風であった。富はしかし、無口で立居はたどたどしいが自分にはやさしい姉の稲舟を好いていた。血肉のかばい、とでもいうか、多分に血の熱いほうの富は、三歳年上の姉の稲舟にまといつき、色々のことを共にした。後年稲舟の文学好みにも従ったかたちで、富も相当の短歌を作ったし、文章も書くことができた。

明治三十年一月二十日の「文芸倶楽部」に、富が「藤ごろも」と題して、稲舟の死が自殺でない、とする一文をよせている。それなども富の稲舟に対する肉身の感情がこめられているものであった。

稲舟は明治十四年、満六歳で明倫校に入学した。明治七年、稲舟誕生の年の五月には鶴岡にも学校がいくつか創設されている。その多くは寺の建物で、校名は山号や寺号によった。

苗秀学校（旧藩校致道館）
平田学校（禅竜寺）
華山学校（華蔵山極楽寺）

雲山学校（宝雲山竜蔵寺）
保春学校（保春寺）
本鏡学校（本鏡寺）
蓮池学校（神宮の蓮池家）
大宝学校（大宝山般若寺）

右の八校である。

明倫校というのは、鶴岡の女子教育機関の第一号であった。この学校は明治八年に創立され、明治九年の八月、旧庄内藩の藩校致道館に移った。この学校は、いま風に考えられた校舎ではなかったから、藩校の内部を教室やら職員室やらと、やたら仕切って、なかは薄暗かった。稲舟は田沢家のめッちゃはんであり、小さいながらきりっと口を結び、下働きの女に送られて五日町の自宅からこの学校に通った。学校といっても主に寺の仮住いだし、教員の養成機関もいまだしで内容は粗末なものだった。八校の中の苗秀学校には士族の子どもしか入学できず、学校区域もそこだけはなかった。士族意識がまだ生きていたことになる。他の七つの学校については、多くて十一の町村、少なくて五町の区域が定められていた。その範囲内で子どもたちは学校に通った。

学校の教育方針は庄内藩時代の徂徠学が主流であった。学問上の主権は士族が握っていたから、稲舟もこうした教育方針のもとに教育された。

藩政の危機は、藩財政の行詰りや農村の疲弊ばかりでなく、藩士の頽廃にあった。風紀の刷新のため致道館を開設し、藩士の再教育をしようとしたのである。江戸の華美な風潮は東北の辺土鶴ヶ岡まで伝わっていた。藩士は武士に似合わず、縮緬・八丈縞・上田縞などの高級衣服を着用し、派手な細工をほどこした大小を差して遊里に遊び、博奕をうった。藩政の危機を感じた者たちは〝頭にきた〟はずである。致道館のカリキュラムは形式的な詰込主義ではなかった。個人の才能を育成する態度、個性と自主性を重視する徂徠学の精神だった。

小さな稲舟の心に、新しい時代の混乱は音をたてて流れこんだ。

田沢医院ではこの頃から人力車を使いはじめている。稲舟は自分の家の黒塗りの人力車に梅鉢の金紋が輝くのをほこらしく思った。

幼女期から稲舟は、新しいものを取り入れるのに精神のバネが非常に強かった。父の清もダンディな気質だったから、稲舟の学用品や身のまわりの品などはどんどん新しいものを買いあたえていた。田沢のめッちゃはんは、ほかの女生徒とははっきりとちがっていた。どの女生徒も及びもつかないほどきれいだった。

稲舟が入学した頃の学校はいろいろの試行錯誤をはらみながら運営されていた。学校の廊下は男女が入り乱れないように、板戸で区別をつけていたというのだから、いまから考えれば笑わせる話である。

庄内藩は維新後、西郷南州（隆盛）と交わってから俄に陽明学がはやり出し、徂徠学はいくらか衰えたものの、徂徠学による教育課程は続行していた。徂徠学というのは、当時としては個性と自主性を重視する、柔軟な近代性をもつものだった。「一切のこと我身になさずして其の理を知ることは決してなきことなり」とは、客観性をもつ科学的な学風である。個性を尊重する自由主義、道徳実践の軽視、現実的な経世論など、変革的な学問でもあった。

幼い稲舟は、教科書のなかに出没するこれら徂徠学の思想を、どのように受けとめていたものだろうか。鋭敏で内省的な稲舟は、徂徠学の新しい息吹きを血の中で受けとめたにちがいない。教育というのは恐ろしいものである。幼く柔らかい魂のヒダにめりこみ、やがて血に混って流れはじめるのだから。

稲舟の後半の作品には、板戸で男女の区別をされる教育を受けた者が書いたものとは思えない、大胆な筆づかいがある。そこには、たとえば朱子学だけで飼いならされた者にはとうてい出現しない破壊的なエネルギーがある。たかが十九かはたちの小娘が一日や二日でそのような破壊的なエネルギーを内蔵する筆づかいを獲得するわけがない。稲舟の精神構造には、まぎれもなくこの鶴岡の徂徠学を主流とする教育構造が重なっている。

樋口一葉（明治五年生、本名奈津）もまた、稲舟が学校に入ったこの明治十四年の十一月、東京の池の端青海小学校二級後期に入学している。彼女は明治十五年五月に修了、同十一月一級前期をも修業、翌年五月中等科第一級を五番で、続いて十二月高等科第四級を首席で修了している。

稲舟は「物」をも「人」をも熟視するたちである。熟視した結果、彼女流のよいものと悪いもの、げびたものと上品なものを強く見分けていった。自分の属する階級より上のものは認めるが、自分以下の階級や品性のものはほとんど認めなかった。塩鮭を食べ、番茶を喫むような生活態度を好まないし、受け入れようとしなかった。

学校にも友禅柄の上等のメリンスを着ていった。バタバタと歩くようなことはせず、上品に足をあやつって通学した。少女稲舟の美の理想は、彼女が絵草紙の中で見るお姫様のそれであり、東京から流れてくる上流のお姫様たちの身じまいであり、髪かたちであった。明治に活躍した女流の作家・歌人・自由民権運動家たちの中で、身ごしらえについて稲舟ほど厳しく徹底していた者もいなかったのではないかと思われるぐらい、稲舟は衣服や髪かたちに気をくばっていた。

これはどうしたものであろうか。

このことからは、空想的耽美癖という答えが導き出されてくる。内にこもりやすい彼女の内部に瘤のようにたまった感情が外側に噴き出てきた、と見ていいようである。

万事につけてのお姫様風というロマネスクは、稲舟の空想世界に根を置くのだけれど、男というものはえてして、その存在の意識下では、稲舟のような女性をあまり受けつけないと思う。一見、美々しい稲舟の装束にちょっとのあいだ幻惑されても、男の自我を溶かしこむような永続的な肉感は、稲舟には感じられないのではないだろうか。私は稲舟の写真を、山田美妙との破婚の来歴を説明してひとりの女好き（と自己宣伝している）の言語学者に見せたことがある。そうしたら彼は、

「ああ、この女は駄目だな。美妙に捨てられるわけよ。冷感症質の女だな。男ってのはだな、この手の女は抱きたがらないからな」

といってのけた。

彼の言葉には、男の生理の深層を衝いたものがあるのではなかろうか。一分のスキもなく身ごしらえした、人形然とした女は抱きたくはない、という。スキがあってやや自堕落な感じをもつ女を男は好くのだ、という。そうだとすると、後年美妙との破婚を招いたもとも、稲舟のこの身構えになかったか、と思う。

少年後期から青年前期の男はおおむね女の美の様式性に憧れ、青年後期から壮年期の男たちは女の肉感性に依るように思われる。お姫様育ちの稲舟にかくれ、水商売の女とかかわりをもちつづけていた山田美妙の内実には、当時非難の矢が無数に突き刺さったものである。美妙はそのため文壇的生命を断つ迄にいたらされた。稲舟と美妙の破婚は、明治という時間の枠内の事態であるから、いまの時代にいてたやすくどうこう介入できることではない。しかし、制度の枠をはずしてみても、男と女というものの意識下における決定的なくいちがいのなりゆきが、そこには見えてくるように思う。

稲舟の上等メリンスの着物は、学校の少女達のあこがれの的だった。メリンスとは、スペイン産のメリノ羊の毛で織ったためできた名だが、その頃は唐縮緬といわれていた。この、エキゾチックな薄く柔らかい毛織物には少女たち

の夢が託されていた。上等メリンスには多色の捺染がされていて、主に四季の花々が色あざやかに染めぬかれていた。

この布地の材質は軽く暖く、ちょっと眠気をさそう捺染の糊の匂いのようなものがする。

「お錦はんのきょうの着物、いいの。水色地に白い鉄砲百合だ。桃色の刺しゅう入りの半衿によく映えること。あの半衿の刺しゅうはお錦はんのおばあさんがするんだど。ハイカラでいいもんだの」

鶴岡の少女たちの流行の尖端は、稲舟の持物・着衣からはじまっていた、といっても過言ではなかった。尖端をいくものの孤独は、自分より先にいく者がいないことにはじまるのだが。

絵心・友

稲舟が明倫学校に入学した明治十四年には、ドイツ製の大時計のついた西田川郡役所が完成した。時計は舶来の高価なものであった。

それぞれの家でまだ時計をもたないのが普通だった時である。稲舟の家につかわれていた書生は郡役所の大時計を見せに小さな彼女をよくつれていった。

「お錦はん、大きな時計だの。これでも時々止まるそうで具合はよくないそうだの」

この珍奇な大時計は鶴岡の人たちの耳目をさらったが、じっさいよく止まった。時計がとまっては時鐘の役にたたず、西田川郡役所の人たちを困らせた。時計がとまるのは、時計台が風に揺れて振子がとまるためで、とうとう、時鐘役をつとめていた常念寺に払い下げられた。

無口な稲舟は書生の手にしがみついて、文明開化のこの異形の産物をみつめた。稲舟は無口だったけれどもドライ

なところがあったから、その異形の大時計にもやがてなれ、

「大きいどもの、止まるんだばな、役にただねの」

と、小さな唇から批判の毒舌を吐いた。

帳面とか鉛筆・紙・墨はだいたい近所の荒物屋で買えたけれど、流行の和綴帳面は山村帳面屋で買った。山村帳面屋は小さな稲舟の心に、頼りになるところとして映っていた。稲舟は、山村帳面屋で買ってもらった帳面に筆で絵を書いた。開化大津絵や錦絵の中に出てくる藤娘や花売娘などであった。

大津絵というのは、江戸時代、大津追分付近で往来の旅人めあてに売りだされた安価なおみやげ用の絵である。画題としては仏画・風刺画・世相画で、描写は簡素に略された粗画であったけれど、なかなかユーモラスでもあった。稲舟は大津絵の長唄の藤娘、清元の奴などをまねて描いた。

祖母の専は、稲舟の絵をのぞいて、

「お錦、東京ではの、河竹黙阿弥という人がの、襖の大津絵から抜け出して踊る趣向の芝居をしての」

と話した。

稲舟はこの話がひどく気に入って、祖母の専にくりかえして話させた。

襖に描いてある美しい藤娘が、藤の花房を手にもち緋縮緬の長いたもとを揺らしながら踊り出てくる……小さな稲舟には考えられぬことでもあり、心を燃やさせる気に入った話であった。

稲舟は一人称で書く性質の作家ではない。三人称で書く体質の作家である。日常瑣末な描写をやることはあまりなく、自分の想像力の中で生きているものを描く、あくまでも虚構を好む作家である。だからトリヴィアルにものごとをつかまえることは、先天的といってもいいほどしなかった。そして、稲舟の幼時体験の中で、この襖を抜け出す藤

娘の話は内面深く沈んで消えないものだった。だが稲舟は、大津絵の粗略さよりも開花錦絵の精緻な筆づかいや色彩の絵のほうを次第に好むようになっていった。

開花錦絵とは、はじめ東京日日新聞の記者高田藍泉と絵師落合芳幾らが相談し、写真技術の未開発だった当時、新聞用の挿絵としてはじめたものである。こうして錦絵の入った新聞がはやり出した。

稲舟は、この芳幾や月岡芳年・歌川国政たちの描く事件絵をくいいるように見た。それまで淡彩の色どりだけを見なれていた稲舟にとって、濃厚な紫顔料と洋紅を使った妙にエロティックでなまなましい綿絵には、網膜に焼きつけられないではおれないものがあった。

稲舟は、身のまわりの着物の具合や柄、戸障子の漆のつやとか、そうした日常生活の中からばかりでなく、大津絵や綿絵から影響を受けた。娘を殺す養父の事件絵。その娘の袖口と裾からのぞく紅絹には、心を突き刺すような洋紅が使われている。血のしぶき。人を刺した包丁についた血糊。

そして明治初期、国内ではまだ戦いがあった。近代的な人間関係をもちえなかった明治の初めはやたらに血が噴出した。近代に突入する前夜の混乱の底は血の地獄だった。

稲舟は、異色の画家、血の画家といわれた大蘇芳年の絵に見入った。

稲舟には、人間の流す血は汚い、それに血の流れるところは醜いと思えた。しかし、芳年の描く卓抜した血の描写からは目が放せなかった。恐ろしい絵かきだと思った。

そして芳年の力づよい描写力に動かされていた。

芳年の絵が力強かったわけは、上野の山の戦いで官軍によって討伐された敗残の彰義隊を描くのに、腰に矢立てを差して現場までいき、腹を切って自刃している少年を、転がっている血まみれの首を、まじまじと見て描く、という血への偏執があったからである。

稲舟にも女とは思えないような残忍な文章上の描写がある。鋭敏な詩心を抱いていた彼女は、自分の置かれていた明治初頭の実態を鮮かにキャッチし、そのように描いたのである。

稲舟は絵をかくことがしだいに好きになっていった。

「お錦はんは絵がうまい」

という同級生たちの定評であった。

稲舟はなにごとも醜いことはきらいだったから、みめかたちはもとより、精神のかたちも完璧でありたいと思っていた。

彼女が醜いと思っているものへの毒舌はすさまじい。

後年の「医学修業」（明治二十八年七月文芸倶楽部に発表）の中の人物描写をここに写してみる。

「学生の品行よろしからずと評判ある、本郷医学校に通学するはもとよりこのまぬところなれど、さりとてのがるるすべもなければ、日々屠所の羊の歩をはこび紫縮緬の本づつみをこわきにかかえ……片すみに設けられたる婦人席にいたり、しずかに腰をおろしぬ。ゐならびたる女生徒は、いずれも吉岡の産婆の雛児同様、女かとみれば女、男かと見ればまたそれかとも見ゑ、頭は一様に引っつめしいぼちりまき、衣紋をつくるという事もなく、肩を怒らしたるあり、腕ぐみするあり、絶えてやさしく床しき所なきに、お顔はいずれも黒ひかる君、御手はとつらつら見たてまつれば、姫御前ににげなく、皆腕力を貴ばるると見え、指はいずれもふとく、胡蘿蔔（だいこん）の如きあり午蒡の如きあり、……まずは医者にでもなりて独立せずば、もらひてのなさそうな連中なり。これに対する男生徒のかたを見れば、これも流石にまけはせず、南瓜面に西瓜面、夕顔面に、いが栗頭、どん栗眼に柘榴口、何の事はなくここ青物展覧会といふ見えなり」
稲舟の子どもじみた怒りをぶちまけるような描写はおかしいが、この一節で稲舟の美意識の所在がわかる。
女医の先駆とされた高橋瑞子がやっと開業（明治二十年四月）したときである。開かれたばかりの女医への刻苦の道を、なりふりかまわず歩き出した女たちの姿、それが「医学修業」の中には描かれているのだ。

当時、鶴岡の町並は貧しかった。たとえば鶴岡一大きな朝暘学校や西田川郡役所などは洋風瓦屋根の建築だったが、普通の民家は杉皮屋根や萱屋根だった。鶴岡の中央を内川が流れているのに水利の便があまりよくなくて、明治初年以来町にはひんぴんと大火が起こっている。火事が起こると大火になりやすかった。

稲舟が学校に入る直前の明治十三年から、学校を卒業する明治二十年の翌年までに、三回の大火事に遭っている。明治十三年三月には、十日町から出た火が鳥居河原まで四百七十軒の家を焼き、明治十六年五月には下肴町から火がでて三十軒の家を焼いた。それから数年経つか経たぬうちに、明治二十一年の五月には南町から出た火が二百余戸の家を焼いている。

稲舟が見た火事はすべて大火事であった。

一軒や二軒の家が焼けるのとはわけがちがう。二百軒、三百軒の家を焼けつくす猛火を見たわけである。

鶴岡中の人たちが火の気配におびえているのを稲舟は見ていた。大火ごとに、焼けだされた家の者たちが、貧しくみじめになっていくのを見ていた。ドロドロの綿縞の着物を着た汚ない子どもたちがウョウョと遊んでいるのを見ていた。

稲舟は、汚ない子どもたちと自分ははっきりとちがう、と思った。どんなことがあっても、汚ない子どもたちが着ている着物のようなものを自分は着なくてすむのだ、とも確信していたし、汚ない子どもたちは、大きくなろうと年寄りになろうと、絶対に汚ないままで生き、そして死んでいくのだ、とも思った。

しかし、ほとんどの時、稲舟にはそういうみじめさ、汚なさは見えなかった。自分が見たいものしか稲舟には見えなかった。

封建的身分制度は実質的に家禄を失うというかたちで鶴岡の士族に打撃をあたえた。明治五年には鶴岡町十一口番所が取り毀され、明治六年には致道館が廃校になり、明治八年、お城が解体された。

「お城がほどかされるんだど。どういう時節がくるものやら。城の瓦は金持っている人らが払い下げをうげるんだていう話だどもの」

この事で明らかなように、武家意識は残っても、城下町鶴ヶ岡の実質は崩壊した。

稲舟が通学していた明倫校にも、士族の子どもたちがたくさんいた。明治政府が出した金禄公債も高禄だった武士の口すぎにはなったが、小禄の士族はとてもそれで生活は支えられなかった。受けた公債で新事業に手を出して失敗したり、投機的事業の高利回りに幻惑されて投資し、無一物になった士族もいた。

新しい職業として役人や教師の職にありついた者はよかったが、明治十八、九年頃の不景気の中でつぶれていく士族が多かった。北海道の屯田兵に応募した者は数百人もいたし、北海道開拓にも参加していった。

士族町はさびれる一方だった。

稲舟は町人のしきたりよりも、士族風のしきたりに固執していた。ものさびた士族町の道を歩くのを好んでいた。亡びていく者たちの気配と、町方の人間たちのもたない精神の格調のようなものを美しい、と思っていた。だがそれは息苦しい、とも彼女に思われた。

稲舟の精神には、士族的な気位の高さと、その枠組がしめつけてくるものへの反発性が同居していた。稲舟の幼い内面生活では、古い伝統的な美に対する郷愁と、新しい事態に対する驚きのこもった目つきとが同居していた。

〽この頃の流行りもの、義経袴にフランケット・トンビ着て詩を吟ずちょいとちょいとに、こらさのさ、玉子を釣り下げた吹矢の葭簾店大弓場もございます、黒の羽織の町芸者古道具屋、煮込みの蒟蒻、焼団子、今川焼と紅梅焼、手製の煮花のお茶をあがれ

明治五年頃からはやりだした俗曲であり、当時の風俗を歌いこんでいるわけだけれども、庶民はこの程度の欧化に洗礼されただけである。だが上層部での洋風化熱はすさまじいものがあった。精神生活においては下層上層の別なく激しい混乱が発生していた。

明治十年に起きた西南戦争を最後に、士族のなかの不平分子の反抗は終わり、それ以後の反政府運動は言論運動にかわった。

明治十四年四月のことである。田沢医院にいる書生たちが話していた。

「きょう、三日町のの、松田楼で森藤右衛門の主催の政談演説会があるそうだの」

「そういえばの、去年の十月でら下肴町の松露庵の、ほら、西側にある新聞縦覧所でがい、やっぱり森藤右衛門の演説会があった……」

それをききつけた田沢清が、

「おまえら、ああいうの聞きにいってはだめだぞ。不平分子が集まってなにやらわめいいてるんだ」

書生たちはそのまま黙った。

森藤右衛門というのは、庄内地方の民権運動家として最も指導力をもっていた人である。ワッパ騒動のときは農民

を支援し、明治十三年には山形県最初の民主主義的結社であった「尽性社」を起こし、河野広中・片岡健吉たちの国会開設請願書に署名したりしている。

この人は「両羽新報」という新聞も出した。この新聞は革新的な内容をもったもので、明治十四年にはじめたが、明治十六年二月には、新聞紙条例の発動によって発行停止にされている。

この後、さらに士族町は衰え、空屋敷が増えていった。空屋敷には幽霊が出る、という噂もひろまった。衰微に追いやられるしかなかった士族のうち、ことに下級士族はひどかったから、化けて出ても足りないくらいのウラミを時代や明治新政府にいだいていたのである。

御給人町の四ツ興屋・裏番田は人家というものが全くなくなり鳥居河原・万年橋・紙漉町・大山街道橋・下り町片町などのあたりはとくに空屋が多かったといわれている。

このような事態の中で、小さな稲舟は、幼い美的探求心を燃やしつづけていた。絵はひとりで、ひとり遊びのようにして描いたが、琴もよくひいた。六段とか千鳥のような練習曲をつまびく時、その音色の変化や調子に自分をひき入れていた。寡黙だったので琴をひいても自分で声を出して唄うことはなかった。自分のひく琴の音色をかみしめている、というような様子だった。

妹の富は、稲舟とくらべると明快な言動をもっていたから、琴をひくにもにぎやかで、口で音符を言い、唄ったりした。富は、頭がよくてきれいな姉のやりかたのいちいちに憧れをもちながらまねた。稲舟がいい、というものは富にもたいがいよく思えたのである。富は、大きくなったらきっと姉のようになろう、と思い憧れていた。

朝暘学校は、明治十六年三月に全焼した。三階建ての美しい瓦屋根だった朝暘学校は二階から出火し、全焼してしまったのである。その時、まだ稲舟は明倫学校の五年生であった。せっかくの美しい学校が燃えてしまって惜しいし、鶴岡のきれいなものがひとつ減ったと稲舟は残念に思った。

この時、全焼した朝暘学校では生徒を八か所に分散させて教育した。明治十七年には、松岡蚕室の一棟を移築して朝暘学校を再建した。明治十八年には、女子の専門の学校だった馬場町の明倫学校を廃校して朝暘学校に合併し、朝暘女教場とし、同時に四つの分教場がおかれた。それは、高畑町・八日町・馬場町・八坂町におかれたのである。

その頃、教育令はなん回も改正され軍国主義教育の発端ができていった。

明治十九年、時の文部大臣森有礼は小学校令を発布し、小学校の種類を高等・尋常の二等とした。このとき朝暘学校は朝暘高等尋常小学となった。明治二十六年には朝暘尋常高等小学校と改称し、明治三十三年には尋常科を四か年としたが、四十年には尋常科六か年、高等科二か年と改めた。

このように、学齢期の稲舟は日本の新しい教育構造の中で揺り動かされたのである。

庶民の根性は、その生活態度の核のところでは、なにごとにも動じないところがあるのではないだろうか。どのような圧制のもとでも、そうしなければ生きのびることができないから、石のようにかたくなところがあり、新奇な事態にとびつかないのである。日本の上層部の人間たちはそれにくらべると生きかたに甘さがある。骨身にしみる苦労がないから実生活上ではダメなところが多分にあるのだ。

明治の女たちの主流は、幼女の時から針をもたされ、台所の拭き掃除を教えこまれた。これは上層の家でも同じことだった。いまでも女はそのようにとりあつかわれている。稲舟は、この家庭的な諸事雑事がほとんどダメだった。それは先天的にダメだったのである。きれいに身ごしらえして上手に琴をひき、和綴帳面に巧みな絵を描き、立居に気品があったけれども、下働きの者たちにかしづかれていた彼女は、どうしたら能率よく炭火が起こせるかについて不器用としか言いようがなかった。

稲舟の家事的無能力性。これが後年の稲舟の命取りのひとつになったのである。

あまり富裕とはいえない山田美妙の家の中に入りこんでいったとき、もちろん下働きの者などいはしない。このような山田家の中に入って、山田美妙の義祖母という(当時八十五歳)古い江戸のしきたりも頑丈なこの人との同居は、稲舟の悲劇を強化するほかのなにものでもなかった。

稲舟が、家事雑事の仕方を幼女期からたたきこまれた庶民出身の女流作家だったら、多分、悲劇はくいとめられたのではなかったかと思う。家事の煩瑣に耐えながら、それによってきたえられ、したたかな眼でまわりを観察し、筆を走らせるようになったであろう。

若い山田美妙は、しかし、そのようなタイプの女ではない、お嬢様育ちの田沢稲舟に心を奪われたのだ。荒仕事をしたことのない稲舟の白い小さな手に心を傾けたのである。このことは稲舟の命取りになったばかりでなく、山田美妙の処世上の誤算となって、美妙が文壇から抹殺されていく問題下に、根深い事柄として横たわっていたのである。

「お錦はんほどきれいな人は将来どのようないい婿様といっしょになるものだろう」

同級生の娘たちの噂のたねであった。その半面、

「どうもあの娘は、表面大人しいけれども、なにかしでかしそうな気がする。あの身なり、いくら親御が金をもうけていても派手すぎる。大火ごとに貧乏になって食うや食わずでいる者たちも大勢いるのに、自分ばかりのお姫様ぶり。あの娘の父親はどちらかというと遊び人だし、母親は米商だとか女だてら士族だてらにやっているし……」

という陰口もたたかれた。稲舟の母信は頭の切れる人だったから、当時の鶴岡の城下町としての内情、士族たちのおそろしいほどの経済的衰微を見すえていたし、夫清は遊里に通うし、その出費もあるし、もてるものを減らすことは自滅への道であることをよく知っていたのである。

母信は、床の間に刀を飾ってあげめる、というような気質ではなかった。

「これからは、刀を飾っていたってしようがない。士族の人たちも、もうすこししゃんとしないと、時代にとりのこされてみじめを見るようになる。私は実家の人たちにもそういうんだ。これからはなんとかして蓄財しなければならないんだってね」

信は感情にべとつきがなく、男性的な発想で世間を見ていた。

女の歴史は、主に被抑圧者としての歴史であった。だから女というのはだまされにくくできているのである。稲舟の母信は大宝寺の士族甲崎権之助の次女として生まれた。士族出の女たちは気丈な者が多い。厳しい躾《しつけ》としきたりにきたえぬかれた根性が、時に表面には出なくても男まさりの女をつくる。信もそうであった。女の性(さが)というのは、時として男のそれよりも強いのかもしれない。

中村きい子の「女と刀」という作品がある。

「あゝそれでもじゃよ。それでもわたしは、やはり『女』と生まれたことをしあわせとおもうのじゃよ。おまえのいうとおりわたしの生いたちの時代は、まさしく男の天下であった。それでも、そのながれのなかで、反り身で生きてきた女の肌の重みというものを知り、そしてわたしの生きてきたということの時間のなかに刻みつけてきた。男に生まれていたら、おそらくこの重みは知らずにすんだろう。しなやかということでは千の槍も通さぬしなやかな女の肌というものを、成よ考えたことがあるかの。ここのところで男は淡い。実に淡すぎる。それゆえこそ、このあといくたび生まれ変わろうとも、わたしがねがうのは女じゃ」

このような作品である。

「刀」というものを担わせられた男たちへの冷悧な批判の目つきである。「男は淡い」と中村きい子は言う。稲舟の母信もそれを想ったにちがいない。家族制度の枠内からの脱出口としての夫清の遊里通い。ひそかに、男である夫清への復讐を計っただろう信。それは、家政の実権を自分の手に握ることにあった。しかし信は、遊里には通っても豁達で陰湿なところのない夫清を愛していた。だから「家」の不利になることは避けるが、家の中の実権は握ろう、と思った。

だが少女稲舟には、母のこの管財的才能の質というものがよくわからなかった。母信のところにはいつも来客があった。せわしなく茶の接待をして立ち働いている信を、稲舟は一定の距離を置いて見ていた。金銭に目がきき、男そこのけの腕で品物の売り買いをしている信を、まのあたりに見ていた稲舟は母に優美のカケラもない、と思っていたのである。稲舟の弱さは、労せずして禄にありつける幕末までの士族の意識をよしとし、高尚とする気風から抜け切れないことにあった。しかし、田沢家の動産不動産も、信の力で管理されていなかったらどうなったかしれたものではなかった。

稲舟の全文学が構造的に追いつめられていくと、ある「虹」のようなたわいなさを残してしまう弱さがあるのは、このような視点でものごとを見ていたことにあろう。

稲舟は、母の在りかたにも、父の在りかたにも不満をもっていたが、稲舟がお姫様然として生きていられたのは、このしたたかで少々あくどいほどの管財的手腕家だった母や父の築いた財力にのっかっていてのことだったのである。

「美」とはあらゆるところに遍在するし、政治的な認識によって、同じ事柄が「美」とも「醜」ともなりかわる。信は、金銭の流れかたには目がきいたけれども、自分の娘の美貌や才能に目がくらんでいたところがあって、稲舟に彼女のしたがることをちやほやとさせていた。

明治は、日本文化史上最大の混乱期であって、一般の者たちの当惑ぶりは、いまの時代にあってすでにどうこういえることでもないのだけれども、母信の眼力が経済への見通しに対すると同じように、精神のそれにもとどいたら、稲舟はもっと変わっていたと思われるし、死なないですんだかもしれない。

後年「医学修業」の中で、作中の花江という娘が、桜木家の実の娘ではないように稲舟が描いているのを見て、虚実を混乱した人たちは、稲舟の母が継母であるような錯覚を抱いたりした。だが、このことは、稲舟の当時の心理の深層から発生してきた母信に対する不満の虚構であろう。

稲舟は自分が美とみなすものに耽りたかったから、それを邪魔だてするものはすべて敵とみなしたのである。実利的な両親への失望は、無口なゆえに内圧をたかめ、口ごたえせずに、行動とか筆の上でその失望のはけ口をみつけていくようになる。稲舟は、自分の親たちにやや失望していた。ほかの親たちにくらべればいくぶん開化的だと思われたけれど、彼女は、親たちの想像力の貧しさに幻滅するのだった。

明治二十年、稲舟が十三歳の時、稲舟は朝暘学校小学高等科であった。

寡黙で、批判的な稲舟にも友人がいた。

進藤孝である。

進藤孝という女生徒は、学校の成績は稲舟よりいつも上であった。やはり稲舟の生家と同じように医家で、稲舟の家とは数分の距離にあり、ふたりはしげしげと行き来した。稲舟の家も進藤の家も同じ旧五日町（現在、本町）である。朝暘学校からの帰り道、育ちのよさそうな身なりの立派な二人の生徒が寄りそうありさまは、たしかに見ごたえのあるものだったし、内に燃える魂を抱いている二人の言動にはどこか相似たところがあった。

進藤孝は稲舟より一年八か月年長で、どこか悪魔的な感じの稲舟よりは冷静で聡明な女性だった。

田沢錦と進藤孝はその境遇が相似していた。

稲舟も孝も町医者の長女であり、家には跡つぎの男子がいなかった。

「おこうさん、私の家ではそろそろ養子のこと考えているらしいんだけれど、気が重い。この狭苦しい町なかで子どもを生んで夫につかえてセカセカ死んでいくなんてやりきれない。この頃私とても恐ろしい夢を見ることがある」と稲舟は孝にいうことがあった。それはたいてい、内川のほとりで川の面を見ながらの立話であった。内川の面には藻刈り船が浮いていることもあった。

稲舟は孝に夢の話を語ろうとするが、それは言葉にはならないものであった。

それは、家の中のどこか――稲舟が机の前に座ってものを書いたり読んだりしているところなのである。稲舟がふいとまわりの気配を気にし出すと、まわりの柱や戸障子が柔らかくぐにゃりと歪み出すのである。そして、どこか遠くで火が燃えていると思う。その火はじりじりと身近に移ってきて、そのくせ、火は透きとおるように、ある冷たさをもちながら燃えているのである。稲舟は逃げなければならない、と思いながらも、なぜか火に吸い寄せられるものを感じる。木が見えた。なんの木だろう、と稲舟は思う。それは梅と棗《なつめ》の木である。よく見るとぬけあがるような青い空を背景にそれらの木の上方も燃えているのである――。

稲舟はじっとりと汗ばんで、そんな夢から覚めたことがあった。目覚めた稲舟は、あの燃えていた梅と棗の木は彼女の家の庭の土蔵のかたわらにあったものだ、と気がつく。

不吉でもあり、不安な夢であった。

孝と話している川端の柳の木の下に、あいかわらずおだやかな川が流れている。

「おこうさん、ほら筏が入ってきた。酒田の港からここまで来たんだ。あのさきは海なのね。広い海。私時々荒れる海が見たいと思う。あの海からいくと東京はいがいと近いんだわね。いやな夢のことなんか忘れよう。でも私、時々ほんとに気味の悪い、そのくせ妙に明るい透きとおるような感じの夢を見る」

進藤孝は、鼻筋の通った落ち着きのある表情で稲舟を見かえした。そこには、じっと対象に目を据えて、時にはものに憑かれたように目の光を増し、妙に人の心を魅きつける稲舟の顔があった。

「お錦はんの見る夢の感じ、なんだかわかるような気がする。私も時々夢見るけど、目を覚ますとたいがい忘れてしまっている」

孝が稲舟の顔を見ながら話していると、稲舟はいままでの重苦しい顔つきを一変させ、

「おこうさん、東京ってどんなところだろうねェ。こないだなにかに書いてあったけど、東京じゃいま娘義太夫が大流行なんだって。見たいと思わない？　初代竹本綾之助と竹本小土佐がすごい人気だっていうじゃない。竹本三福なぞは絵に書いたような美しさだというし」

孝は、急にはしゃぎ出して娘義太夫の話をはじめた稲舟の気配に押された。娘義太夫など育ちの良い者が口にするのはもってのほか、というように母親に忠告をうけていた彼女だったが、彼女は稲舟につられて、

「投島田に厚く化粧して、紅裏をつけた肩衣に金紋入りの見台に座るんだって。若い書生さん達は無我夢中、サワリのところになると下足札を叩き、手拍手をうって、イヨウ、ドースル、ドースルって大さわぎをやるんだって。ちょっと見てみたい気もする」

といった。

稲舟と進藤孝というこの二人のうち若くしなやかな内部にも、娘義太夫のこのように奔出するエネルギーにあふれる娯楽芸能が強く影を落としていた。稲舟の夢見がちな心は、お納戸色の肩衣もあでやかに、濃い化粧に投島田の髪

を揺らし喝采をあびる娘義太夫に、心をはせた。

明治十年の寄席取締規制の改正で、娘義太夫が公然と寄席にでられるようになったことは、当時にとっては大変なことであった。娘義太夫が明治全期にわたって熱病のように流行したのは、それが寄席芸能であったこと、寄席は大衆娯楽芸能を提供する唯一の場だったからなのである。

明治期の各作家俳人などにもこのエロティックな熱病は勢をきわめ、高浜虚子・厳谷小波・河東碧梧桐・正岡子規がファンになり、もっと明治をくだると、吉井勇・木下杢太郎・北原白秋・平野万里・石川啄木・長田秀雄などもイカれた、というのだからおして知るべしであろう。明治の俳句における革新的なグループにはファンが多数いたらしく、正岡子規は病床（結核）の枕もとに娘義太夫を呼んで語らせた、といういいつたえがあるほどだし、耽美的な美人画を描いた竹久夢二なども娘義太夫に通いつめ、娘義太夫の小土佐のことを書いた「小土佐よ」という一文が残ってもいる。

少女の稲舟と進藤孝にとって東京はまさに「魔の都」であった。

明治十六年十一月には国際社交場の鹿鳴館が開館し、洋装の紳士淑女が舞踏会を催した、と雑誌に書いてあったし、明治十九年の六月には宮廷の婦人たちの服装が洋装化した。その上、次の年になって、一月十七日には皇后の宮の「婦女服制についての思召書」が洋装化を進めることになった。

明治二十年頃の女性の写真などで時折見うけられる、後腰をふくらませた、ホッテントット族の女性が洋服を着たような感じのバッスル・スタイルが、この頃、熱狂的な流行を見ることになる。条約改正が失敗して欧化政策の反動が強くなると、この天下り的な洋装は衰微した。そして洋服は上流階級の人たちだけにひとまず残ったのであった。

稲舟は進藤孝と、この洋服についても議論をすることがあった。

「私もいちど着てみたいと思うけれど、どういうものかしらねえ」

と稲舟がいうと、孝は、

「お錦はんなら可愛いいからきっと似合うと思うけど、私にはとても自信ない。バッスル・スタイルっていうのはどうもスカートがふくらまり過ぎているし。でもきっと、いまに日本中が洋服だらけになる日が来ると思いはするけれど」

といった。

洋装は、すでに明治四年十月には、西京二条新地の芸妓五人が、まず、スカートをふくらませたクリノリン・スタイルで洋装したのを手はじめに、五年一月には東京坂本町の絃妓（げいしゃ）セイラン、六年一月には長崎丸山町松月楼の遊女六人の洋装が衆目を驚かせていた。明治はそういう時代なのである。

少女の稲舟も孝も、こんなしめっぽい鶴岡なんかいやだ、東京のほうにはきっと光がある、と思っていた。

ここに一枚の写真がある。

明治二十年頃の写真である。

五人の女の子が写っていて、その女の子たちは、年頃直前の年齢と見られ、利発そうな顔を並べている。背景に、その頃よく使われた樹木と雲の幕があり、左方にはロココ調の家具が見え、その家具の上に、羽根をひろげた鳥の足をつかみ空にさしあげてもつ裸の少年のブロンズが置かれている。

五人の少女たちはたいてい、地味なひっつめ髪に縞か絣がらの着物を着ている。ひとりだけきわだって目立つ少女がいる。明るい色調の友禅がらの着物に高いまげ、その高く結ったまげには西洋のプリンセスがするような、小さな王冠に似た髪飾りがあり、その上にまた一輪の白いバラの造花までさしているのだ。

白いバラの造花をさしている少女がもう一人いる、そんな写真である。

この、白い造花のバラを髪にさしているのが稲舟と孝である。王冠のような飾りを頭にのっけた上に造花もさしているのが稲舟で、白い造花だけさしているのが孝である。

稲舟のほかの四人の少女たちは、田舎の町のどこにでもいる様子の、その生活を着物の着つけに如実にあらわしている少女たちであり、稲舟だけが全く別世界の住人のような気配を様子に漂わせているのである。稲舟は、畠から掘りたてのイモのような沢山の少女たちにまじって、自分の美貌がどれだけ有効なものか、朝夕の鏡を前にして想ったにちがいない。

明治十七年の鹿鳴館時代の欧化熱につれて、上層の女性たちの間に洋装がとりいれられ、それとともに洋風の束髪が結われるようになった。始めは洋装のときだけ束髪が結われたというが、明治十八年七月に、渡辺鼎・石川暎作らによって、大日本婦人束髪会が起こされた。これは、これまでの日本髪の短所を改めようという運動である。

日本髪の短所というのは、髷台・かもじ・鬢付油などを使って結っているので、第一に不便窮屈で苦痛に堪えない。第二に不潔汚穢で衛生に害がある。第三に不経済で交際上に妨げがある、ということだった。

明治十九年十二月、京都府の知事が、婦女の剃眉涅歯（ねっし）を廃し、結髪をきつくしないで髪は度々に洗うように、と通達したのは、いまでは考えられないようなことである。

稲舟は当時「女学雑誌」を購読していたが、明治十九年の九月の「女学雑誌」第三十四号に「近頃は束髪を結ぶ者非常に多くなり、特に上流社会の婦人に多く見受くることとなれば、今年の束髪の景況は昨年と違ひ、下等女子のワイワイ連中には少きとも、上流社会には却って多くなりたり……」の記事を見た。

稲舟の写真は、たいていが日本髪である。明治二十八年頃の写真も日本髪である。稲舟ほど中身の進んでいた人が、と不審に思うかもしれない。けれども、その人の思想を知るにはまずその人の帽子を見よ、という言葉があるようにそれは稲舟の当時の思想傾向をよくあらわすものだったのである。

この明治二十八年頃というのは、日清戦争後の国粋主義の時代だった。稲舟も山田美妙とともに大陸侵略を聖道とする国粋主義者だった。表層の欧化熱の底を帝国主義が固めていた時代だったのである。

稲舟はこのように、伝統的な美の最上層部分を理想とし、その身ごしらえをもしていた。

しかし、稲舟より三歳年上のアナーキストの幸徳秋水（明治四年生）は稲舟没後十四年にして大逆事件の主謀者に仕立てあげられて投獄され、秘密裁判で死刑宣告をうけ死刑にされた。そんな系列の思想も育っていた時代である。

少女の稲舟と進藤孝にはトウキョウという発音は身にひびくものであった。「江戸」ではなく東京なのである。「そこ」には自分たちの渇望をみたす全てのものがあり、花園のようにきらびやかな言動がとびかう若者たちの町があるのだと思わせられた。二人の目には華やかなガス灯が見えたのだった。

明治二十年、稲舟と孝は朝暘学校小学高等科第一級を卒業した。

稲舟の最も親しい女の友人、写真撮影のときは同じ白バラの造花をさして写真をうつした進藤孝は全卒業生の中で最優秀生徒として卒業した。同学年で卒業した者たちには、高山樗牛の実弟の斎藤良太や田中一貞がいた。いずれも優秀な頭脳をほこる人たちだった。

田中一貞という人は美術史の田中一松と親せきであり、後に慶応義塾の教授となり、同大学の図書館長ともなり、嘯月生というペンネームで文章を書いた人でもある。斎藤良太と田中一貞とは稲舟より一年半の年長であったけれど、当時は年齢と関係なく在学していた。

明治二十年六月十五日、鶴岡の近代女性史のなかで力強い生きかたをした二人の少女が朝暘学校を卒業した。女生徒ではこの進藤孝と田沢錦だけが県知事賞を与えられた。

明治十七年ころの就学率は男子五二パーセント女子一七パーセントだったというから、鶴岡の中でもエリートの子どもたちしか学校には入れなかったし、女の子にいたってはごくわずかの子どもたちしか就学していなかった。

庄内では江戸時代から地主が肥る傾向にあったが、地租改正によって地主制はいっそう有利になったのである。だから地主の子ども以外の子どもたちは学校に入るどころのさわぎではなく、地面を這いずる生活をしていた。稲舟から見れば彼らは、人間の暮しといえるものではなかった。他方、下級士族は明治維新で禄を失ない、生計のための機織などを始め、労働力である女の子は機を織らされたりしていたのである。

手を汚さず意識も荒されないで済んだ稲舟は、その頃から書物の中の世界に没頭しはじめていた。同性であっても、手を荒しながら心をすさませながら機を織る同年輩の少女たちのことも、稲舟の下着や足袋を洗う田沢家での下働きの女たちも、稲舟から見れば生まれながらにそうすべく生まれついているのであり、そのように働いたまま死んでいくのだと思われた。

稲舟は書物の中のロマネスクな夢想にしだいにとりつかれていった。

稲舟にとって都会は麻薬であった。

夜になるとまことに暗い鶴岡から見れば、東京は夜も昼のように明るくなるという瓦斯《ガス》灯が輝く町と思えるのである。鶴岡の古老の一部の人たちは、この瓦斯灯を切支舟の魔法と言ったということであるから、その瓦斯灯の灯にあこがれる稲舟を魔女と噂したのも無理からぬ話ではある。

稲舟の胸には自分の今後の進路についての重いしこりがあった。彼女は、医家の長女として、男子のいない田沢家の跡取りにならなければならないという制度の重さを計った。田沢の家を継ぎ、万事に過不足のない婿養子をむかえて、子どもを生み、内川の流れと金峰山をながめて一生とする。稲舟はそのことを考えるたびに胸がつぶれる思いがした。彼女は何日もふさぎこむ日が多くなっていった。そういう出口のない状況のどこかにぬけ路をみつけようとあがいた。

稲舟が筆をもって言葉を書きはじめたのはそのような懊悩がはじまってからだった。

田沢家では、稲舟の妹富が生まれたあと子どもができなかった。明治二十年に稲舟は十四歳になり、富も十歳になっていた。

「おとうさん、そろそろ錦の相手をきめておかないと……。中新町の服部の正孫さん、あそこの家は士族だし」

明治二十年十月二十七日、鶴岡家中新町士族服部昌寿長男服部正孫が田沢家に入籍している。稲舟の両親が稲舟の相手にと考えたのである。

稲舟はそれを知ると、進藤孝の家に心中をうったえにいった。

「おこうさん、ほんとにいやになってしまう、両親には私の気持ちなんかわかりゃしないんだから。士族といったってあんな貧乏士族の家の息子、父親のいいなりになって私の家になどよこされてどういう気かしら。思っていた心配がだんだん具体的になっていく。私はいらいらのし通しなのよ。おこうさん考えてもみてよ。あんなむっつりして不細工な男といっしょになって子どもをゾロゾロ生んで、こんな狭っくるしい鶴岡で生きていくなんて」

稲舟はやり場のない気持ちを進藤孝にたたきつけていた。進藤孝は自分も稲舟と同じ身の上だったのでおだやかではいられなかった。孝は鼻筋のすうっと通った顔を暗くした。

「お錦はん、そりゃ私にとっても人ごとではないのよ。私の両親もいろいろ当たりをつけているようなのよ。お錦はんも私もよっぽどしっかりしないと、親のいいなりになって一生泣かなければならいことになりかねないから」

進藤孝は、どちらかというと喜怒哀楽の情緒をあらわすのに理性的で淡白な性格だったが、やはりまだ若くその並以上の頭脳で計算していろいろ考え、稲舟にアドバイスしたり、自分と相似の身の上のことを言うのだった。

稲舟は母の信に再度くってかかった。

「おかはん、私はおかはんたちの考えることは早すぎると思う。なんで私がそんなにはやく身をかためなければならないんだろう。私はもっとゆっくりしていたい。それに勉強だってまだまだしたい」

稲舟の胸中にある稲舟の理想とする男の面差しと服部正孫のそれとは大ちがいだった。彼女には服部正孫の立居など見なくともわかっていたのだ。「この鶴岡に私の気に染む男なんかいるものか」というのが彼女の本音だった。彼女は絵や物語の中に生きる男たちを理想としていたのだから、しょせん鶴岡あたりの垢ぬけのしないぼさっとした男たちなぞ気に染むわけはなかった。

明治二十年秋の稲舟はとにかく気が重かった。縁先に座りこんで庭の萩の素枯れた様子をぼんやりと見ていたり、絵の切抜き帖をひろげて眺めたりしていた。稲舟はまわりで動きまわっている身内の者とか、書生たち、父親に見てもらいにくる患者たちさえ、ただわずらわしかった。

稲舟の自閉的な性質はこの頃からいっそう強くなってきている。おしゃまで勝気な妹の富を相手に冗談を飛ばしていたかと思うと、次には自分の部屋に入りこみ、鏡の前にたち、自分の容姿をあかず眺め、半衿の色と着物の色柄の映り具合をためつすがめつ眺めていたりするのだった。

この明治二十年には、稲舟より五歳年長の二十歳の山田美妙がすでに文壇の花形として活躍しており、女性雑誌「以良都女」を創設して都で活躍していた。美妙はこの年「武蔵野」を「読売新聞」に発表し、「夏木立」（翌年刊行）

を書き、「言文一致論概略」の内容を温め、考えをねっていたのである。

稲舟は机の上に絵草紙帖を開いた。絵の好きな稲舟は、自分の絵のお手本にもなるし、もういちど見たい絵などを切り抜いたりして一冊の大ぶりの帳面に貼りためていたのである。いまでいうスクラップ・ブックだった。

彼女は一枚の絵に目を注いでいた。「上野公園清水堂桜花」と題された絵には六人の女たちが描かれていた。その女たちが清水堂をもうでたあと桜の花を眺めながら帰りかけている図柄だった。先頭には小冠をいただいたおすべらかしの髪の、ひときわ背の高い高貴の女人が描かれていて、その女人の着物の重ねも厚く、いちばん上に着用している薄水色の打掛には桐の花と葉、その肩のあたりには羽根を広げた大きな鳳凰が描かれていた。稲舟はその女人の美しさにみとれていた。

気品のある切れ長の眼、高貴な眉、赤い絹の袴。清水堂の屋根には薄桃色のしだれ桜がたれかかり、女人たちの遠景には不忍の池の水と松が描かれていた。稲舟は、高貴な女人の清らかな面差しをみつめながら、このように美しい風姿を自在に描けるようになりたいものだと思った。

それにしても東京の夜は明るいだろう、と思った。稲舟の心に「上野公園」という言葉はしみこんだ。

明治十年の八月、上野公園で「第一回内国勧業博覧会」が開かれ、その話を稲舟は父の清から聞かされた。瓦斯灯によるイルミネーションが設けられ、見物人はその明るさに驚いたとも聞かされたし、小林清親の版画でその様子も見た。郵便報知新聞では「東京繁栄鞠唄」という記事をのせ、その数え唄の第一に瓦斯灯があげられているのを稲舟は見た。

一ツトセ、光りかがやく瓦斯灯の、その明り、東京一面照らします、照らします。

稲舟は、うすぐらいじめじめした感じや、しみったれた感じがきらいだった。だから、とりわけこの瓦斯灯のきらびやかな光り輝きには心奪われるのだった。人間らしいことはきっとそのようでなければならない、と彼女には思われたし、絵かきの小林清親や河鍋暁斎や小国政などをうらやましいと思った。

紙の上に見たまま思ったままを自在に描くこと、稲舟にとってこれはすばらしいことだった。写真技術の発達しなかった当時において、錦絵や石版画はあらゆるニュースの報道媒体であり、絵かきは時代の尖端をゆく者として意味づけられていたのであって、いま私どもが考えるような絵かきとは多分にその意味あい、ニュアンスがちがってもいたのである。だから稲舟は当節でいう女カメラマンと女子画学生とを混ぜあわせたようなニュアンスのものにあこがれ、心を波たたせたのだ。

稲舟はとにかくよく絵を見た。

大津絵からはじまって錦絵、日本の古今の名画といわれているものを手あたりしだいに見た。五日町に地主という書物屋があった。江戸時代に三日町の角に丁字屋という書物屋があり、これは鶴岡で江戸時代唯一の書物屋であったが、明治になると廃業してしまい、この地主文蔵という人がはじめた書物屋が繁盛し出した。少女だった稲舟がせっせと通ったのはこの書物屋だった。

その頃の書物屋では、店頭に何段かの紐をぴんと張り渡して、そこにいろいろの錦絵を吊るしていた。本を買いにいった稲舟は、店頭に吊りさげられたとりどりの錦絵や浮世絵に心うばわれるのだった。

書物屋は、開化の波にのって鶴岡にも何軒かできた。五日町の地主文蔵、十日町の日向源吉、五日町のヱビスヤ小池藤治郎、七軒町の皆川壮吉などという人たちの書物屋があった。稲舟がよくいったのは前述の地主書物屋で、その店の畳敷きの店頭にならべられたたくさんの本に彼女は心をおどらせた。店先には新版ものの截ち口の揃ったものがならべられており、奥のほうには古書経文の類が積んであった。

紐を張って錦絵や石版画の吊るしてある店頭に立つと稲舟の胸はさわいだ。吊るされた錦絵や石版画には、西南戦争の血にまみれた情景を描いた絵、あるいは「明治聖世万寿無疆」と題された、紫もあざやかな宮中の幕の下の明治天皇の前で天書を読みあげている大臣の絵などがあった。また金色燦然とした黒い漆塗りの馬車、シルクハットのすらりとした高官たち、張り出し廊下で海を遠望する貴婦人たちのいる芝公園「紅葉館」の絵、たくさんの船が浮いている横浜港の景、洋館のたちならぶ神戸港の景、そんなのがあった。そのほかには、筋骨隆々たる有名力士の絵や、舞台姿もあでやかな歌舞伎役者の絵などもあった。

稲舟は、月岡芳年・林永濯・落合芳幾・豊原国周などがもっとも力ある現代の絵師だろうと思った。とくに芳年の美人画には、凄艶な言葉にならない魅力があると思った。ほかの人たちはどこかサラリとしていて、よくいえば洒脱とでもいうか淡白だったが、この芳年という人の絵には、なにものかを信じようとでもするような一種の気魄があり洋紅の使いかたひとつでも、そこには紅がもつ多様な心へのあくなき探求がこめられているように思われた。

月岡芳年という絵師の洋紅絵の具にたいする執念を彼女は見ていた。稲舟は書物屋の上得意の客であった。彼女は新刊・雑誌はもとより、錦絵や浮世絵をたくさん買うし、時には憑かれたように芳年の絵を買いつづけるかと思うと、それはぱたりとやめて、落合芳幾や清親の静的な気分の絵を買う、という具合に、ともかく絵をよく買った。

稲舟が錦絵や浮世絵を買っていた頃、美学教育に対する明治政府の立ちおくれはめだっていたが、明治十五年五月十四日、東京大学で経済学・哲学などを講じていたフェノロサが竜池会で、日本古美術の真価と復興の急務を説く講演をした。それは大森惟中の筆記によって「美術真説」として刊行された。この中でフェノロサは、日本画・東洋画の意義を顕彰するとともに、日本美術の新しい発揚のための三つの方策として、美術学校の設立、画家の補助奨励、公衆の誘導を説いている。

坪内逍遥が「小説神髄」(明治十八年九月―十九年四月)で、
「近きころ某といふ米国の博識がわが東京の府下に於てしばしば美術の理を講じて世の謬説を駁されたれば……」
といっているのは、フェノロサが講演した「美術真説」のことをいったのだそうである。

このように、おくれていた日本の美術教育はようよう軌道にのりはじめたのだが、明治十八年十一月、文部省学務局に図画取調掛が設けられ、明治十九年九月には美術取調委員が組織され(フェノロサ・岡倉天心ら)欧米諸国に派遣された。そして明治二十年五月、勅令第二十一号をもって図画取調掛が東京美術学校として規定され、文部省直轄学校に加えられ、明治二十二年二月に授業が開かれている。

稲舟の少女期の絵は国粋主義的な流れをたどり、音楽は洋風、というように、時代の混乱をあらわしたまま状況は進行していた。

稲舟は和紙を机の上にひろげて、花や鳥や風景や女を描いた。ことに女をたくさん描いた。しかしそれは、身近にいる人たちを描く、ということはなく、父清や母信や書生たちを画材にすることはなかった。小さな彼女が描く人物たちは、鶴岡に住んで生きたり喜んだりしている人たちではなかった。どこか遠く、それも具体的にどこそこに住んでいるなんのなにがし、という者ではなく、どこかに住んでいるであろう、それはいわゆる観念と想像力の所産であったり、物語の中に出てくる人物だった。生活臭のしない、人形のような人物たち。汗や鼻汁や大小便や垢、そうした生理的な新陳代謝作用がないかのような人物たち。

当時の鶴岡は庄内藩の気風を濃厚にうけついでいたし、たびかさなる大火と武士階級の崩壊とでおおいようもなく貧乏人がうようよしていたわけだから、そういう状態の中でなんの心の痛みもなく着飾っていられた少女稲舟の、自分が信じた美の表現へのエネルギーの強さはやはり恐るべきものがあったと思う。

母信は、この頃から稲舟を不安をこめたまなざしで見るようになった。稲舟の身なりは鶴岡の普通の町娘とは、なにか、けたはずれにちがうものを感じさせたからだ。

「錦、この頃のお前はこの鶴岡じゃ目立ちすぎないかね。人は華族様のお姫様みたいな格好しているといっているよ、お前のことを」

稲舟の生家は士族ではあったが華族ではない。

明治憲法のもとで、皇族の下、士族の上に位した爵位を持つ者とその家族らに対して国家から華族という称号が与えられた。

明治二年六月、版籍奉還により、六月十七日、公卿・諸侯の称を廃して華族と呼ぶことになり、明治十七年七月七日、さらに華族令ができ、公・侯・伯・子・男の階級が定められ、維新の功労者などが爵位を受けて、大名華族・公卿華族以外の新華族が誕生していったのだ。新政府が打ち出した「四民平等」は掛け声だけで、華族制度の設置によって新しい階級制度をつくってしまったことになり、華族は、われわれが経験した第二次世界大戦が終了してその制度が廃止されるまで特権身分として、支配階級に属していた。

稲舟は少女の頃から、この華族という階級に強い磁力を感じていた。「華族のお姫様」的な身なりは、彼女のファッションのお手本であり、華族の子女の言動は神秘的な高貴な世界を夢見る彼女にとってまさに格好の舞台だったのである。

文学の世界に華族がしきりに登場するのは明治四十年頃までである。

稲舟の後年の文学に多く出没する華族階級の男女は、稲舟の凝りかたまった様式美への絶対希求のひとつのあらわであった。

　明治二十年十月二十七日に田沢家に入籍した服部正孫は、翌明治二十一年二月二十三日に離縁している。男子のいない田沢家では、跡取りのことでは頭を痛めざるをえなかった。それに稲舟は並みの娘とはちがい、親のいいなりになるようではなかったから、清も信も早く彼女の身をかためさせて、途方もない夢想癖にクサビを打ちこみたいと思っていた。

　服部正孫を離縁した同じ明治二十一年十一月八日に、東田川郡手向村平民寺岡儀一の四男四郎を、清は強引に入籍した。前に入籍した士族の子息服部正孫を離縁してから九か月目のことである。

　士族の息子でさえ受けつけなかったのに平民出の息子など、矜持については人並みはずれた稲舟が受けつけるわけがない。清が、

「いいか錦、わがままもほどほどにしろ、寺岡四郎は平民だとはいっても家はいいし気性のしっかりした男だ。ここいらでよく考えて身を落着けてくれ」

と強硬にいったが、稲舟は、

「おとはん、私はもっと勉強したい。それにどうしても性が合うとは思えない」

と頑強に拒否した。これは、当時の鶴岡の娘の感覚ではとうていなかった。稲舟は両親がこしらえたこれら二度の縁組を病的なほどきらった。当時親が用意した縁組を二度も拒否することは並みたいていのことではなかったが、稲舟はこの時、自分の未来をつくり出す岐路にたたされているのを知ったのだ。稲舟には未来の映像がありありと見えはじめていた。

男の側から女を離縁するのならいざしらず、女の身でありながら男を離縁するなどは魔性の女として稲舟のことをまわりの者は見た。稲舟にはその時、自分の未来に二通りの生が用意されているのだと思った。鶴岡の金峰山の山脈と内川を眺めながら、平凡な夫といっしょに子を成して田沢の家を守り老いていく生と、学問して好きな絵の勉強もできるだろう生と。稲舟は、男であったら！　と思った。両親のその手には絶対のらないぞ、とも思った。そして、二通りの生のうち、絶対に後者の道を歩かないでおくものか、と思いもし、進藤孝とともにそれを堅く約しもしたのだ。

明治二十二年、稲舟は朝暘尋常小学校高等科を卒業した。

稲舟は娘盛りにさしかかっていた。十六歳である。当時は十五、六歳といえば結婚適齢期と見なされ、男女の交際の場はなかったから、お盆の寺まいりは、各家の子女の格好の見せ場所となっていた。各家では娘や息子の身なりをととのえ、日も暮れようとする夕方に一族を従えて家父長は寺にむかう。寺の道への行き帰りにお互いの家の息子娘の品定めをする。そんな中で稲舟の夏姿は美しかった。七草を染めあげた絽の着物を着て草履表つきの下駄をはき、まげには彼女の好みの白絹で作られた造花をさし、歩きかたも優美さを心がけていたから、夏の夕暮れに行きかう鶴岡の多くの人たちは、そのような彼女を振りむいてよく見たものである。

後年、彼女が文壇唯一の美女と折り紙をつけられ噂されるには、彼女の天性の美貌もさりながら、この彼女の手のこんだ美人演出法も大いに役にたっていた。

稲舟は、自分の美的探求の欲望を成就するためにはこんな所で挫折していられないと、頑張りぬき、二度目の縁組についても両親に反対しつづけていたのだ。

この頃から稲舟は、東京から出されている「以良都女《いらつめ》」を熱狂的に読んだ。この「以良都女」というのは、文明開化の状況に便乗したかたちの女性むきの文芸雑誌である。

「以良都女」の編纂ははじめ山田美妙の友人中川小十郎がやっていた。だが美妙が明治二十年に東大文科への入学に失敗したのを契機に文壇への進出を志し、同年七月に中川小十郎のあとをついで「以良都女」の編纂にたずさわった。田沢稲舟と山田美妙との運命的な出会いが始まるのである。「以良都女」という女性むきの文芸雑誌のむこう側には山田美妙という男性がおり、こちらがわには稲舟がいた。少女稲舟の内面生活に、この山田美妙は入りこみはじめていた。

山田美妙は本名を山田武太郎といい、慶応四年七月八日、東京神田柳町に生まれた。いわゆる粋な神田っ子である。父は元南部藩士山田吉雄であり、美妙は山田吉雄の長男である。四歳のとき父山田吉雄が島根県警部長に赴任。それ以後は別居して母の手で育てられた。美妙は幼少時から和漢の書を好み、中学時代にはすでに文才をあらわしたというから早熟である。大学予備門（一高）在学中、同じ予備門の尾崎紅葉・石橋思案、それに商業学校に在学していた丸岡九華らと硯友社を組織し、機関誌「我楽多文庫《がらくたぶんこ》」を編集し、明治十八年には馬琴調の「堅琴草紙」や言文一致体の「嘲戒小説天狗」（明治十九―二十年）などを発表した。

驚くべきは、以上までの仕事を十代、つまり、ティーンエイジャーにやっていたということである。慶応四年の生まれといえば、その年の終りには明治も元年になったのだから、山田美妙は明治のはじめに生まれて明治の年数といっしょに歩いており、その点で明治十九年には十九歳、というように数えやすい。

明治は日本文化史上最大の混乱期である。そこをはっきり踏まえて見ないと、深い誤りをもちやすいだろう。明治は日本におけるルネッサンスのはじまりでもあった。このような大混乱期のただ中を、十九や二十の山田美妙は〝だれがなんといおうと〟気丈にも泳ぎぬいていたのである。だから彼の内面生活と外界の速度との分裂も類例を見ないほどに激烈だったのだ。

明治十年以前は盲目的な西洋文化の模倣期であり、それ以後は意識的な模倣とか心酔に移っていったような時期である。山田美妙はそのような状況を体現していた。少女稲舟はその山田美妙にしだいに接近していった。

稲舟は、「以良都女」などを読むにつれても時代がすごい速度で変わりつつあるのだ、ということを知った。「話し言葉」と「書き言葉」が一致していくだろう現実を肌で感じていた。彼女はもっともっといろいろなことを学ばなければ、時代からおいてけぼりをくうことはまちがいないとも思った。彼女は母の信に、

「おかはん、私はなにがどうでも鶴岡の朝暘学校の高等科を出ただけですませたくはない。なんとかもっと勉強したい。おとはんの許しを得られるようにして。私が男だったら、田沢の家ほどならとうに東京の学校に入れてくれたんでしょう。私はなにがどうでも東京に出たい」

といった。

二十一年の十一月に入籍したままの寺岡四郎など、稲舟の目にも耳にも入らないな、とそんな稲舟を見ながら信は思っていた。信は愛らしい稲舟が吐く言葉の裏に、信の頭では考えのつかない空恐ろしい気配を感じていた。

稲舟は朝暘尋常高等小学校高等科を卒業してのち落着かず、ウツウツとした日を暮すことが多かった。

彼女はユウウツが訪れると絵の具皿に絵の具を溶いて紙をひろげ、人や風景を描いてみた。無口なだけにひとり考えごとをしていることが多かった。ある日、改良半紙に罫をひいた下敷用の紙を入れて稲舟は歌を書いてみようとしていた。机の上の好きな「新古今集」をぱらぱらとめくった。

たがための錦なればか秋霧のさほの山べをたちかくすらむ　　きのとものり

こんな歌が目についた。自分の名の錦という字がつかわれていたためと、たちまよう目分のいまの心境をあらわしているようだったからだ。硯に筆の穂先を入れて半紙の上にさらさらと書いてみた。佐保山の紅葉は誰のために大切にしておかれる錦なのか、自分には見せぬようにあの霧がたって隠す。

稲舟は硯箱の中にぽいと筆を置いた。私の前方には、はれるかどうかわからない霧がたっている。霧になんか負けるものか。

障子をあけて妹の富が部屋に入ってきて、稲舟のそばに横座りながら稲舟の机の上をのぞきこみ、

「姉はん、やっぱりどうしても東京へいく？　佐保の山べか、東京は遠いなあ。姉はんは私より温和しいけど時々こわいことやるからの」

といった。稲舟はさびしげに言った。

「そういったって、おとはんはなかなか許しなさらない。気持ちもわからないではないけれど」

明治二十三年一日十一日、前々年に田沢家に入籍された平民寺岡四郎は田沢家から離縁された。

両親がどのように口をきわめても、この縁組を稲舟がきかなかったからである。

稲舟の気のふさぎは、親友の進藤孝がすでに上京しているということで、あせりが増してもいるのだ。

この進藤孝という人は、兄重雄が東京で若死したために、進藤医院の唯一の後継者となってしまったのであった。そのため、稲舟の場合と同じように彼女も婿養子の縁組をしたが、明治二十一年の秋には孝は、この養子は離縁している。

進藤孝は医家の跡目をつぐために医学修業をしようと上京した。それは明治二十二年の春であったろうと推定されている。進藤孝は、母の順につきそわれて上京した。当時の旅は当今とはちがい大変だった。当時の交通事情は、奥

羽本線が新庄まで開通したのが明治三十六年三月。陸羽西線が清川に達したのが大正三年五月、という具合だった。当時はまだ江戸時代の旅姿で、わらじをはき脚絆やこてあてをつけて、もっぱら自分の足に頼らざるをえなかった。東京にいくには、だから昔日の参勤交代の道を鶴岡を出発点として南に出、葡萄峠から越後に入り、三国峠を越えていった。

仲が良く優秀だった進藤孝がすでに上京してしまっていて、相談する相手もなく稲舟は気があせるばかりで、

「おとはん、進藤のおこうはんも上京して医者の学校に入ると行ってしまわれたし、なんとか私の東京行も許してください」

とくりかえし父の清にたのみこむだけだった。何食かの食事をぬき、部屋にこもってのハンガーストライキもやってのけた。

明治十六年五月、二歳年長の樋口一葉は、東京池の端の青海小学校中等科第一級を五番で、続いて十二月、高等科第四級を首席で修了している。一葉の実家では、それより上の学校にいれようとはしなかった。少女一葉が作った「筆」と題した短歌が残っている。

ほそけれど人の杖とも柱とも思はれにけり筆のいのち毛

十二歳の少女の短歌である。この時すでに一葉は、言語が人間にとってどのようなものであるか、という問いにむきあっていた。一葉の少女時代からすでに、生きるには自分の意志伝達を言葉でやらなければならない、ということに目覚めていたありさまはいたいたしい。一葉の日記「塵の中」に、

「七つといふとしより、草双紙といふものを好みて、手まりやり羽子をなげうちてよみけるが、其中にも、一と好

みけるは英雄豪傑の伝、任侠義人の行為などの、そぞろ身にしむ様に覚えて、凡て勇ましく花やかなるが嬉しかりき。かくて九つ斗の時よりは、我身の一生の、世の常にて終らむことなげかはしく、あはれ、くれ竹の一ふしぬけ出しがなとぞあけくれに願ひける。されども其ころの目には、世の中などいふもの見ゆべくもあらず、只雲をふみて天にとどかむを願ふ様なりき。其頃の人は、みな我を見ておとなしき子とほめ物おぼえよき子といひけり。父は人にほこり給へり。師は、弟子中むれを抜けて秘蔵にし給へり。をさなき心には、中々に身をかへり見るなど能ふべくもあらで天下くみしやすきのみ、我事成就なし安きのみと頼みける」（明治二十六年七月）

一葉もまた稲舟と同じように衆をぬきんでて周囲から期待をかけられていた。だが、

「十二といふとし、学校をやめけるが、そは母君の意見にて、女にながく学問をさせなんは、行々の為よろしからず針仕事にても学ばせ、家事の見ならひなどさせんとて成りき」（明治二十六年七月）

十二歳の時もう学問をあきらめねばならなかった、と一葉はいっている。一葉の母は昔ながらのしきたりのレールに彼女をのせようとしたらしい。だが、一葉の父は凡百の婦ではない一葉に学問をさせたいと考えていたといわれている。温和な一葉は母に従ったのだが、父は妻を説得して知人の遠田澄庵という人の紹介で中島歌子の歌塾へ入門させたのである。それは、明治十九年八月のことである。

ところが、明治二十年夏から一葉も稲舟と似た状況に置かれるようになった。この年、長兄泉太郎の病死によって一葉もまた樋口家の相続人となった。そのうえ、退官した父が事業不振のため、芝高輪、神田神保町、そのあと二十二年春には淡路町へと居を転じながら弱っていったが、同年七月脳溢血で死んでしまったのである。それから一葉の明治二十九年十一月二十三日の死の日まで、彼女の苦しみはつづいていく。

このように、一葉もまた早逝したが、それは稲舟の死んだ九月十日からわずか二か月後のことであった。明治二十

九年という年は、逝くに早すぎた魂が二つもこの世から去った。

稲舟の読書量はたいへんなものだったし、彼女は、気おくれせずなんでも読んだ。嘯月生による稲舟の幼時を語る追想によると、

「女史は当時すでに悲劇の用意をなし居たりき、彼女は元来飯よりも否寧ろ生命よりも小説を愛せり。彼女は裁縫の技に於て甚だ巧ならざりき、彼女は庖厨の技に於ては単位以下にありき」

とある。針をもたせても包丁をもたせてもからきしダメだった、というのである。母の信はなにをさせても人並以上の人だったというし、管財にたけた男まさりの気質の持主だつたが、その母の血は、芸術的エネルギーとしてのみ稲舟からほとばしり出たのだ。針をもつかわりに、稲舟は筆を握った。

稲舟の机の上に数冊の本がのっている。一冊の雑誌は頁が開かれている。そこには絵が描かれてある。鎧を着た若い落武者の前で長い黒髪をたらした少女が裸で水の中に立っている絵である。その絵の、二人の若い男女が向き合っている頭上には大きな蝶が描かれていた。胸さわぐ絵である。

稲舟はほっと溜め息をついた。大胆な絵。なにかをうったえかけようとする構想の絵。ぱらぱらと頁をめくると、

「濡果てた衣物を半ば身に纒て、四方には人一人も居ぬながら猶何処やら吾身へ対するとでも言ふべき羞を帯びて、風の囁きにも、鳥の羽音にも耳を欹てる胡蝶の姿の奥床しさ、うつくしさ、五尺の黒髪は舐め乱した浪の手柄を見せ顔に同じく浪打って多情にも朝桜の肌を掠め、眉は目蓋と共に重く垂れて其処に薄命の怨みを宿して居ます。水と土とをば「自然」が巧に取合はせた一幅の活きた画の中にまた美術の神髄とも言うべき曲線でうまく組立てられた裸体の美人が居るのですものを。あゝ高尚。真の『美』は即ち真の『高尚』です」

このような一文が稲舟の目を射る。山田美妙の小説「胡蝶」の一節である。

東京にはこのような文章を書き思想を抱いている人が現実にいるのだと稲舟は考える。なんというすらりとしていじけない考えかたであろう、と稲舟は「胡蝶」の文章を目でたどる。

「胡蝶」は明治二十二年一月号の「国民の友」三十七号にのったものである。これは、源平時代に材をとった歴史小説で、作者みずから、

「実の処、これこそ主人が精一杯に作った作で決していつもの甘酒ではありません。忽忙の中の作だの何だのと遁辞をば言ひません、只是が今の主人の実の腕で、善悪に関せず世間の批評をば十分に頂載します」

といっている。相当の自信の作であり、美妙としては心中期するところがあったであろうし、内田魯庵はこの作を見て、「宏麗典雅、あるいは雄渾健勁」「近頃比類なき傑作」だとほめたたえ、「日本のシェークスピアは果して美妙斎氏なるか」とまでいっているほどである。美妙はこの作で一躍文壇の花形になった。

問題になったこの小説の渡辺省亭筆の口絵もまた「日本ではじめてのヌード」ということで、世論をわかせた。

少女稲舟の胸に、山田美妙の簡潔な文体や、大胆な描写がどれだけ大きなショックで突きさったか測りしれないほどである。往時の美妙の人気は、明けていく日本のひとつのシンボリックなできごとであった。

硯友社の周辺

「稲舟伝説」というのがある。

開化の激浪が東北の末端の鶴岡までとどくかとどかないころ、きわめて美しい若い女が筆を握り、ものを書いている、という行為自体、奇怪な陰影をもつ得体のしれないあやかしごととして、一般の人に印象づけられるのも無理のないことであろう。

当時は、良家の娘が「小説本」を見るなどということは下賤のこととされていた。しかし稲舟は熱心に本を読んだ。それは、雑誌「以良都女」であり、「都の花」であり、「婦女雑誌」であった。先に述べたように、「以良都女」は稲舟が十四歳になった明治二十年に創刊されている。そしてこの雑誌の編集者ははじめ美妙の友人の中川小十郎がやっていたのだが二十年の七月から美妙が編纂にあたったのである。この時美妙はわずか二十歳であった。

明治の出版事情といえば、慶応四年四月に、太政官布告第三五八号が出た。これは新たに書物を発行する場合には幕府時代からのしきたりの通り為政者の許可を要するのだが、それが守られていない、許可を受けていない新刊書の類は売買をとめるという布告なのだ。加えて明治元年六月八日に出された太政官布告第四五一号は、明らかに出版物への弾圧、取り締まりだったのである。出版事情はこのように明治に入ったとはいえ暗黒の気配が濃く混乱をきわめており、教育も行き渡らなかったから、出版物の読者層というのは、当時のインテリゲンチァー・官吏・学者というように漢文調の文字を解することのできる者が主であった。

明治十八年二月、山田美妙・尾崎紅葉・石橋思案・丸岡九華らが集まって、明治文壇の一大結社となった「硯友社」を創立した。当時、紅葉・美妙・思案らは大学の予備門に入っていたし、九華・久我順之助らは一橋高等商業に学ぶ学生だった。明治十六年頃、九華が言い出して「交友会」という、漢詩文を中心とした批評添削の会を開き、毎月の例会をもっていた。これが一年半ほどでなくなり、運動・遠足・演説などをやるグループ「凸々会」というのができ、この会もまもなくやめてしまった。ところがこんどはきちんとした文学の会を起こそう、ということになったのが硯友社の発端である。

近代日本最初の文学結社となった硯友社も、筆のすさびの好きな学生たちのダベリの場、趣味的な集まりから出発したものであり、「文学界」や「明星」のような文学的な主張や理念をもってはじめられたのではなかった。

中心メンバーとなったのは紅葉と美妙だった。この紅葉と美妙の交友は有名である。美妙のおおざっぱな来歴はさきに書いた。一方、尾崎紅葉は「三人妻」「金色夜叉」などで知らぬ人とてないほど有名だが、彼は母方の祖父に育てられ、明治十二年、十三歳のとき、麹町内幸町の東京府第二中学校（後の府立一中）に入学、二年で中退した。この第二中学のとき一級下に山田美妙がいたのである。美妙はこのとき早くも文才を発揮し、校内でも評判の学生で、腕っぷしのほうが強い紅葉と反対に温厚で物静かだったという。

東京府立第二中学に入っていた尾崎紅葉は、美妙と話してみるにつけて、二人は五、六歳の頃、同じ長屋の一軒おいてとなりどうしで幼な友達だったことがわかり、二人はその後急速に親交を増していった。こうして、明治文学を支えた二人の出合いは成った。二人の仲は紅葉が中学を中退したので、いったん疎遠になったが、紅葉が予備門の二級になった十七年九月に、同じ予備門に美妙が入学してきて、二人の交遊は再開した。

山田美妙はその当時のことを次のように回想している。

「明治十七年の九月頃までば紅葉子が小説好きであるかどうか自分にも分からなかった。その九月頃から十一月頃まで自分は芝から神田へ日々通学すると偽って、毎日紅葉子と誘ひ合って睦まじく登校することとなったが、その間二人で咄合ったことは大抵漢詩に就いてであった。（筆者注―二人とも漢学者石川鴻斎の門下だった）殆んど小説の小の字も話題の中に加はらなかったが、不図した事から小説の事が話題に出た。『詩も面白いですが僕は此頃また一つ他の物をも嚙るンですよ』とまづ紅葉子が云ふのである。『他の物とは何です』と何心なく反問すると、『Fabie』との答へである」（明治三十七年十一月「文芸倶楽部」、美妙「紅葉子追憶の記」）。

美妙のこの追想記をみると、当時の美妙も紅葉も、大上段にかまえての文学談議などをしあう、というのではなかった。年下でも学識の点では美妙のほうがうわてのようである。紅葉は三馬一九など旧文学を是とし、美妙は馬琴に傾倒して、新しい傾向の文学についてかなりのいきごみと抱負をもっていたようである。

硯友社のグループは月に一回、小説・戯文・詩歌・俳諧・都々逸・川柳・冠句つけにいたるまでのあらゆる文芸作品を集めて、美妙と紅葉が筆写編集してみんなにまわし、批評しあった。いまでいう小型同人誌である。雑誌の名は石橋思案の発案で、文芸作品のなにもかもブチ込んだので「我楽多文庫」と名づけられた。そして社名を「硯友社」と定めたのである。明治十八年の五月二日、半紙半切版、紙数三十二枚の、近代日本文学における最初の同人雑誌ができあがったのだ。

硯友社は時代の気運とともに、しだいに進出していった。しかし、やがて美妙がトップを切ったかたちで文壇に名を成していくと、硯友社のほうとは疎遠になりだし、ついに彼は硯友社を脱会するということになったのである。

美妙は硯友社のメンバーの中で最も学識があり、新しい文学についての理解もあり、野心的でもあった。「我楽多文庫」に筆をとるかたわら、「以良都女」にも、言文一致体の小説「風琴調一節」を発表して、言文一致の熱をあおるなど、めざましく活動した。元来「以良都女」は、婦女子むけの雑誌として発刊したものだが、美妙の活動とともにしだいに文学雑誌の傾向を強めていった。そして美妙は「武蔵野」(「読売新聞」明治二十年十一月)の発表につぐ最初の短篇集「夏木立」の発表とともに、その表現の新しさがもてはやされ、文壇の寵児となった。

明治二十一年十月、文芸関係書専門の書肆金港堂が「都の花」を創刊するとともに美妙はもとの仲間の硯友社のメンバーに無断で主筆として入社してしまった。紅葉は書いている。「所が十三号の発刊に臨んで、硯友社の為に永く忘るべからざる一大変事が起った。其は社の元老たる山田美妙が脱走したのです。いや、石橋と私との此時の憤慨と云ふ者は非常であった」(「硯友社の沿革」)

二十一歳で「夏木立」一冊の処女出版をもつ山田美妙という人間は、たしかに早熟な人である。しかし、「硯友社の為に永く忘るべからさる一大変事が起った……」と硯友社のメンバーをおこらせた美妙の硯友社無断脱会事件は、美妙の人間性を知るうえで謎のような事件に思われる。美妙という人はとにかく事件の多い人であった。美妙という人間の生の総体を考えてみるといつもそこに奇妙な感じが漂うように思う。山田美妙の精神には、どこかに歪みがあると思えてならない。明治二十二年には「言文一致論概略」、二十三年には「日本俗言文法論」など学究的な論文をすでに発表しているのである。二十二か三の青年である。片方でそのような大仕事をやりながら、片方では硯友社のメンバーに後足で砂をかけるような行為をやってのける。頭のよい彼に、こうやったら彼ら（硯友社のメンバー）がどう思うか、ということくらいすぐわかったはずである。

美妙は、祖母の指図によって遊戯的な硯友社から脱会させられたのだ、などと死にのぞみ石橋思案に告白した（「美妙日記」）ともいわれているが、それにしてもその時すぐにそれを相談できる相手がいなかったのだろうか。美妙は「色恋」に気をとられていたのではないか。

なぜカッコつきで色恋というかというと、塩田良平氏の「明治文学論考」にのせられている山田美妙の日記からそう推察したのである。彼のその日記というのは、色気と食い気にみちみちたもので、彼の肉欲については、ストレートに快楽主義者と名づけてもいい、と思われるものであった。その日記は明治二十四年九月から翌年八月までの日記なのだが、その書きぶりから押して、彼は早熟でもあったし、相当早くから女との「情事」をもっていたと推察されるものである。彼は女の肉感にどっぷりと惑溺していく質の人間のように思える。女に愛をもったことがあるのだろうかと、思うほどである。綿密にいえば愛という言葉など、どこにもないかもしれない。サン・テグジュペリの「愛とは見つめあうことでなく、同じ方向を見ることだ」とする男と女の関係上の論理を仮に「愛」と名づけてみると、山田美妙という人間に、女への愛というものがあったかどうか大いに疑問に思われもする。でも美妙の在りかたにいいとか悪いとかの小結論を出すつもりはない。

おそらく早熟な美妙は、ティーンエイジャーのころから岡場所にも出入りしていたであろう。美妙の日記から推すに、彼はひどく孤独だったように思う。モタモタと混乱している明治の文化状況の中で、すくなくともさきが見えていた美妙は、自分よりさきをいく者のいない孤独と、それからくる若い思いあがりとで、まわりの人間たちのノロマぶりを笑っていたと思う。単独者としての優越と淋しさを、女の体に惑溺することでなぐさめようともしただろう。美妙は、表面は温和であまり大声でしゃべることもなかったという。武骨で泥臭い文章を書く紅葉とか硯友社のメンバーから身をしりぞけようとする美妙の若気の矜持もあったと思う。世に喧伝された美妙にしては、ごく限られた交遊しかもたなかったといわれている。美妙の硯友社への無礼はそうとしか考えられない。

浅草公園六区の花屋敷のあたりを肩をすくめて女のもとに通う若い美妙の後ろ首に、夜がにじむ有様はぞっとする光景である。女のうえにかぶさった美妙が、醒めた目つきでふいと女を観察していたことが多分あったはずである。その時の美妙の目に女はなにものに映ったのであろうか。

硯友社脱会事件は、後に彼が起こす事件の幕あけのようにおきた。

たぐりあう糸

山田美妙が美妙文学の最盛期にあり、向うところ敵なし、というような状態の頃、稲舟はまだ鶴岡にあった。彼女の文学への嗜好はいっこうに衰えなかった。衰えないどころかいよいよ盛んになり、二階の彼女の部屋には、明けがたの三時、四時まで灯がともされていて、彼女は書物を読んだり和歌をつくったり、作文したりしていた。

疲れると絵をかき、琴をひいた。

稲舟姉妹の琴は山田流であった。山田流というのは生田流のみやびやかな上方流にくらべると、唄を主として派手で豪快な気風をもっている。江戸風である。

稲舟は、床の間に立てかけてある、金沙小紋の千羽鶴を散らした水色地の袋に入った琴をもち出すと、座敷の真ん中にすえ、その前に座り琴爪を指にはめると黙って琴を弾きだすのだ。彼女は声に出してはほとんど唄うことがなかった。

琴はよく弾いた。暮れがた陽が落ちてからも、彼女は薄暗い座敷の中で弾きつづけていた。

山田流の奥の手の一つといわれている「熊野」や「玉藻の前」などを弾きこなした。「熊野（ゆや）松風は米の飯」という諺がある。「熊野」と「松風」は米の飯と同様愛される曲だ、ということのたとえなのである。どちらも幽哀切な曲である。

稲舟も富も「玉藻の前」の曲を好んだ。「玉藻の前」というのは、幻妖な物語伝説である。鳥羽院の頃、仙洞にあらわれた金毛九尾の狐の化身した美しい女の名前である。この美女は院の寵愛をうけたが、御不例のとき、安倍泰親に見破られ、その霊が下野の殺生石になる、という筋の話を土台にした曲である。稲舟は「玉藻の前」の曲をかきならしながら、その唄の文句を口ずさむことなく、そのかわり彼女は頭の中の暗箱に、孤の化身であり、凄い美しさをたたえた玉藻の前や鳥羽院に薄衣を着せて舞わせていたのである。

琴の音色をききながら稲舟は、「言葉」というものを捉えたいと思っていた。だがこの頃の稲舟には、まだ言葉を捕捉したいというあせりがさきにさきにとあるばかりで、言葉が凝固していかないことを知るばかりだった。

この頃、二つ年上の樋口一葉は賃仕事と細かな内職の収入を生活費として、貧しいが母娘三人水入らずの生活をしはじめていた。彼女は母と妹を養うことで休む暇もなく働きつづけていた。一葉の妹が賃仕事をもらいながら通っていた裁縫を習う所で知りあった野々宮菊子の紹介で、一葉は南佐久間町の鶴田たみ子宅に仕事を請けたりして何回か行った。これが後日、一葉の師ともなる半井桃水宅だったのだが、その時の一葉はなにも知らなかった。

その頃の一葉の文筆上の内実はといえば、

「入門した時はろくに字なぞ知ってゐなかったやうでした。その頃私が貰った手紙はまるで尋常三年生が書いたやうな字でございました。(中略) 小説を切めて書いた時に私が『あなたよく字があれだけわかったわね』と上達の速さに驚くと『ほんとに困ったわ。一枚書くのにどれだけ字引を引いたか知れない。苦しかったわ』」(「わが友樋口一葉のこと」田辺夏子)

という風だったのである。

当節大学を出たての少女が「わたし小説書きますわよ」などとハスにかまえてハリボテ作品論などシャベッテいるのを見たりすると、一葉の作家としての、この一歩を私は思い出す。「一枚書くのにどれだけ字引を引いたか知れない」と一葉はいう。これが、明治の代表的な女流作家として名をあげられる樋口一葉の、作家として歩きはじめの頃の面影である。

稲舟より二歳年長の一葉という作家を考える時、私はいつも肉感性の薄い、小作りでうつむきがちの貧相な女性を思いうかべる。文章というものは恐ろしいもので、なぜなのか、その書いた人間の肉体の様相を告知するものだ。私の友人が、

「君、一葉はやゝ猫背で小柄で、そのうえ近眼だったこと知ってた?」

と私にいった。私は、知っている、と答えた。私は一葉の肉体的特徴を考えるたび、なにか悲しくなる。一葉の作家としての輝きは、その貧しい肉体に包まれた魂の呟きが表白されているのであって、一葉がどのような肉体をもって

いたかなどはあまり問題にならないことなのだ。

「地味づくりの服装と小さく根下りに結った銀杏返し、娘らしい飾りも着けない年寄めいた低い身を少しく背をかがめ、色艶のよくない顔に出来るだけの愛嬌を作って静粛に進み入り、三指で畏ってろくろく顔も上げず肩で二つ三つ呼吸をして低音ながら明晰な言使慇懃な挨拶も勿論遊ばせ尽し御殿女中がお使者に来たような有様で……」（「一葉女史」中央公論　半井桃水記）

後年、半井桃水は一葉との出会いの頃をこのように書き記している。

稲舟が親もとでのびやかに生きていられた頃、一葉は貧困のただ中で、仕立物を期日通りに届けるため徹夜で縫うこともあったのだ。二十四年の九月に、一葉の母は浅草の三枝家に借金にでかけている。

「廿とも成れるを老いたる母君一人をだに、やしなひがたきなん、しれたりや。我身ひとつの故成りせば、いかがいやしき折立たる業をもして、やしなひ参せばやとおもへど、いといたく名をこのみ給ふ質におはしませば、児、賤業をいとなめば、我死すともよし、我をやしなはんとならば、人めみぐるしからぬ業をせよとなんの給ふ。そもことわりぞかし。我両方ははやく志をたて給て、この府にのぼり給ひしも、名をのぞみ給へば成けめ。さるを兄君うせ、父君ゆき、やうやう人にはあなづられ、世にはかろしめらるなど、いかゞ心くるしかるべきことを思ふも、かなしう思ひつゞくる」

「廿とも成れるを老いたる母君一人をだに、やしなひがたきなん……」と一葉は嘆く。十九はたちの少女の肩に生活の爪がグサリとつき刺った様相をここに見る。はたちにしてすでにこの世が生地獄であることを見させられ、老いこんだ女のように身をかがめて生きていたという一葉の文学の質はなまじのものではない。一葉の文学の主要作品が作られた年代を追ってみて驚いたことがあるが、わずか十数か月のうちに、あれだけたくさんの主要作品が生み落されていたのである。

「作の筋は忘れても風情だけは心に残ってゐました」（「一葉女史」中央公論　抱月記）

作の筋は忘れても読者に風情を残す、たしかに一葉はそのように、言葉を越えた実在を示す重い作家だった。

稲舟は一葉の才筆を大切に思い、一葉は稲舟の豊かさを羨やんでいた。

一葉の押えに押えた生きかたと稲舟のそれは、まったくちがうのである。稲舟が温和しい、というのは世間の定評だが、それは多分に、田沢家という一応の格式によってカバーされた上での話であって、稲舟のきかぬ気は一筋縄ではなかった。美妙のスキャンダルをとりまいての世間のさわぎの渦中で稲舟は「鏡花録」を書いているが、それによれば、

「夫と結婚してからここ両三ヶ月、其間、府下幾十の新聞雑誌、さては地方の小新聞まで、彼等が得意乃毒筆を振って我々夫婦の結婚を口を極めて何のかのと嘲笑するが、多くは事実無根、なあに言ひたいなら勝手にいへ、かきたいなら勝手にかけ、かまふものかと思ふけれど、流石にいまいましくもある。自分ながら悪い性質とは思ふが、いったんかうと思ひさだめた事は、よしや其事正だらうが邪だらうが怒らうが教師がいさめやうが、決して決して我を折って頭をさげる事ができないといふわるい虫がある。で、これでよく失敗する事が多い。両親或は朋友など、そんな事をかゝれては不名誉だから取消を請求しろとすゝめたが、やっぱり例の性質で、かりにもこれこれだからどうか取消をなぞと頭をさげるのは大きらひだと……」（句読点は筆者）

せっかく心配してくれたたくさんの人を稲舟は「つきとばした」ので、その後、さすが親兄弟朋友教師も何の便りもなくなった、と彼女は綿々と書き綴っている。

「鏡花録」は稲舟の狂乱の自伝と私は見ている。悲嘆にかきくれた稲舟が残したこの「鏡花録」は、文体への配慮

などなく、文章としては最低なのだが、かえって人間稲舟の総体が生々と描かれている。「文学的作品として彼女のものの中で最下位にあるが、一個のヒューマン・ドキュメントとしては過渡期の稲舟を語るものとして唯一の好資料である」(「稲舟解題」)と故塩田良平氏は書いている。

稲舟の美しさは、狂乱のなかに如実にあらわれてくる。この「鏡花録」を通読してみると、彼女が教師・親・世間といったいわゆるいっさいの体制に対して孤立無援でたちむかっているようすがうかがえる。現状の体制の中にお前の狂気を沈めて落着け、というすべてにむかって彼女は可愛らしい牙をカッとむける。私は八百屋お七とか、狂乱したお夏と同じ系列の女の風姿をそこに見る。稲舟は、自分が醜いと思ったものたちに寸分の妥協も示そうとはしない。稲舟は、自分のしたことはだれにもわかりゃしない、とその時は思ったろう。

稲舟はこのように激しい女である。庄内藩の支配下から抜けられない意識のままの当時の鶴岡から、東京に出奔していった彼女のエネルギーの様相が、この「鏡花録」にはよく示されている。稲舟はまれにみる、子どものような魂を保有していた女だったから、自分の欲望に対して正直だったのだ。子どものような魂をながく保有する人は少ない。稲舟はその数少ない者の一人だったと思う。

当時の十七、八はやや婚期おくれ、といってもいいくらいだった。たいてい十五、六で嫁にいった時代である。「田沢のむこ探し」と当時噂されたというが、稲舟の父の清のもとに集っている書生たちを世間ではそういう目で見てもいた。前近代は奇妙に圧縮されたかたちで少女稲舟の上に黒いおもしとなってのしかかっていた。

稲舟の心には反逆の心がのろりとトグロを巻いて横たわっていた。稲舟は東京の進藤孝に、自分の心境をつづった手紙をひんぱんに発送した。その稲舟が発送した手紙には、二銭の切手が貼られていた。

明治二十二年には「明治美術会第一回展覧会」が上野公園不忍池畔で開かれ、日本の近代美術史の公的な幕開けがなされ、岡倉天心・高橋健三による東洋・日本美術専門の豪華雑誌が出された。また東京の木挽町に歌舞伎座が開場され、十一月十二日開演、改良芝居といわれた河竹黙阿弥の「俗説美談黄門記」が上演された。上等桟敷四円七十銭、上等平土間二円八十銭という相当な値段だったそうである。

この年の前年、明治二十一年の十月、仲間の硯友社のメンバーに無断で、美妙は「都の花」に主筆として入社して硯友社のメンバーを怒らせたが、二十二年には美妙と親友だった尾崎紅葉が「読売新聞」に入社している。後年、美妙に裏切られた稲舟が「月にうたふさんげの一ふし」という一文を「読売新聞」紙上に発表するが、それは多分この尾崎紅葉の手を通して発表されたものである。

稲舟は、自分のまわりでこのような歯車がまわっており、その歯車に自分も組み入れられはじめているともしらず絵や小説の筆をにぎっていた。

稲舟は、世の中の流れに沿って、写真が急速に流動していく有様を見ていた。親たちの暗々裏の結婚話に強迫されながらも、絵入り新聞の新しさを見、落合芳幾や新井年雪に新鮮な筆づかいを学び、月岡芳年に絵の魂を知ったが、やがてこれらの挿絵がしだいに写真に替わっていくだろう、とも思った。稲舟の心のどこかでは、たやすい結婚話になど乗っていって一生を埋めてしまうよりは、一生結婚しないで、絵を描くとか、できたら写真を写す技術までもマスターしたいものだ、という気持が動きはじめていた。

稲舟は、尾崎紅葉とも文通していたといわれている。稲舟は文章も書いてみようと思っていた。工藤恆治氏の研究されたところによると、「婦女雑誌」の「筆の花」という投書欄に、稲舟が「初雪」という作品を発表している。これが稲舟が公的な場所に文章を発表した最切のことのようである。ところが、「婦女雑誌」(明治二十四年二月十日発行)第壱巻第弐号の目次には、

初雪　田沢　錦子

とあるのだが、しかし奇体なことに、この「田沢錦子」の「初雪」という文章の本文は全然印刷されていなかったという。「筆の花」の欄の目次にだけ出ていて、それ以上不可解なことには、「筆の花」欄の本文のところに、

第一回懸賞披露　初　雪　甲賞進呈　東京都神田仲猿楽町九番地

片野　俊子

の文章がのっていたのである

そして、この「第壱巻第弐号」からひとつとばして「第四号」になって、

初雪　東京

田沢　錦子

と、こんどは目次のとおり、全文ものせられていたということである。

なお、この「第四号」は、明治二十四年三月二十五日発行であったという。

しかも、こんどの「初雪」は投書欄の「筆の花」ではなく、「藻塩草」の欄にのせられていたのである。投書欄ではないところである。「藻塩草」の欄には、一家を成した人々の名もだいぶあったということであった。大江小波（第壱号）・鷗外漁史（第弐号）・水哉居士（同）という名が見え、稲舟の「初雪」はその欄の末尾にのせられていた。

稲舟が上京した日時は明らかでない。

だがこの「婦女雑誌」に載った、「東京　田沢錦子名の「初雪」という文章から見て、稲舟は明治二十四年三月（「初雪」が載せられた「婦女雑誌」は二十四年三月二十五日に発行されている）には確実に東京にいたのである。「東京　田沢錦子」と書くからには、一、二か月の滞在、などというのではなく長期の滞在をあらわしている。

稲舟が上京したのは、私の推定では明治二十三年中と思われる。稲舟はその頃手紙をやりとりしていた尾崎紅葉の家をまず訪れたであろう。しかし、いろいろの経過があって、やがて山田美妙を訪れることになったと思う。

稲舟は、色白の肌の男を好んだようである。「鏡花録」に出てくる、桜津綱雄という男性の描写のなかでも、

「まずは随分好男子の方であったけれど鼻立と猫背は実に感心しなかったが色が白いのでともかく其七難はかくしてゐた」

と男の肌の色にこだわっている。稲舟の男の好みは浮世絵風の、よくいえばみやびやか、悪くいえばのっぺり型の男が好みのようである。尾崎紅葉という人は、

「今も座敷の壁にかけられてある大きな油絵の額‼ 頬杖をついてジッとこちらを見下している父の浅黒い顔、せまったひたい、やゝ釣り気味の疳の強そうな大きな目」(紅葉三女、横尾三千代の「額の中の父」)

と、その娘に語られているように浅黒い肌をした人である。尾崎紅葉の写真を見ると、彫りのきっぱりとした端正な顔で、たぶんスピーディな話ぶりの人だったろうと思われる。稲舟はずいぶん肌の色にこだわったと思うし、考えてみると、尾崎紅葉よりは山田美妙のほうを好いたにちがいないと思えるのである。

「美妙は美男であった。ドチラかというに為永の人情本にありそうなニヤケ男であった。言語が物柔らかで応待も巧みであった。女の好きな国文の素養があって、歌や韻文も上手なら芝居や音楽も噛っていて、初対面のものを煙に巻く博質の才弁を持っていた。其上に天下の人気を背負って立って、一世を空うする大文豪であるかのように歌いはやされていたから、当時の文学少女の愛慕の中心となっていた。……男の我々が見ると堪らなくキザで鼻持ちがならないもんだが、当時の若い女をゾクゾクさした作で、キザな厭味な文句を文学少女はみな暗誦していたもんだ」

これは内田魯庵（一八六八〜一九二九）の随筆の中に描かれている山田美妙像である。

主観の問題だが、美妙を私は美男と思ったことはないが、内田魯庵は「美妙は美男であった」といっている。魯庵は、美男の美妙に対してヤッカミを抱いていたとも思われないが、人間美妙を、相当に迫って描いている。色白で決して高声でしゃべったりしない美妙。それは、どこか陰湿でヌラリとしたは虫類の感触である。だが稲舟はそのケンランたる美妙の活動ぶりに見とれることが多かった。それは日本中の美妙ファンの少女たちが美妙に描いたイメージと同質のものであった。

当時の日本の文学少女たちの多くが山田美妙に熱狂した、という話で思い出したことがある。

フランスに、アラン・ドロンという俳優がいる。この俳優が出る映画の冒頭で、二、三人の女たちが、アラン・ドロン扮するところのレーサーを遠目に見て噂するところがあった。

「あの男を見るとムカムカして吐き気がするわ」

「あらそうかしら、なかなか可愛いいじゃないの」

これだけの会話である。私の女の知人にもこの会話の中の前者がいる。私はといえば面倒なことに両方の会話をする女に属する。

アラン・ドロンというのは、黒バラのような妖男であろう。そのアラン・ドロンに山田美妙は及ぶべくもないが、近代に入ってからの女たちというものは、男の中に故郷を幻視しようとするとき「罪」のにおいをすばやく嗅ぎつける。美妙にあこがれた少女たちは、道徳主義でこりかたまった男たちに見なかった罪の匂いを美妙に嗅ぎあてたろうと思う。

内田魯庵の美妙憎悪には余談ながら理由がある。魯庵の母お柳は吉原の芸妓で、この女は魯庵の父の鉦太郎（旧幕府の御家人）と大恋愛の末結婚した。明治五年にお柳を死なせた魯庵の父の鉦太郎は、以後、デカダンな生活にふけり、後妻を七人もとりかえ、少年魯庵は暗い少年時代を送った。そのため彼は生涯デカダンス性を憎悪し、生きることに遊びのにおいがするのをきらった。キリスト教に帰依はしなかったが、植村正久に接近したのも、この父に対する反感から出たピューリタニズム性が大いにあったといわれている。

魯庵は、はじめ山田美妙に認められて文学に入るようになったのだが、紅葉の口からドストエフスキーの存在を知らされてのち、「広野で落雷に会ったやうな」感動をうけ、のち二葉亭四迷を知ることを加え、硯友社文学の遊戯性を否定していくようになったのである。

山田美妙のケンランたる人気は短かった。しかしその人気たるや、尾崎紅葉より夏目漱石より華々しかった、といわれている。近代初期のもっともまじめな文芸評論家だったこの内田魯庵は、美妙の人気失墜の原因について左のようにいっている。魯庵の「美妙斎美妙」という一文のなかの「人気失墜の原因」という文章を要約してみると

「美妙斎はドウシテ人気を失墜したろう。美妙斎に就いて実は余り多くを知っていないから、私の臆測が中るか中らないかは請け合はないが、試みに其の原因を数へようなら、（以下要約）

第一、あまりはやくから世間にもてはやされすぎたので、有頂天となり、その後のべんきょうにはげまなかった。

第二、美妙の文章の新味は、いままでの日本の文章になかったということにあったが、初めのうちは珍しいので喝采されたが、香気が強すぎるので、其の反動がきて、きらわれるようになった。

第三、言文一致体は評論に不むきなのだが、美妙は評論が好きで、自分の無内容をさらけだした。

第四、転々としてひとつのことを貫くねばりにかけていた。

第五、人との交りが偏く、友人らへの誠意がどうも欠けていた。

第六、稲舟との事件その他も、新聞報道がだいぶ虚伝とは思っても、それについての反証をだれももっていなかったから、暗々裡に認める他なかった」

内田魯庵はみずからの生の根元に横たわるエディプスコンプレックスを厳しく踏まえたうえでの批判のホコ先を、山田美妙の凋落にこのようにむけている。

明治二十四年一月二十九日、明治美術会の月次会で裸体画問題が討論され、大勢は公表を時期尚早とする、という結論が出されたりしている。十八歳の稲舟は、この問題記事を東京の寄寓先の雑誌で読み、これより二年前「国民の友」(三十七号、明治二十二年一月号所載)に発表された山田美妙の小説「蝴蝶」を思い出した。稲舟は、「ふん、おくれた奴らがいまごろ騒いでいる。山田美妙は二年も前にすでに『蝴蝶』で女の裸体の美しさをちゃんとみとめて書いている」

と思った。「水と土とをば『自然』が巧に取合はせた一幅の活きた画の中にまた美術の神随とも言ふべき曲線でうまく組立てられた裸体の美人が居るのですものを。あゝ高尚。真の『美は』即ち真の『高尚』です」と、美妙は女の裸について描いている。

現代に生きて、裸の洪水を見させられている私には「いまさら」とゲップの出るような話なのだが、しかし、このような経緯の上に、いまのわれわれがのっかっているのだからしょうがない。

明治二十二年に発表された「蝴蝶」をさかのぼること十九年前の一八七〇年には、フランス象徴派の三大詩人の一人であるアルチュール・ランボーが「水から出るヴィーナス」を発表している。この詩はざっとこういう具合だ。

ブリキ製の緑色の棺桶からでも出てくるみたいに、女の頭が褐色の髪の毛にべっとりと油を塗りつけて、古ぼけた浴槽からゆっくりと間が抜けたように現われる、とりつくろいようもない醜い所だらけで。

…………

次は脂ぎった灰色の首、突き出た幅広の肩胛骨、出たり引っこんだりしている寸づまりの背中、

…………

腰には「輝けるヴィーナス」と彫られた二つの語、

――そして全身が動かし突き出すのは、肛門の腫物で目もあてられぬ程美しいその巨大な尻」

（一八七〇年七月二十七日・水から出るヴィーナス）

ランボー二十一歳の詩である。美妙が「蝴蝶」を書いたのが二十二歳である。ランボーの「水から出るヴィーナス」の詩は、既成の秩序の上にあぐらをかいている者たちへの彼の鋭い詩心からの攻撃なのだが、この詩は美妙の美の認識のしかたよりは先をいくものである。美妙の作品全体にのぞむとき、ちょっと見ると、とり落ちがないような作品に見えるけれども、ランボーが示したような批判精神の凝縮がそこには見られない。それが両方とも早熟の天才といわれた者どうしである。

稲舟はしかし、幼ないながら、この国の中で美妙より先をいっている作家はいない、と見てとったのだ。山田美妙のいる東京。稲舟の胸はおどりつづけていた。噂にきく山田美妙の風姿は、彼女の好みにかなっていた。美妙が年よりずっと若く見えさえして、すがすがしい青年であることも伝えきいていた。稲舟は美妙の家を訪れることを毎日のように考えていた。どの着物を着、どのはき物をはいていくかに気がとられっ放しになることさえあった。

稲舟の実家とごく親しかった嘯月生と号を称する人が、稲舟の死後に書いた一文によれば、「……女史終に紙上の小説に満足する能はず、自ら実際世界の小説海に投ぜんとするの好奇心鬱勃止む能はず、私かに東京に出でたり」とある。いま風にいえば家出である。明確な意志的な考えはまだ固まっていなかったろう。しかし、彼女は絵筆にはだいぶ自信があったし、できたら文章も書きたいと思ったようである。だが、この時の上京の名目は、医学の修業ということではなかったろうか。

「あなたは私みたようなふつつか者を、それ程までおぼしめし下さるのは実にありがとうございますがね、私は幼少い時から何となく世の中のつまらないという事に気がついて、どうしても一生夫をもたずに独立しようとかたく心に誓たんですよ。で、御ぞんじの通り一度は医者にならうかと思って失敗し、一度は画師にならうかと思ってやっぱりいけず、もともと好きな道ですから文学でもとぞんじましたが、世にいふ下手の横好きで、又格別立派な高等教育もうまけせんからそれもできず、実に自分ながら才のないのに気をもんで、もう始終むしゃくしゃしてるんでございますよ。で私はこの家をつぐんじゃなし、どうしても何か一つ一生たべて行く丈のわざは覚えなければならないんです。それでこの頃は写真師にでもならうかと思てる所ですから、思召は実に有がたいんですけれど、とてもあなたの御満足のできるお答えをいたす事はできませんから、どうぞあしからずおぼしめしていただきたいんです」（句読点は筆者）

この「鏡花録」を私は稲舟のほぼ完全な自伝と思っている。この個所は、作中の女主人公の追想の中に出てくる主人公への求婚者桜津綱雄という男性にむけて、女が自分の人生観や希望をのべているところなのだ。

山田美妙の背信を知った悲嘆の稲舟は、実家へは帰ったものの、八方ふさがりで「絶望」の二字しか自分の前方に見えないことをあきらかに悟り、弱りつづけていく自分の肉体の微熱におびえながら、半狂乱のようになってこの一文を書いたと思う。わがままで滅茶苦茶な文章である。

稲舟の性情には、血がさわぐとでもいうほかないような奇妙な激しい暴露癖がある。「自分じぶん自分じぶん」……。自我が侵害される恐怖に、言葉の障壁をまわりにたて、見えない敵者にむかって刃をふるうような文章。稲舟の文章は総じてこの特徴をもつが、この「鏡花録」には、それが爆発したかたちで出ている。それはともあれ「一度は医者にならうかと思って失敗し、一度は画師にならうかと思ってやっぱりいけず、もともと好きな道ですから文学でもとぞんじましたが、世にいふ下手の横好で、又格別立派な高等教育もうけませんからそれもできず」と書いている。私はこれをそっくりそのまま事実として肯定していいと思う。

もうひとつ「鏡花録」の中のこの文章に稲舟の重大な考えがのせられていると思う。それは「私はこの家をつぐんじゃなし」どうしても生計をたてる工夫をしなければならないと思った、と書いていることである。

この一節からも、稲舟には、田沢家をつぐ意志はなかったと見てよいだろう。

たぶん十六、七歳頃の稲舟は、外部からの相当の重圧を感じて生きていた。明治二十年、二十一年と、彼女の結婚適齢期に、田沢家への二人の男性の入籍者を二人とも入籍後短日時のうちに離縁している。

稲舟は上京をあせったし、前途への見とおしもたたぬ不安を抱いたまま、上京したのである。

稲舟は「鏡花録」の中に、

「私は幼少い時から何となく世の中のつまらないという事に気がついて、どうしても一生夫をもたず独立しようとかたく心に誓たんですよ……」と書いている。

小さいときから何となく世の中なんてつまらないと思った、というのである。生きることへの倦怠感を小さな時からもっていた、というのだから、稲舟もやはり早熟である。彼女は、世の中や生きることとの図式を見てとったあとは、この世なんて格別たいしたことじゃない、と思ったのだ。この現実蔑視の傾向が、稲舟に筆をもたせたといえる。世界が裏がえった反世界、そのほうが面白そうだと彼女は思ったのだ。現実世界を右往左往している人間たちの醜さに失望した彼女は、自分の手の中に握る一本の筆先から、自分の願う自在な世界が展かれていくことに強く魅きつけられた。一方、樋口一葉は、十二歳の頃、

　　ほそけれど人の杖とも柱とも思はれにけり筆のいのち毛

とうたつたが、この短歌には、少女一葉の生に対するつつましいストイシズムがすでにのぞいている。「幼少い時から何となく世の中のつまらない」ことに気がついた稲舟と、この一葉の作家的な志向のちがいがここに出ていることは恐ろしいくらいである。

稲舟は、この退屈な地上では相当に工夫して生きのびなければならない、と思った。なまなかの刺激じゃだめだ、とも思った。まわりにいる、こせついたみじめな連中と同じ地平に立って死をむかえるなんていやだ、と思った。どうせなら時代の混乱のただ中に身を置いて、拙くともどうでも、なにかを書きあらわし、自分が存在したという証明を地上に残したいと思った。

このような少女稲舟にとっての鶴岡は、アクビの出るほどつまらない町に見えたのはもっともな話である。

稲舟の作品を通読してみると、彼女はほんのわずかであるが、医学修業をしたろうと思われる。彼女の小説「医学修業」は小説であり虚構であろうが、「鏡花録」のなかの「御ぞんじの通り一度は医者にならうかと思って失敗し」の

一節に含まれる実生活としての医学修業が彼女には存在したと思う。

「只同じ学ぶものならば、このめる事を学びたしなど、さまざまにおもひみだれて心のうちに、ああこまった、一たん承知はしたものの、とても私にはできない、一たい私はちいさい時から絵をかく事がすきで、そしてしづかに景色をながめる事がすきで、子供の癖にこましゃくれたとまでいはれた位だから、やっぱり自分のすきな絵かきになるか、それとも文学でも研究するのなら、自分の性質に適当だろうとおもふけれど、なんぼお父様が医者をおすきだからッて、私にまで医学しろとは……マどういふ御了見だろう。」(「医学修業」)

この一節は、稲舟の「鏡花録」での告白とまったく重なり、稲舟の本音であり事実から出てきた言葉といい切れると思う。文章はつづいていく。

「もし又お父様のお言葉通り、少しずつでも医学がおもしろくなれば、何より結構、だけれどそれはとてもだめらしい。……姉といってもここのうちを相続する事はできないだらう。……独立するなら絵かきのほうがいい、……なあに今はどうでもいつかなられない事はなかろう」

稲舟は、シン気臭い病人相手の医学修業なんか、どうしてもいやだった。しかし時代は、男性中心の世界として強固な顔で彼女の前にたちはだかっていたのだ。

前述の嘯月氏によれば、「自ら実際世界の小説海に投ぜんとするの好奇心鬱勃止む能はず、私かに東京に出でたり」「其以後の彼女の経歴に至ては人之を知らず、其父母さえ尚知らず。……女史自作の『医学修業』の如きは只其一端を示すものに過ぎず」

とある。とにかく稲舟のはじめの上京は、家出同様といってもいいほどの強引なものであったようである。稲舟の両親は、

「錦、おまえは小さいときからからだもあまり丈夫でないし、鶴岡でおだやかに暮したほうが身のためではないか」

となんどもいいきかせた。しかし目のくらんでいる稲舟は、両親のいうことなど目にも耳にも入らなかった。

とにかくどうでも上京すると思った稲舟は、家出同然で家をあとにしたのだ。彼女の小説「医学修業」には、当時の彼女の様子を示す片鱗があるように思う。

「学生の品行よろしからずと評判ある、本郷医学校に通学するはもとよりこのまぬところなれど、さりとてのがるるすべもなければ、日々屠所の羊の歩をはこび、紫縮緬の本づゝみをこわきにかゝへ、花江は今しも校門をくぐりて入口にいたり、下駄をぬぎて草履にはきかへをづくしながら教場に入るより早く、はやつめかけし生徒一同こちらをむき、馬鹿に大きな声をはり上げ『イヨー別品〳〵、小町――業平オット失礼クレオパトラ新駒――』などいふかとおもへバ、すぐ其あとは一同足をドタドタさせ『シーシーシーシー』と何の事やら訳もわからず。されど此頃は花江もなれてさ程におもはず、片すみに設けられたる婦人席にいたり、しづかに椅子に腰をおろしぬ。ゐならびたる女生徒は、いづれも吉岡の産婆の雛児同様、女かと見れば女、男かと見ればまたそれかとも見ゑ、頭は一様に引ッつめしいぼちりまき、衣紋をつくるといふ事もなく、肩を怒らしたるあり……」

「学生の品行よろしからず」という評判のある本郷の医学校に、ともあれ稲舟もほんのしばらくは通ったのだ。そして稲舟はまわりの学生たちの下卑た風姿や品性を見てがっかりする。「かゝる人々の未来は、いづれもどうやらこうやらドクトルとなりすまし、貴重なる人の生命をあつかはるゝ事とおもへば、随分ぞッとする話なれど、しかしながら、中には普通学もよくはできぬ人々の、さる立派なる方々とならるゝかとおもへば、とにもかくにもおそろしきは世の中」だと思ったりする。

「明治維新はまたわが国の医療精神にも大きな変革をもたらした」（石原明著「日本の医学」）が、官僚医学者の行政手腕によって、幕末での西洋医学の主力であったオランダ医学がドイツ医学へと転換はしても、その移植に急で、官僚的な空気の濃厚な植民地的日本の中で、独創的な医学が生まれるまではまだだいぶ時間があったようである。それは、あらゆる精神文化の領域に見られると同様、多様な混乱を見せるのである。

明治初年まで、産婆は資格を要する専門職でなく、経験のある老女などが看板をあげて、堕胎・間引などまでやっていたという。

医学修業

稲舟が、小説「医学修業」の中に書いている本郷医学校というのは、本郷の「済生学舎」という私塾である。ここの塾長は越後長岡出身の長谷川泰一という人で、明治八年、医師開業試験規制が公布されるとともに自宅を改造して校舎にあてたということで、これは、開業試験を受けたい者のための予備校なのだ。

しかし、この済生学舎に女が入ることは、稲舟が、短日時入っていたと思われるときからほんのすこし前までは大変なことだったのである。女医の先駆者といわれた高橋瑞子が、「女は入れない」「前例がないから」とことわろうとした済生学舎の前例を破り、明治十七年十月、強引にこの学舎に入って女医学生の先例をつくった。

済生学舎には、十代から四十代までの、年齢も階層も雑多な学生たちが入っており、女性蔑視の時代を映し、ここに入ってくる数少ない女たちに対する男の視線というのは、「自分たちの領域を犯す者」として、ずいぶん酷だったようである。高橋瑞子の場合はその苛酷さをもろにあびたようで、瑞子が教室に入ると、男生徒はドカドカと足拍子をとり、黒板に露骨なアダ名や悪口を書いたといわれている。

稲舟の「医学修業」にもこの現実は映し出されている。

「花江はあまりの手持無沙汰に、首をまげて後の薄黒色なる白壁を見れば、こはいかに、金釘流も跣足でにげださんかとおもハるる御名筆の走りがき、遠慮会釈もなく、まづ目につきしは、ひときは大きくかきたる奇婦珍席、お多福、御前生意気姫、おこぜの方など、其他筆にまかせて山水天狗、狂歌、端歌、都々一など、訳もわからずめちやめちやに落書きせられぬ。かれを見これを見るにも、花江は実に居ても立てもゐられぬまで、否で否で否でならず、何の因果と心になきぬ」

高橋瑞子の場合は、「すさまじき紅一点」として、稲舟がシニカルに描いた「女かと見ればば女、男かと見ればまたそれかとも見ゑ、頭は一様に引ッつめしいぼちりまき、衣紋をつくるといふ事もなく、肩を怒らしたるあり、腕ぐみするあり、絶えてやさしく床しき所なきに、お顔ハいづれも黒ひかる君、……皆腕力を貴ばるると見え、指はいづれもふとく、……まづは医者にでもなりて独立せずば、もらひてのなさそうな連中」の代表的なひとりだったのである。束髪の無雑作なぐるぐる巻き、乱れた油気のない前髪をかきわけ、瑞子をとりかこんでハイエナのようにスキをうかがってむらがる男どもを四角い顔の中からギョロリとした眼でにらみ返して、半紙を二つ折りに束ねたノートに、彼女は医学用文字を書きつらねていたのである。つぎはぎだらけの二子縞や盲縞に、冬はももひき、というかっこうだったというから、稲舟にいわせたら、ふた目と見られない様子をしていたのである。

しかし時代にあまやかされた男どものフヤケタ自意識を逆なでした高橋瑞子の自立性を私はうつくしいと思う。

済生学舎は講師がカケ持ちであった。始業は午前六時という早朝だから、教室にはランプがともされていて、良い席をとるには、始業の一時間前、午前五時には登校しなければならなかった。稲舟が医学修業をしたとしても、このような苛酷な試練にたえられるわけがない。そのうえ本心は絵か文章の道をいきたいのだから、心はうわの空だったのである。稲舟は、医学修業の恐るべき難儀の道を悟り、とても自分のむかうところではないと思っていた。

医学校は男女不平等の感情の修羅の現場だったし、始業が午前六時で、終わるのが午後七時。十三時間労働という苛酷な現実だったしで、やわな稲舟は早々に尻尾をまいた。

そして泣きたいような思いになると、一年八か月年上の進藤孝のところに駆けこんだ。

進藤孝の下宿のたたみに座ると稲舟は、

「おこうさん私はもうとっても駄目。あんな学校なんか燃えてしまえばいい」

と激していった。

「なんで」

とおだやかな目つきできききかえす孝に、稲舟は、

「だって、いまは春先だからまだいいものの、考えてもみてよ、始業六時に帰りが七時ともなれば、朝くらいうちから夜くらくなるまで授業なのよ。それにだれとも親しくなんかなれそうもない。アナトミーの講義でございますって、成形原素がどうの、結締組織がどうの、血液淋巴液がどうのの千万言。こっちに興味のあることならまだしも、がまんして筆記とっているのは私ばっかり、見まわせば熱心にきいているのなんか雨夜の星。眠っている人もあるし、おしゃべりしている人ありで、私はついには頭痛がしてくるのよ」

と愚痴をこぼした。思えば、あまり頑丈でない稲舟にずいぶん酷なことだったのである。

「頭痛にこりて其後は月謝のみをさむれど、絶えて通学することなく、いつも上野の博物館、動物園、さては小石川の植物園などにいたりて、おのがこのめる写生をなし、またある時は図書館にあそびて、たくみに吉岡一家の目をくらまし、そしらぬ顔にすましゐたり」

稲舟はあどけない顔をして、いかない医学校のノートを小脇にかかえ、小石川の植物園をぶらついたり、動物園あたりにシケコンデいたのである。

放浪

稲舟は、性にあわぬ医学校通いに愛想をつかし、その日中のはじめのうちは上野の博物館や動物園あたりをウロチョロして時間をかせぎサボっていたが、それにも限度がみえてくると、どうにも身の置き場がなくなっていった。夜はあいかわらずランプの灯の下で、さかんに本を読んだ。文章も書いたし、新体詩も書いてみた。

明治二十四年、この年はやく、稲舟の作品「雪」は「婦女雑誌」にのった。この雑誌は明治二十四年三月二十五日の刊なのだから、稲舟はそれ以前にこの作品を書いたのである。これは初歩的な文章で、まだ個有の作家の貌をもたないもののようである。

山田美妙は、たいへんな勢いで作品や論文を発表しつづけていた。「硯友社」での仲間の尾崎紅葉にしても石橋思案にしても、みずから戯作者として任じていた中で、少なくとも美妙は「文学」を考えていた。文芸が軟弱のもの、「婦幼の眼を覚すより外には能無きもの」と卑しくとりあつかわれる現況について、美妙は、

「こはいはれある事にして全く世人の罪にあらず、更に美術の罪にあらず。正に作者の罪になん。無学の作者の罪になん。げにも馬琴は大家なり。八犬伝に誉を取りぬ。然はあれども八犬伝は（たとひ趣向は面白きにもせよ）荒誕無稽の茶話に過きず、春水は才子なり。これかれの情史もて一家をなしぬ。然はあれども其情史は誨淫導欲の具に過ぎず。其他種彦の田舎源氏、一九の膝栗毛、各傑作の名はあれども、然も傑作たるの実は無し。かかるものは、わがいはゆる真の美術にあらず。真の小説にあらず」

といらだたしげに述べている。この一文をノートしたのは、美妙が十九歳頃のことだろうといわれているが、「明治文学史」を書いた本間久雄氏が、山田家の古葛籠（つづら）から探しだされたものである。

小説が日本では卑められているのに、西洋では尊重されていることについては、

「ひるがへりて西洋諸国の例を見れば、その詩と小説とを尊ぶの度、正に我国とは反対にて、老幼も争うて之を閲し、王侯も、競うて之を読み、之にて人情の変遷を知り、之にて服色の沿革を知り、之にて風俗の変化を察し、之にて与論の方向を知り、之にて社会の真理を見、之にて正史の欠漏を補ひ、之にて文章の優美を学び、之にて宇宙の現象を究め、之にて態度の文野を考へ、之にて徳義の正鵠を覓め、之にて心智を錬るなど、之を用いて身の為にするところに少からず」

と文学の重要なことを力説してもいる。

また、西洋の作家が「或は之に寓して自家の秘説を発し、或は之に頼りて時政の錯誤を難じ、或は之をもて時弊を矯正し、或は之に困りて新哲理をあらはす」とも述べ、文学を人生のために供すべきとし、フランスのヴォルテール・ルソオが「巧に心理を本として、人権を切論し、之を小記の中に寓して社会の迷夢を一覚した」したとし、イギリスのシェークスピア、ミルトン、スペンサーの三人が「各その作に於て哲理の蘊奥と宇宙の律」をあらわし、スペインのセルヴァンテスが「当時欧州に武士多くて非常の悪弊あるを見て、遂に『ドン・キホーテ』一部を著わし、之に因りて、したたかに其悪風を刺りつつ数年を出でずして全欧州に新天地」をあらわした、といっている。

日本の学問の領域がおくれていることを、とくに文芸全体のおくれを、青年美妙は力説しつづけた。

稲舟はまじめな人間であった。

私のいいたい「才能」とはまじめさを指す。

十代の少女稲舟を当時の世間では不良少女あつかいにした。「罪」は時代にあって「個」にはないとする私の考えからすれば、不良少女という言葉すらどこにもない言葉である。「人の道はずれ」を不良と呼ぶのなら、その「人の道」の根もとにある、当時の体制の支配力を問わなければならない。稲舟は生一本でまじめな人間であった。彼女は自分の欲望に忠実に歩いた美の探求者だったのである。

稲舟のそれは、一種求道的であった。そして稲舟の精神のバネは、その育ち柄といい、なみのものではなかったから、若い彼女の血を納得させることのできる最高のものでなければならなかったのである。稲舟のさまよう視線は、尾崎紅葉にでも幸田露伴にでもなく、山田美妙の仕事とその人間性、またその若さの前で釘づけになった。その言論や、文学論・国家論は、少女稲舟を納得させるに充分であった。明治二十三年七月の「江戸紫」の文壇十傑投票の最高点八十点の中に、美妙・露伴・紅葉の名があった。

美妙の「武蔵野」という小説がある。これは、明治二十年十一月二十日、同二十三日、十二月六日の三回にわたって、「読売新聞」に掲載され、翌二十一年八月、金港堂から刊行された単行本「夏木立」に収められた。

この作品は、武蔵野を舞台にした残酷な歴史小説である。新田義興の部下の秩父民部とその娘聟の世良田三郎の二人は、戦いで死んだ者たちがまだ倒れている暮れがたの武蔵野を歩いているうちに、敵の足利方の騎馬武者にみつかり、うちかかられてしまった。この二人の留守宅で、世良田三郎の若妻忍藻は、三郎が出陣するときに彼女にあたえていった短刀について、その母から武士の妻のありかたをさとされながら、世良田三郎の身を心配している。夜が明け、母は忍藻がいないことに気づく。やがて秩父民部と陣中で親しかったという武士から、秩父民部と世良田三郎の親子が足利方の者から斬られたことと、忍藻も熊に襲われたことを知るというところで小説は終わっている。

その描写は、このようである。

「其処此処には腐れた、見るも情無い死骸が数多く散って居るが、戦国の常習、それを葬ってやる和尚もなく、ただ処々にばかり、退陣のときにでも積まれたかと見える死骸の塚が出来て居て、それには僅に草や土や又は弊れて血だらけになって居る陣幕などが掛かって居る。其外はすべて雨ざらしで鳥や獣に食はれるのだろう、手足が千切れて居たり、また記標に取られたか、首さえも無いのが多い。……切裂かれた疵口からは怨めしそうに臓腑が這出して、其上には敵の余類か、金づくり薄金の鎧をつけた蝿将軍が陣取って居る。はや乾いた眼の玉の池の中には蛆大将が勢揃」

どぎつい逸脱性はあるにしても、人間についての即物的なこのような描写は、それまでの日本にはほとんど見られなかった。「薄金の鎧をつけた蝿将軍」といった、いまから見れば珍妙な形容は、やはり過去の時間をあらわしているが、それにしても美妙のこの乾いた描写には注目しなければならない。

稲舟はこの「武蔵野」を読んで、強い衝撃をうけたものであろう。この作中の「変な雲が富士の裾へ腰を掛けて来た」とか「夕暮の淋しさは段々と脳を噛んで来る」のようなコッケイな表現方法は、過渡期のあがきをあらわしているとしても、この小説の現在形の文体は、若い人たちには鮮烈であった。

少女稲舟にとって、美妙のこの現在形の文体や「涙腺は無理に門を開けさせられて熱い水の堰をかよはせた」「夕暮の淋しさは段々と脳を噛んで来る」のような言葉は「新しい時間を予告する」ものとして目を見はらせられるものだった。

稲舟は、自分の文学を考える場合、美妙以外の人間を考えることはできなくなっていった。

これを田舎娘の悲しさ、とばかりはいえないだろう。明治二十一年、美妙の「夏木立」を読んで驚き、この作品に長文の批評を送って美妙に認められ「山田美妙大人の小説」と題してこの一文を美妙から「女学雑誌」に発表してもらった内田魯庵も、

「美妙斎の名が初めて世間を騒がしたのは読売新聞で発表した短篇『武蔵野』であった。極めて新しい言文一致と奥浄瑠璃の古い『おぢゃる』詞とが巧みに調和した文章の新味が著しく読売界を驚倒した。『美妙斎とはドンナ人だろう?』と、当時美妙斎の作を読んだものは作者の人物を推挙せずにはをられなかった。が、新聞で読んで感嘆したのはマダ一部少数者だけであったが、越えて数月此の『武蔵野』を巻軸として短篇数種を合冊した『夏木立』が金港堂から出版されて美妙斎の文名が一時に忽ち高くなった」(「思い出す人々に」大正十四年六月、春秋社)

と書いている。

そして美妙は、

ひとり　さける　のばら　あはれ
あかぬ　いろを　たれか　すてむ
のばら　のばら　あかき　のばら　(「野薔薇」)

のような抒情詩をつくっていたが、一方では、

〽敵は幾万ありとても
すべて烏合の勢なるぞ

の軍歌の作詞者でもあった。

この年の一月九日、第一高等学校始業式において、講師内村鑑三が教育勅語に対して拝礼しなかったため、これを契機として、国家主義者・仏教徒らによるキリスト教の排撃がたかまった。これより五日前、国木田独歩が、東京麴

町一番教会で、植村正久によってキリスト教の洗礼をうけている。

二十一歳で「言文一致論概略」をなしたほどの山田美妙も「それ（〝精神構造としての天皇制〟）は、明治前期に形成され、後期に完成を見て大多数の日本人の眼の上の〝梁〟となった」（色川大吉「明治の文化」）というように、強化されていく天皇制の枠粗から脱け出ることはできなかったようである。「天皇制は全精神構造としてあるのだから、方法は他から借りることはできない。即自的にあるものを対自化し、超越的なものを現世的なものに変え、それによって天皇制を、併立する価値の一つたらしめること、これが認識の内容であり、脱却のための前提条件であるが、そのための方法は自生でなければならぬ」とする竹内好などの批判にとどくまでには、日本の知の人たちは、長い歳月を渉ったのである。

稲舟はこの頃、新体詩を書いていた。

博文館から、「青年唱歌集」（二冊）が明治二十四年八月に刊行されているが、第一篇は美妙の新体詩で埋められ、第二篇の後半を「以良都女」投稿家用にあてた。

そして次の作品を故・塩田良平博士は、稲舟の作品と推定している。

小春びよりに　はかられて
咲きしも　をかしかへり花
あるか無きかの香を恋ひて
舞ふこそ哀れ　てふてふの
かよわきつばさ折れやせむ　（美少子）

「美少子」は、美妙の与えた稲舟の筆名なのであろうか。

言文一致運動

一般に、言文一致運動について語られるとき、そこにはたいてい山田美妙という名は出てくるけれども、その根もとにいた中川小十郎の名はほとんど語られることがない。

中川小十郎は「以良都女」という婦人雑誌創始時の主要メンバーでもあるが、山田美妙と親しい間柄にあったので、明治二十年七月、それまで自分がやっていた「以良都女」を山田美妙の手にゆだねたりするのである。

中川小十郎が「以良都女」を発行しながら、その売れ行きがはかばかしくなく、まだ山田美妙の手にゆだねず自立経営の困難を思っている頃、森有礼が「男女の文体を一にする方法如何」という懸賞論文課題を大日本教育会から出した。

「……故森有礼氏が『男女の文体を一にする方法如何』と云ふ懸賞文を大日本教育会へ出されたことがあって、之に対して正木直彦君と私とが一論文を提出して、国民の言語と文章は必らず一致すべきものであることを論じたのが採用されて賞金を受領した。然るに論文が採用されたので又欲心が出て、言文一致の議論を実行する為に世間に乗り出したいと思ってゐる処へ、前に述べた以良都女発行の議が成り立ったので、山田氏を関係者に加へて早速言文一致の小説を書かしむることゝなったのであった。尤も以良都女はそればかりが目的ではなかったが、山田君の言文一致体の小説が成功したので、後年以良都女は言文一致の創始に関係のあるものとして文学年表の上に記載させられ、山田美妙斎氏の、いらつめとして世に知られたのであった。併しこの結果は簡単であるが、ここまで来るには可なりの面倒があった。それは当時一青年小説家であった山田君を、同じ一青年であった私が記得したのであったから、今から考へると如何にも無造作の一事のやうだが、山田君には頗る賢明な母親があって、孝心の深い同君は百事其母親の指図を受けていたので私が本人を説き伏せるためには先づ其母親を説き落さねばならぬのであって又それが中々面倒であった。併し山田君は私共の言文一致論には十分に賛成して居り、唯其一犠牲となってやるかやらぬかを考へてゐたのだが、母親を得心させるのは議論だけでは駄目なので、免に角試に言文一致の小説をこしらへて、母親の面前でこれを朗読してきかせねばならなかった」(山田美妙「白拍子祇王」の中川小十郎の序文)

友人、中川小十郎の「国民の言語と文章は必らず一致すべきものである」とする立言に支えられ、美妙は日本ではじめての実験的な言文一致の小説「風琴調心の一節」を書いた。

中川小十郎の証言によれば、美妙の母親というのは大した女丈夫だったようである。

美妙にはマザーコンプレックスとしかいいようのない精神のかたちがあるようである。彼は、なににつけてもその母の意向をうかがい、決定的なことは母の心にゆだねている。

小説「風琴調心の一節」にしても、その口語体の文章を、母の指図を受けてなおしていたという。それが私には、なにか複雑な生理的な臭いを美妙親子の関係にはかがされるように思われる。

このようにして、美妙はとにかく言文一致の小説をこしらえ、彼の母親と中川小十郎の前に対座して、稿を朗読すると、美妙の母は、どこが聞き苦しいとかそこが拙いとかの注文をつけ、美妙はいちいちそれを訂正したというのである。そして「風琴調心の一節」は「以良都女」第一号の「姫かがみ」の欄に掲載された。

この頃のことを中川小十郎は老年になってから回想して、この小説はあとから見るとあまり感心しない点もあるけれど、当時、山田美妙が、独特の朗らかな声と巧妙な口調で朗読すると、いかにも愉快な気持になって、これで天下を風靡するのは朝飯前、「以良都女」は大いに歓迎されるだろうと思った、と語っている。

当時としては、この口語体の小説は坪内逍遙・尾崎紅葉などが簡単に賛成せず、「以良都女」の売れゆきもあまりかんばしくなく、「以良都女」も中川小十郎の手から山田美妙の手に移ったりして、それもすぐにやめてしまい、とにかく言文一致の運動には大変な困難事態もあったのである。

山田美妙の家には、この強い影響力をもつ母とともに、厳格な祖母もいた。

美妙は明治二十一年十月、文芸開係書専門の書肆金港堂が、「都の花」を創刊するとともに、硯友社のメンバーに無断で主筆として入社してしまった。が、この事件にも祖母の介入があった、と死にのぞんで美妙は石橋思案に告白しているのだ。

この脱会事件も、かならずしも美妙の本意ではなかった、と美妙は言っているのだが、しかしそれだけで美妙は硯友社のメンバーから無断で脱走したものだろうか。

美妙という人には、どこか底冷たいものを感じる。それはどこからくるのか。しかし、人と人との関係を上撫でしてみてもそれらの深層部に触れることはできない。

「所が十三号の発刊に臨んで、硯友社の為に永く忘るべからざる一大変事が起った。其は社の元老たる山田美妙が脱走したのです。いや、石橋と私との此時の憤慨と云ふ者は非常であった。（略）石橋が逢ひに行っても逢はん、私から手紙を出しても返事が無い、もう是迄と云うので、私が筆を取って猛烈な絶交状を送って、山田と硯友社との縁は都の花の発行と与に断れて了ったのです」（紅葉「硯友社の沿革」）

と尾崎紅葉は、年来の友人山田美妙との絶交の様相を伝えているが、これはその交遊の表層の事態にしかすぎないと思う。

「硯友社は『我楽多文庫』から『文庫』に転じた時に、魯庵の云うなる百余名の社員は既に解散したもので、其の後は新硯友社員で、それは単に紅葉を中心とした友人関係で、社というのは社交倶楽部に過ぎず、個々に文壇に活動はしても、社全体としての何等団体的運動を試みて居らぬ」（江見水陰「硯友社と紅葉」）と江見水蔭が指摘したような、硯友社の体質。つまり理論を立てるのを野暮として排し、実作一本槍で進んだこの一派の、文学理念を欠いた在りかたに、美妙はしだいに自分のもつ文学理念との齟齬を見るようになっていたし、尾崎紅葉は紅葉で、彼より年下の美妙が披瀝する文学理念やハイカラ小説に対抗する意識もあり、当時の国粋的風潮に便乗する気味もあって、好んで古典の風を倣い、伝統文化を固守する態度をとっていたから、美妙と紅葉のお互いの確執には、はたで想像する以上の激しい心理的な渦動もおきたのである。

美妙はこのような激しい渦動のなかで、言文一致体の小説や、学究的な論文をつぎつぎに発表していった。そのうえ彼は、文体の口語化ばかりではなく、新体詩の分（わか）ちがき、戯曲・評論・辞典編集まで手を拡げていった。

美妙訪問

女性むき雑誌「以良都女」を通して、稲舟は山田美妙との距離をちぢめていた。

この頃の山田美妙は、といえば、浅草公園裏の薄茶屋という一種の待合の女、石井とめと深いかかわりをもっていた。

この女は明治二十四年に三十五歳だから美妙より十一歳年長である。故・塩田良平博士の研究によると、浅草公園六区花屋敷近辺の薄茶屋の中の「浜や」という一軒が湯島の魚問屋浜やの分家といわれ、その当主が石井とめである。とめは、湯島の本家石井の次女であり、父は秋月院法円日健信士という戒名をもつが名はわからない。母はふじという。とめは、安政四年、本所石原町に生まれた。

さらに塩田博士の調査されたところによれば、この石井とめは、寺の過去帳によると、二十年四月に法亀永子、二十一年六月十三日に現夢水子という、それぞれ月たらずの子を死産している。前夫または情人がいたことは確実だ、というのである。

美妙ととめがどのようにして親しくなったか不明だが、後日、美妙ととめとの間に金銭的なトラブルが起こって「万朝報」に書かれた記事によれば、二十三年四月にはじめて会ったことになっている。二十二、三年は美妙の最盛期であり、孤独好きの美妙が六区の薄茶屋につとめているとめと知り合い、とめに一軒家をもたせることになったのだろう。

「美妙日記」というのがあり、これの一部は秘されていたものだが、塩田博士によって「明治文学論考」（昭和四十五年）の中で公表された。何故に秘されたかというと、この明治二十四年九月から翌八月に至る美妙の日記というのは、石井とめ・田沢錦子（稲舟）・平山静子などとの情事を記した私生活の記録だからであった。

美妙のこの日記をみると、美妙が石井とめという女の肉感に惑溺していた様子が如実である。

稲舟は、美妙と石井とめの愛欲のただ中で美妙と出会ったことになる。

稲舟が、美妙が主筆となっている「以良都女」が終刊（明治二十四年六月）となる前に美妙の家にいったか、後にいったかは不明である。

明治二十四年は、美妙が新しい家に引っ越したあと二年後であり、美妙二十四歳のときのことである。

内田魯庵は、美妙が越した神田平永町の家の様子をこのように描いている。

「美妙の文壇生活の最高調は『都之花』時代であったが、社会生活としての最得意は、平永町に新築した頃であったろう。駿河台の暗ぼったい旗本屋敷の長屋から移転したので、たしか今の神田キネマの辺であった。軒並の町家の中で目立った相当に大きな門構への二階建で、間数も可成多かったらしい。木口は余り上等とも思はなかったが、左《と》に右《か》く木の香のする明るい新築だった。今と違ってマダ操觚者の報酬の薄かったそのころに三十になるかならぬかの文筆労働者で之だけの家を建築したのは左も右くに成功者であった。

書斎は二階であったが、椅子テーブル式で、クローム画の額や、ブロンズや西洋家具の古道具屋から仕入れたものをゴテゴテ列べ何のツモリか知らぬが弾けもせぬヴアイオリンが壁へ掛けてあった」（内田魯庵「美妙斎美妙」）

だいぶ酷な観察のしかただが、これが美妙の家の現実だったのだろう。

明治二十四年、稲舟はこの家に美妙を訪れた。

稲舟は審美にたけたほうではあったが、まだほんの少女の眼力しかなかったのだ。

稲舟は神田平永町の、山田武太郎と表札の出ている美妙宅を訪問した。

「軒並の町家の中で目立った相当に大きな門構えの二階建」だったから、度胸のいい稲舟も少したじろいだのではなかろうか。

美妙は無口な稲舟を二階の書斎に通した。

椅子とテーブルがあり、稲舟は椅子に腰をおろした。そのとき稲舟はなにを着ていただろうか。彼女の「しろばらの中の同じ年頃の娘風俗を少し借りてみると、黄八丈の一つ小袖に藤色紋縮緬の被布をかさね、花櫛をさして唐人髷でも結っていたものであろうか。稲舟は唐人髷が好きだった。異国的な髪形である。

唐人髷というのは、江戸末期から流行した少女の髪の結いかたで、桃割と銀杏返しとを一緒にしたようなかたちである。真ん中の元結をかける所も髪で十文字にかけたもので粋なつくりの髪形である。

美妙は稲舟の顔を見た。彼は、この娘はただ者ではない、と思った。端麗で肉感的とも見まちがいそうな稲舟の顔の中の巫女がもつような一種霊的な眼つき、その深い眼つきに彼は動かされるものを感じた。

石井とめの完熟した溶け崩れるほどの甘美な肉体に惑溺していた美妙の眼に、稲舟の生硬な肉体は見た目では物たりなかった。しかし稲舟は、耽美的な美妙の嗜欲の対象としては充分な娘だった。

稲舟は美妙の口から、活躍している女流作家たちの消息をきいた。

美妙はこの年の一月、「立憲自由新聞」に「白玉蘭」を、「日本評論」に「文学界の英雄崇拝」を、「大恥辱」を「都の花」に連載した。この「大恥辱」が、藤本藤蔭の「やぶだたみ」とともに、風俗壊乱の科で発売禁止となったために、この連載は「都の花」の五月号まででとりやめとなった。

美妙は、勘がよく、わずかのことではたじろがないような剛直なものも秘めている稲舟を観察して、この少女に書かせたら、指導いかんでは相当のものを書くようになるのではないだろうか、と思った。

当時の文壇では木村曙・小金井喜美子・若松賤子・竹柏園女史などの活動が目立ちはじめ、樋口一葉もこの頃から、小説を書いて稿料を生活費にあてようとして、花圃に心中を語り、母や妹の邦子にも相談し賛意を得たりしていた。懸命に読書し、余暇を図書館でついやす一葉を、妹の邦子は友人の野々宮菊子に語った。菊子は鶴岡たみ子（半井桃水宅）に語り、ここで一葉と桃水の出会いがなった。

一葉は、明治二十四年四月十五日、半井桃水のもとを訪れた。一葉のこの頃の日記は、

「おのれまだ、かかることとならはねば耳ほてり唇かはきて、いふべき言もおぼえず、のぶべき詞もなくてひたぶるに礼をなすのみなりき。よそめいか斗をこなりけんと思ふもはづかし」

と、コチンコチンになっていた自分を描いている。

一葉はこれより一年後、明治二十五年二月四日、半井桃水の助言をうけ書き上げた原稿をもって、霙まじりの雨降

る中を桃水の家にとどけにいっている。

美妙がつとめていた金港堂の編輯所近くに用たしにいった内田魯庵が、美妙のところに立ち寄った時、「スウッと扉（ドア）を排いて現れたのは白皙無髯の美少年」で「余り若々しいので呆気にとられた」し、「こんな色の生白い若い男が那様な巧い文章を書くのかと呆気にとられた……」。声高に話すことなく、年より二つ三つ若く見えたというから、この頃の稲舟は、垢ぬけのした美妙の、どのような話題にでも耳をかたむけることにやぶさかではなかった。

この頃は、金銭的には美妙の全盛期である。

美妙は、文芸書専門の書肆金港堂が出した「都の花」（明治二十一年十月から）の主筆として、十分な収入をもらっていた。この書肆は日本橋本町にあったものである。

維新以後の約十年間は、盲目的な欧米文化の輸入混乱期だったが、明治二十年をすぎると、滑稽な西洋の猿真似の季節はすたれはじめ、一時的だったが日本的な復古調趣味がはやった。

この頃の美妙は、たいてい和服の着流しだったが、まれに洋服も着用していたようである。白皙・黒髪・長身だったから洋服は似合った。

当時の風俗というのは、芝居の黙阿弥ものの写真や絵などでも想像できるが、断髪の男の額に、ちらりと髪を落して、着物の中にシャツを着込み、長靴をはいたりしているのが、ごく新しいセンスの開化人だったのだから笑わせる。しかし、笑ってばかりもいられない。時間の移行のなかでは、たえず意味が意味をうしなっていくのだし、いまある私たちも洋服やジーンズに下駄ばきはザラなのだから。

美妙という人は、名が売れ作品が売れ出してからも、着流しにシャツを着こみ長靴をはく、という風態でよく歩いていたということである。東京の街を歩きまわっていると、下町は下町育ちの衣服住居についての感覚的基準があり、山の手は山の手なりにそれがあるようで、育ち素性というのは人の一生の幅ではどうしようもないように思われる。美妙は神田っ子で、父親は警部だったから、もの堅い育ちであった。だから江戸っ子とはいっても、どこかに野暮ったさもある。

彼は、尾崎紅葉・石橋思案・川上眉山・丸岡九華などのかつての友人たちと不仲になってまで、言文一致派の気勢をあげようとしていたのだが、二葉亭四迷の「浮雲」が出るにいたって、言文一致の文体として省察の深い「浮雲」のほうがいいという勢いのほうがしだいに強くなってきてもいたのである。

時に稲舟はまだ十八歳の娘である。時代の質を冷徹に考える、というようなことはできなかった。だが、なによりも若くきれいな美妙をみつめることにウェイトを置いていたことを、だれもとがめることなどできないのだ。

美妙は、稲舟に文章を書くように助言した。読書についても、指導した。

当時、女の作家としては、三宅花圃（明治元年十二月二十三日生）が「藪の鶯」（明治二十一年）などを発表し、女性作家の先駆的役割りをはたしていた。また森鷗外の妹の小金井喜美子はフランス詩の翻訳、若松賤子は英語ものの翻訳で「忘れ形見」（明治二十三年）、「イナック・アーデン物語」（同）などを「女学雑誌」に発表したりしていた。

稲舟は、

「先生、私なんだか女のかたたちの仕事ぶりを見ていると、取りのこされそうでかなわない。私は駄目なまま終わってしまうのではないかと思うことがあるんです」

と美妙にいった。美妙は、

「まだ君は十八だろ、これからだよ。でもこれからは、あらゆる知識を貪婪に吸収していくようでないと物を書くにしてもどうしようもないと思う」

といったりした。

若い稲舟は、捕捉しがたい「言葉」を想い、まだはっきりしない家の跡取り問題のことを想って懊悩に頬をやつれさせる日があった。

明治二十四年五月に、山田美妙は「雨の日ぐらし」という幼少年むけの作品をまとめている。稲舟と出会って間がない頃である。美妙の作家的体質はおよそ悲劇好みという定評であるが、美妙があまり構えることもなく書くことができたであろう「雨の日ぐらし」という少年むけの作品集には、

「　雨の日ぐらし緒言

子供によませるためとて故さらに一部貫いた脚色の物を避け、小さな物をいくつも取りあはせて作りました。鳥といひ、蝶といひ、なるべくは手近のものを種にし、またわざと其蝶や鳥をいく度も用ゐ、つまりは同じ事をくりかへしました。

取りまじへた韻文は俗調きはまる物をわざと多くしましたが、実際幼童に与へる唱歌の類の語句の高尚なのは更に感化の功を奏せぬとの事実が現に今日いくらも有る故で、それから大方のし笑を顧みず却って此道を取った次第でも有りました。

明治二十四年五月中旬　美妙斎主人」

このような序文がつけられていた。

彼は、「実際幼童に与へる唱歌の類の語句の高尚なのは更に感化の巧を奏せぬとの事実が現に今日いくらも有る故」

ということをいっている。彼は自分より後から来るものになにを教えたかったのか。それは「坑夫（かねほりをとこ）」という詩の中での、酒とかるたの魔によって家財を使い果たし、ついには地の底の生地獄である坑夫となった男の運命（さだめ）であり、「蝶のをしへ」の、こどもが美しい蝶をみつけて、それをつかまえてふところにねじこみ「美しい蝶々を捕ってきた」とその母親にこどもが見せようとして取り出してみたら、その蝶は見る影もなくなってしまっていた、という話などである。

この「蝶のをしへ」という話はひどく印象的であり美妙の柔らかい心が漂っている話である

「……つよく手で掴んだために折角の美しかった羽の箔も落ちて見る影も無く、子供も今更仰天し、さすがに又残念でも有り、あらと言った儘駭き呆れて、失望の気色がありあり顔に現はれました。が、母は深くも駭かぬ体、『御前なぜそんなに吃驚するの？』『だって阿母さん酷いもの』『そこは御前が些しぬかったのだよ』『あたしが？』『美しくなく為ったのは其蝶々のわるいのでは無いの。又御前のわるいのでも無いの。御前の取り扱ひが唯悪かったの。かうしてこんなか弱い虫だもの、それ相応に柔かく取り扱はなければ矢張りよくは保ちません。物といふものは何でも取り扱ひ次第だよ」

この話の中の、映像と、美妙の稲舟の取り扱いについてのそれが重なって私には見えてくる。

良い家に不自由なく育ち、春野の蝶のように育ったあでやかな稲舟に心を傾け、自分の所有とすべく鶴岡の田沢家に稲舟をもらいにいった美妙。稲舟が「しろばら」を書くに及んで、美妙は、美貌才智ともに自分の納得のいく女は稲舟しかいない、と思った。そして自分の懐中に蝶のような稲舟を押しこんでしまった。その結果は、三か月という短日時の美妙と稲舟の生活が在っただけであった。

やがてふたりの破婚。明治二十九年三月に稲舟は美妙と別居したわけなのだが、次の月の四月には美妙は西戸カネ

（日本橋の歌妓）と結婚したのである。

稲舟と別れるやいなや、前から関係をもっていた西戸カネと結婚した美妙には、明治の男とは思えない乾いたところがあると思うが、その時、美妙の母親は、病弱になって里にかえっていった稲舟について、「蝶のをしへ」の中の母親のように、「そこは御前が些しぬかったのだよ。……美しくなく為ったのは其蝶々のわるいのでは無いの。又御前のわるいのでも無いの。御前の取り扱ひが唯悪かったの」といったものだろうか。

しかし、いまならばこういえるだろう。「美しくなく為ったのは其蝶々のわるいのではないの。おまえが悪いのでもないの。制度のありかたが問題だったのよ」と。

鶴岡の旧士族町を私が歩いていたときのことである。古さびた静かな街筋のなかを稲舟の生きかたを考えながら歩いていた私は、私の頭上を、黒っぽい凶々しいまでに美しい蝶が音もなく舞っているような気がして、空を見上げたことがあった。

稲舟の現実的敗北は、考えてみれば当然の帰結であるのだ。美の使徒は、それが純潔であるほど制度はどのようであれ、圧殺され続けるし、また美を刺殺するほどの志をもつから、美によって完璧な死をもたらされるのだ。稲舟の文学は美の絶対探求の方途を辿ったのである。美妙もこの点では稲舟と相似の傾向にある。美妙にも稲舟にも倫理への忠実を破壊していく強靱さがある。だがそれは両刃の剣の危険でもあった。このふたりは、現実生活的無能とひきかえに言葉を獲得していくという事態の悲劇性と結びついていった。

美妙の全盛期に購った神田平永町九番地の家の中には、母よしと祖母のますがいた。

美妙の母よしという人は、天才的な美妙の、作家としての活動にも充分満足していた。よしは、江戸の町医海老名玄沢の娘で農家（一説では商家）海保家の養女となり、後、山田家に嫁して武太郎（美妙）を生んだのである。

美妙三歳の時、父吉雄が、島根県警部長として赴任したので、東京神田柳町から芝明神前の浜松町一丁目七番地に移転し、母のよしとその養母ますと美妙の三人で暮らすようになったのである。その頃は桶屋を営んだりして美妙とその家族は、それほど楽な暮しむきとはいえないものであった。

三、四歳頃の人間の内的な生成はその後の人格の基礎となるといわれている。美妙の三、四歳頃及びその少年期は、父親との別居、気丈な祖母の重圧感、女親でのみ世話をやかれ育てられるという複雑なかげりのあるものであったのだ。死の直前の美妙の告白によると、彼がかつて謎をはらんだまま硯友社を無断脱会したのは、母のよしの指図によるものだったと石橋思案にいっている。よしは、世間から天才視されている美妙を支配していた。稲舟が山田美妙と出会いはじめのころは、このような美妙の母よしと祖母ががっちりと家政を担当していたのである。

思うのだが、美妙には、格式と女大学的な恭順を美徳として長男でひとり息子の美妙を奉り、彼に仕える母のよしや祖母のますの存在が息苦しかったのではなかったか、と思われる。

明治二十三年頃から、美妙は浅草の薄茶屋の十一歳年上の石井とめと深い関係をもち、愛欲の淵にどっぷりと溺れていったのだが、美妙が、その母や祖母とはまったく対極のこの艶冶な水商売の女に、その身心を傾けていった経緯は、母や祖母の圧迫から逃れるひとつの「出口幻想」とみなしていいもののようである。

明治二十四年、稲舟が美妙と出合った頃、美妙は「美妙日記」に明らかなように、石井とめに家をもたせ、関係をもっていたほかに「以良都女」に投稿していた平山静子とも関係もちつづけていた。

稲舟は後年、美妙の正体を知らずにすごした自分のウカツさを自嘲し、かつ美妙の複雑な内面生活を告発する意味で「五大堂」を書いた。「五大堂」は稲舟の死後に発表されたものであるが、この作中に出てくる小説家の放蕩山人こと今宮丁のありようは、山田美妙その人をモデルにしているとしか思えないのである。今宮丁という男性を稲舟はどのように描いているかというと、「日本人とは思はれぬほどつやつやする色白な格巧のよい顔にぞっとするほどの愛嬌のあるえくぼをよせて」人に対すが、当の相手の話は鼻先で聞いてかげではせせら笑うような態度をとる者として描いている。「才にまかせて世をも人をもあざむきつ、おもしろおかしく今日まではどうやら送りきしが」やがていっさいの人からそっぽをむかれ、凋落の坂を転がり堕ちていく一作家として、異様な熱をこめて稲舟は描いているのだ。

戦後に太宰治が書いた「斜陽」という小説があるが、あの作中の作家と今宮丁という作家は似ている。山田美妙もヴィョンの系列の作家であった。しかし稲舟は、太宰治の「ヴィョンの妻」までに到達することができぬまま、男性憎悪の次元で自己の生も文学作品も回収してしまっている。今宮丁の全容を知りつくしてなお、彼にみずからの純情を持す糸子という女性を稲舟は示したいのである。

私は深みと正義で、どちらかというと深みをとってきたが、このところでは、稲舟より美妙の世界への目つきのほうを深いと思った。稲舟の言動は四分五裂していって、ついには収拾がつかなくなっていくのだが、美妙には、やたらな小結論を出そうとしなかったところがあった。

美妙の詩心が混濁していくのは、たえず「銭」と「色」の生き罠にはまったときである。資本主義の時代原理に嚙みつかれた美妙は、その育ちが、ひとり息子で他者との競争でもまれる事を知らなかったから、脆くそれらにふりまわされたのである。美妙はこの「銭」と「色」の生き罠に次々とはまっていくのである。

考えてみると、美妙のこのような事態もすべて彼の二十代のことであって、遠い昔のこととしてそれを想えば、ある悲哀をもって眺めかえし得ることである。

稲舟は美妙の家を訪問し、さまざまな新しい知識や事物に接することができた。美妙は、ヴァイオリンや胡弓をひいた。

少女稲舟はそのような美妙に目をみはった。

美妙は漢詩文を石川鴻斎に学び（十五歳）、鮫島武之助に英語の教授を受け（十三歳）、和歌を叔父の山田吉就（神主）に、和文を浄土宗の山僧法念について学ぶ、というように博学多識だった。稲舟は、洋風の書斎で、米国雑誌を読んでいる美妙の白い顔を見た。そんな美妙を見て、この人とならば共に身を滅ぼしてもいい、とさえ思った。

みそかごと

稲舟の詩心は澄んだものであった。

稲舟には「愛欲」とか「性愛」というような言葉をはじきかえす内質がある。「愛欲」も「性愛」も所詮は観念の所産の人間界の常道であったとしても、稲舟という女性にはあまりにもこれらの言葉は疎遠なものなのである。

稲舟にとっての「男」も「世界」も、すべて稲舟の求道者的な探求姿勢にひっかかってくる時間の仮象にすぎないのだから、男がなまじ中途半端な肉欲で稲舟に接近したとていかんともしがたかった。

「美妙日記」は、その例証が如実だと思われる。

この「美妙日記」というのは、考えてみると、実に奇怪な日記である。故・塩田良平氏はそれについて次のように書いている。

「石井とめ並びに田沢錦子（稲舟）、平山静子などとの情事を記した全く私生活の記録で、美妙自身も極力他人に見られることを秘したもので、美妙の文学解釈に何等のプラスをなすものでない、と信じたので、旧著でも極く一部を抄録することに止めて、全部を公表することは差控へることにした。……然るに二十数年を経過した今日になって、虚心にこれを読むと、なるほど尾篭な記述はあるが、一私人の生活記録として、これほど丹念なメモはない。……この日記は色気と食気とが充満した俗臭芬芬たるものであるが、この青春の濫費こそ、さしもの天才を没落させる最大の原因であったことを思へば、読んで感慨無量とならざるを得ない。美妙の没落は、決して運命のいたずらではなく、彼自らが招いたものである、といっても過言ではなからう。」（塩田良平「美妙の青春日記について」）

美妙は小結論をさっさと出さない、ということを私は先に書いたが、作家のそれとも思えないこの日記の内容は、美妙の奇怪な、不気味といってもいい人間性のメカニズムを曝け出しているのだ。思えば、日記とは、その日その日の自分の影のようなものの記録なのだが、美妙日記がなぜ書かれたのか、そのあたりの事情を推察すると不思議に思えてくるのだ。

見られることを意識した作家づらの文学的日記など読まされると、〈いい加減にしろ!!〉と吐き気をもよおすが、この「美妙日記」というのは、

一、天気具合。
二、健康具合。
三、その日食べた物の品数品名、それらについやした金銭の高。車賃。
四、「宝」の暗号による、性交渉の度数とその良し悪しの具合。
五、交渉をもっていた女たちとの道行。
六、その他。

という風で、むしろさっぱりしている。

美妙という人はよほど食い気にたけた人であったらしく、何月何日にはどんなご飯をどこでどれだけ食べ、それにはいくらの金銭をついやしたか、ということをじつに刻明に書いていることは驚くほかはない。よく食べる人は性的欲望も激しいといわれているが、その記述までするとは、私には解せない。

美妙は筆で紙をひっかいて「生の不安」をいくぶんでも減らそうとする「作家」という病いを背負っていたのだし、人にひたかくしにしたこのような異様な日記を書いていたとしても不思議はないかのもしれない。

稲舟が美妙と結婚し、その生活が長くつづき、ある日、稲舟がこの美妙の日記を読んだとしたらどういうことになったものであろうか、と私は思った。

稲舟の美意識は、ともすると倫理の忠実性に傾きがちに作品化していくところがあった。倫理を信仰の座からひきずりおろすなどのところまではいっていなかった。美妙はこれにくらべると即物的であった。武張った言挙げをする明治の各作家たちの、いまから思えば多分に珍妙なそれらからみると、美妙の文学観も生もむしろはるかに新しいものであった。

「明治二十四年十一月

十六日――宝大妙、かんづめ倉島にて買ふ、四十六銭、柿と紙十二銭、車十一銭―この日前月費（十月分）の中十円わたす（十円□□料）

この日朝平山雄より謝絶の手紙

十七日――平山静より手紙、九段会合月色明朗、静更に雄の手紙を知らす、車七銭

二十三日――粟飴十銭、車十銭、大雨、行けず酒ゆで蛸、宝不

この前日錦子に簡出、二十四日九段の約、そを雄開封し送付し来る

二十四日――風酷寒し、夜六時、ちんや天ぷら土産共六十銭（上天五人四十銭、飯一人二銭、酒二本□銭、照焼二人九銭）中みせにて辰櫛根掛海鼠五十銭、紙十銭〆一円二十銭、車十銭、宝不

二十五日――夜六時、やきいも、車十銭、宝二大妙

二十九日――後五時二十分錦子同伴根津いそべ、根津迄車六銭、れうり一円五銭（給仕つる）、祝儀三十銭〆一円四十一銭、御成道にて別れ別荘行、車十二銭往復、みやげ宅ととめ〆一円五十三銭

明治二十五年十一月

十日――静子九段、車三銭、かへり洋食三十銭

十五日――静子九段、かへり仲さる楽町金ぷら三十銭、車二銭、美顔水十銭〆四十二銭〆十七円、九十一銭五厘（〆十八円六十六銭五厘）きんこ七十五銭

二十二日――錦子九段、宝大抵、九時九段和田金うなぎ一円三十五銭、車八銭、カメオ五銭、公園内の穴に陥る〆一円四十八銭

二十三日――夕七時、車十銭　中みせ天どん五銭、宝一、〆十五銭」

なんの人名もなく「宝」の有無を記しているところは、すべて石井とめとの関係のことであり、「別荘行」とあるのは、二十四歳の美妙が石井とめに一軒家をもたせていたその家にいくことである。

美妙の日記は右のような記述法で淡々と書き連ねられているのである。日記から推量するに、石井とめとの間の肉欲の愛は「大妙」というような言葉でもみられるように、密なものだったのだろう。稲舟との場合は残酷にも「大抵」というような表現を書き残している美妙である。

美妙はこの頃、すくなくとも平山静子と稲舟と石井とめという三人の女性と関係を持ちつづけていたのは確実であ

る。

明治二十四年から二十五年頃にかけて、三人の女たちのうちのだれにもっとも執心していたかというと、それは石井とめにであったと思われる。生硬な町娘の稲舟、人妻の平山静子にはそれぞれの女の色香があったとしても、濃艶な石井とめの魅力ほど美妙を捉えた女はいなかったようである。この、明治二十四年から二十五年に書かれている美妙の日記は、主に石井とめとのかかわりをバネにして書き起こされたように思える。

人は、なにか心に期することがあるとき、公的に見られることを予測しても、または秘事としてでも日記を書きはじめる。だが「美妙日記」を読んでみると、この日記は、だれかに見せる、というようなことは絶対に考えられないものであって、主に「別荘行」つまり石井とめとの道行が微細に記述されているだけに見える。

美妙は石井とめに二百円の身代金を出し、月々三十円はどの手当を出していた。

石井とめは美妙に心底から惚れぬいていたようである。後年、石井とめが語ったところによれば、自分が美妙の妻になれるのだと思いこんでいたようである。日記を読んでみると、この石井とめに美妙は、女礼式の講義や習字・算盤を教え、本や稗史も読みきかせている。彼はとめを、ただの遊び相手の女と思っていなかった時期もほんのわずかだがあったのではなかったかと思う。

「明治二十四年九月

十六日——好天気明月、三橋亭夜食卅三銭、車阪で油絵五十銭、別荘へ配達料五銭、カメオ六銭、江崎の隣りで茶代五十銭、帰車六銭、〆一円五十銭、別荘へは夜十一時行く、今〆めたという処、十二時まで居る、宝を求めしが辞す

廿二日——手本源平盛衰記持参、宝←、車十銭、雨

廿三日――戸大方既に〆め、後六時、雨、手習、算盤はじめ、宝一、車十一銭、明後日大工来るよし

廿四日――上野池端洋食廿銭、車九銭、墨持参、宝辞退、卅日祝日と定む、そろばん

廿五日――大工不来、宝一、先生と原へ鰹ぶしくばる由、そろばん、酒飯いり鳥、茶ワンみやげ口取、一円出す、車十銭」

これらの日記を見てもわかるように、この頃は毎日のように、美妙はとめに算盤を教え、絵を買って家の中にかけてやり、女に知性をもたせようとしていた。石井とめが信じていたように、この頃の美妙は、とめを妻にしようとふいと思ったこともあったかもしれなかったのである。

このとき稲舟はたった十八の小娘であった。どのように考えても、成熟しきった石井とめの身心にたちうちできないところがあったのはいかんともしがたい。

美妙はこの頃はまだ、未開の花の稲舟の肉体にはほとんど関心をもっていなかったと思う。

このように、美妙が石井とめと性愛の淵にしずみこんでいる頃、稲舟は美妙のありとあることをみつめながら、改良半紙の上に筆を走らせていた。医学校のほうも、自然解消のようなかたちで通うのをやめてしまった。

この頃の稲舟には、美妙が肉欲的な人間によりも、霊的な人間に見えていたのだ。稲舟自体、霊的な性情だったから他をもそのように律して見やすかった。

稲舟は、友人の孝と、美妙の作品について語りあうことがあった。孝は、「山田美妙という人は不思議な人だと思う。とってもきれいな小説を書いていたかと思うと『武蔵野』のように終わりには登揚人物が全滅してしまうというように、まったく救いのない小説を書いたりする」

といった。稲舟は、

「そう、地獄におちて這いあがれないような坑夫をうたったり、貧しい車ひきの小説も書いている。美妙が『武蔵野』のような救いのない小説を書くのは、なぜか私にはわかるような気がするのよ。なぜって、美妙は小さいとき病弱で、ふいと、自分が死ぬんじゃなかろうかと、高い熱を出しているさなかに思っていることがあったって私にいったもの。そんな時、あの人はとっても底知れないようなさびしい顔つきになるの。なにか私にできることがあれば役にたちたい、そんな風に思えてきて。美妙は〝死〟ということにとっても深い関心をもっているし、それについて書くことを心がけていると思う。人の生のはかなさについても」

と孝に語った。

孝は稲舟が美妙を好きになりはじめているにちがいないと感じた。稲舟は孝に、美妙が小さい時、腺病質で、あまり外には出歩かず、引き篭って本を読んだり、一人遊びをしていることの多い男の子だったこと、十四歳ですでに「失笑」という小説を書いて同級生から賞めそやされたことなどを語った。

稲舟は孝に、前年（明治二十三年）できた浅草の十二階に美妙からつれていってもらったことなども語った。この、浅草随一の名物だった凌雲閣、通称十二階は当時の日本中の人に知られ、東京見物の中にたいてい組み入れられていたのであった。この十二階も、石井とめの茶屋「浜や」もともに浅草にあった。浅草というのは先頃私も歩いてみたが、下水の臭気の漂う下世話な気配をもつ町並という空気がいまでもするところである。

芥川竜之介は、

「浅草という言葉は複雑である。たとへば芝とか麻布とかいふ言葉は一つの観念を与へる言葉である。……第一の浅草といひさへすれば僕の目の前に現はれるのは大きい丹塗りの伽藍である。或はあの伽藍を中心にした五重塔や仁王門である……第二に僕の思い出すのは池のまわりの見せ物小屋である。……第三に見える浅草はつつましい下町の一部である。花川戸、山谷、駒形、蔵前――その外何処でも差支へない。唯雨上りの瓦屋根だの、火のともらない御神灯だの、花の凋んだ朝顔の鉢だの」（芥川竜之介「野人生計事」）と浅草を描いてみせてくれているが、稲舟が美妙と遊びに行った浅草も、その美妙が関係をもちつづけていた石井とめの「浜や」も、このような風物のなかにあったのである。

美妙の日記を読みかえすうちに、事実というものは人間のなまじの観念などふきとばすほどに強いものだ、とあらためて思った。

だれだったか事実だけは腐らない、ということをいっていたが、事実の延々とした羅列のむこう側に人間の在りていの真相がむしろ見えはじめる。

美妙の日記には、美妙の食欲・性欲・諸事雑事が主に記述されており、愛だの恋だのという観念語はまったくはぶかれているのだが、事実を克明に列挙する美妙のその手つきに、やはり常人にはないものを感ずるのである。

明治二十四年十月に入ってから、美妙は、平山静子としきりに逢っている。

十月二十九日にはふたりで九段を散歩しているし、翌十一月に入ってからも九段でかさねて逢曳をつづけている。

「明治二十四年十一月

十二日――静子九段、大雨、前日伯母に打たれしといふ、さぐり、車八銭」

この日、平山静子は、美妙との交渉を伯母に忠告され、そのうえに叩かれたものであろう。美妙の感受性というのはどうなっていたものなのか。美妙と交渉をもっている故に叩かれ、それを美妙にうったえている平山静子について書くのに、「さぐり」という性的な行為をなしたと思える言葉を、はなはだ散文的な言葉でズバリと書いている。

そしてこの次の日からも石井とめの家に毎日行き、「宝」という性交渉をもった記号を日記に書きつづけている。

「明治二十四年十一月
十六日――宝大妙、かんづめ倉島にて買ふ、四十六銭、柿と紙十二銭、車十一銭〆六十九銭―此日前月費（十月分）の中十円わたす（十円ロロ科）
此日朝平山雄より謝絶の手紙
十七日――平山静より手紙、九段会合月色明朗、静更に雄の手紙を知らず、車七銭」
平山雄という人間については、塩田良平博士が亡くなられ、調べにくい状態になってしまったが、稲舟にもかかわりをもっていた人である。
「明治二十四年十一月
廿三日――粟飴十銭、車十銭大雨、行けず酒ゆで蛸、宝不、
この前日に錦子に箇出、廿四日九段の約、そを雄開封し送し来る」
このように書いてあるのである。
平山雄は、平山静子の身内のひとりと押さえてみてほぼまちがいないようである。この人物は、平山静子と美妙の不倫をとがめ、会わないでくれ、という謝絶の手紙を美妙に送ったのである。
「錦子に箇出、廿四日九段の約、そを雄開封し送付し来る」という謎のような一節はなにを指すのであろうか。
思うに、稲舟は、この平山静子と相当深いかかわりをもち、もしかすると平山静子の家にでも寄宿していたのかもしれない。しかしこのことは、二、三の人にきいてみたが私には解けない謎になってしまった。
美妙は、石井とめと深い性愛のかかわりをもちながら、平山静子ともかかわりをもち、平山静子の家の中に波乱をよびおこしていた。しかし、平山雄なる人物から謝絶の手紙をうけとったあと、美妙は平山静子を遠ざけようとした

と思う。彼が平山雄から、平山静子と逢ってくれるな、との謝絶の手紙をもらったのが十一月の十六日で、翌十七日には、平山静子から美妙が手紙をもらい、ふたりは九段で会っている。その時、美妙と平山静子の間でどのような話し合いがおこなわれたかはわからないが、それからわずか数日後、美妙は稲舟（日記中、錦子）に二十四日に九段で会おう、という手紙を出したのである。その手紙がどのような経緯で平山雄という人に開封され、つっかえされてしまうのかは依然不明である。

それにしても、稲舟に美妙が手紙を出した翌々日の美妙の日記を生きていた稲舟が読んだら、百年の恋心を醒ましたものであろうか。「廿五日―夜六時、やきいも、車十銭、宝二大妙」、これは美妙が石井とめの家に夜六時にいって、印象に残るほど美味かった「やきいも」を食べ、とてもすばらしい性交渉を二度もった、ということなのである。なんともミもフタもない書きかたで、いっそ幼児の爛漫さとでもしかいいようがないが、このような事柄をこのようにミもフタもなく書きつけられる特性が美妙の文学を成立させもし、衰退をよんだとも思う。

先頃、私用で小田切秀雄氏とお会いした折、氏は、

「私は、なんとも美妙が嫌いでね。だからその背後の田沢稲舟のことにも関心をもたなかった」

といわれた。

私は小田切秀雄氏に、

「稲舟というのは明治における女流作家のなかではきわめてユニークな作家だった。当時としては不条理性をかかえこんでいためずらしい女流の作家であり、きわめて純潔な子どものような魂をもった作家だったと思う」

とお話したのだが、ともかく、近代文学を研究されている人たちには、美妙嫌いの研究者が多いように思われた。

「新しさ」とはなんだったのだろうか。栄華をきわめたソロモンの王は、「すべての新しいものは忘却にすぎない」

と呟いていた。美妙は、新しい文体についてさまざまの創意をあらわし、自分もその実践者として在った。だが、ふたたびソロモン王の「すべての新しいものは、忘却にすぎない」という呟きの前に立ちどまるとき、新しさの名のもとに肥大したものの内側の空洞をみつめかえさせられるのである。

しかし、美妙がどのような批難を浴びせられようと、やはり先駆的な役割は果したのだ。

この頃から、つまり美妙と平山静子の間に微妙な軋轢が発生した頃から、美妙と稲舟の間は接近をいっそうつよめていった。

「明治二十四年十一月

廿九日——後五時廿分錦子同伴根津いそべ、根津迄車六銭、れうり一円五銭（給仕つる）、祝儀卅銭〆一円四十一銭、御成道にて別れ別荘行、車十二銭往復、みやげ宅とどめ〆一円五十三銭」

明治二十四年十一月二十九日、稲舟は美妙と右のように、相当の金を使った食事をし、出会いをもったのである。「後五時廿分錦子同伴根津いそべ」という一行の中に、美妙は錦子に対する感情を見せている。そこには「新しい熱い」気配が漂っている。一時間とか三十分のきざみで時刻を記述しているのではなく「廿分」なのである。

「とらんぷ　六銭五厘
たばこ　四銭
天どん　十二銭
雷門天ぷら　十二銭
美顔水　十銭」

（「美妙日記」のなかの物価）

美妙の日記には、当時の値段がじつに刻明に出てくるが、これらの物価から割り出してみると、美妙は稲舟とのこの日の食事に、いまにしてどれくらいの金を使ったかがわかる。

根岸というのは、いまの台東区内の地名だが、上野公園の東北にあたり、江戸時代には静かな土地柄で鶯が多く、その鳴き声がみちていることで有名で、初音（はつね）の里ともいわれたそうである。

ほかに美妙と稲舟は上野近辺の揺鉢山などで出会いをもっていたことが、その日記に書かれている。

美妙は、このような複雑な人間関係をもちながらもたくさんの文章を書きつづけているのである。

明治二十四年十月「古書画林」他を「国民新聞」に書き、「兜菊」（未完）を二十五年の九月まで「都の花」に連載。美妙としては題材の視野をひろめたと思ったらしい「白玉蘭（別名壮士）」を青木堂から刊行した。

この明治二十四年七月に美妙は「国民新聞」に入社している。

十一月十七日、平山静子から手紙をもらって、美妙は平山静子と九段で会っていたが、この日、文部省は、各学校に下付された天皇・皇后の「御真影」と教育勅語謄本とを、校内の一定の場所に「最も尊重に奉置」するように訓令を出している。またこれよりはやく、十一月五日には、美妙も興味を動かされた「芝居」の世界では、新派俳優の伊井蓉峰らが、済美館を結成し、男女合同改良演劇を標榜、吾妻座で依田学海らの「政党美談淑女操」が上演された。

美妙の日記が即物的記述に終始するのは前にも書いたが、それにしても、美妙の思想や文学理念がそこにほとんどでてこないというのはどうしたものであろうか。社会情勢の批判など一行もでてこない。それにしても、もう一冊別の日記があったとしても、なお不思議を思わせられる日記である。

日記によれば、美妙はじつによく食べているが、食べることと女について、彼は、なにか同じようなとりあつかいをしていたように思える。資本主義の時代において、美味しいものを食べ女たちと関係をもつについては、かならず「金銭」が必要だった。若かった美妙は、この穽にやがて曳きずられ、稲舟の実家にも多額の金を出させようとするようになるのである。

美妙であれ稲舟であれ、作家として近代を探る渦中に、作品的現実も、実存も果てたところがあった。『『家族国家』観を成り立たせた第三の、そして基底的な要因は『家族制度』の危機と、その幻想性であろう。その幻想は現実に家族制度が崩壊をはじめないかぎり、するどく意識にのぼることはない。わが国においては資本主義がいよいよ本格化した明治三十年代も後半になってにわかにこの問題が〝識者〟の関心のまととなった」（色川大吉「明治の文化―家殺し」）。

山田美妙の思想の根底にも、この動かしがたい「家族国家」意識があった。柳田国男ですら、明治二十九年に「ドミシード、即ち家を殺すことは、仮令現在の家族に一人の反対が無くとも、生まれる子孫のことを考へれば自殺ではありませぬ。他殺であります。自分の子を殺しても同じ殺人罪であるのに、子孫をして生きながら永久に系図の自覚を喪失せしむるのは罪悪ではありますまいか」（柳田国男「田舎対都市の問題」「時代と農政」全集第十六巻所収、一九一〇年）といっている。この「家族国家」意識は、一見、進歩的急進的に見えた山田美妙にも「論理的」には同断であったのだ。

なぜカギカッコつきで「論理的」には、というかといえば、美妙は論理的には「家国家」の理念を是認推進していたが、その地中では、つとにアナーキーな現実生活をいとなんでいたからである。そのことは、いままで多々例証をあげて書き進めてもきた。稲舟の作品上からの言葉を借りれば、

「世に男程おそろしくけがらはしきものなし、朝に廃娼論をとなへておもてに道徳をかざるも、そしらぬ顔をして夕は北里の花にたはむるえせ君子、さらずば世の信用をかふためのえせ信者、さては世渡上手の軽薄才子、上辺はともあれかくもあれ、大かた内心は皆腐敗せしもののみなるを……」（「医学修業」より）ともなろうか。

稲舟の分身と考えられなくもない、この「医学修業」の中の花江は、語気も鋭く、明治のなかで引き裂かれ、あやふやな身すぎ世すぎをしている男の生き様を告発しようとしているように見える。「廃娼」問題は、明治五年十月、太政官布告によって人身売買ならびに芸娼妓の解放が行なわれたが、実際は遊女屋が貸座敷となり、身代金が前借金と改称されたにすぎないような現実だったのである。

「廃娼論」をとなえることは、当時は進歩的文化人とみなされていて、作家の木下尚江などによって廃娼運動が展開されていた。このことはしかし、昭和も三十一年になってやっと「売春防止法」が成立したのは、私どもも知るところである。

稲舟は当時なにを見て、このように鋭い一節を書いたものであろうか。この一節が美妙の私行の現実にも触れているとすると、稲舟の内心の修羅がなみたいていのことでなかったことが推察できる。

この「医学修業」は、明治二十八年七月の「文芸倶楽部」第一巻第七編に発表されたものだから、美妙が石井とめとかかわりをもっていた月日がありながら、稲舟とも平山静子とも関係をもちつづけていたことを、彼女が知っていて書いたものなのである。

明治二十四年十一月二十九日、美妙は十八歳の稲舟を連れてこの根津の「いそべ」という待合にあがった。稲舟は根津一帯の界わいの意味するところを知らなかった。知らなくて当然だったが、彼女はただ美妙といっしょにいられることでうれしかったのだ。

着流しの袷の袖口から肌の白い腕をちらつかせ、根津の待合の火鉢に手をかざす美妙の知的な立居を美しい、と稲舟は見た。口端をややつり気味に皮肉っぽい笑いをもらす美妙に、稲舟は都会の洗練を見たのだし、その口から溢れ出てくる博学多識に、少女稲舟はしきりに酔わされて盲目にされたのである。

稲舟は、当代にならぶ者なき若い時代の旗手であるこの美妙を、自分にひきつけておきたかったし、恋の惑乱と酔いの激しい渦の中に身を置いて、現世的な一切をひたすら是認するに急でもあったのは無理ないことである。美妙は一見、即決のスピーディな動きをする体質だし、稲舟はじっと対象を見、その良し悪しを自分なりに見きわめ、それから動き出すほうである。

美妙は若いのに、女の見方でも、即物的としかいいようのない取りあつかいかたや見方をしていたが、稲舟といえば、男は、自分のあこがれ心の具象だったのだから、ふたりの間に恋の火がさかっているときはその齟齬があらわにならなかったが、それが冷えていくにつれて、やがておたがいのゆきちがいが露出していくようになるのが当然である。ふたりの間柄で、はじめに誘いをかけたのは山田美妙のほうであった。石井とめにないもの、平山静子にないもの、稲舟はそういうものを持っていたのだ。

「君は不思議な人だねェ。あんまり女臭さというものを感じさせない。いままで僕もいくらかの女の人とつきあいをもったけど、君みたいな人はいなかったよ。こうやって君のそばに僕がいても、君はまるでそこにいないような感じがする。そのくせ男の僕をぐいぐい魅きつけてしまう。君っていったい何者なんだい」

と美妙は稲舟をひたと見たりした。それは、根津の待合の中でいうにはすこし似つかわしくない言葉だった。

「僕は正直いって、女を知らないわけじゃない。君はまだお嬢さんだ。こういう僕と君はつきあってくれるかね」

とも美妙はいった。稲舟は、自分の敬愛する師の求愛の言葉に、全身の血が逆流するような愕きと喜悦でふるえていくのを知った。

「先生のおそばにいられるだけで、私はとてもしあわせに思うし、どんな小さなことでもいい、先生のお役にたてることがあったら私は喜んでしたいと思っているんです」

といった。美妙は、そのような初々しい生娘の稲舟に血をかきたてられた。

他人のみそかごとを調べていたり、そのいきさつのいろいろを書いていたりすると、ふと、馬鹿々々しくなるものである。一国の動静をうかがうような事柄のみを、口角泡を飛ばして述べ立てるある種の人間にもヘキエキさせられるけれども、他人のみそかごとについて追跡調査することもまた、気うということである。恋愛感情の軌跡には一定の法則性と力学があって、もえ、やがて冷えていくのだが、その中に丸ごとのめりこんでいるうちは、麻薬に浸っているときの幻覚と相似た永久に醒めないような酔いに惑溺していられるけれども、外側でそれらいっさいの事態を眺めている者の意識の醒めには一種手のつけられないような白々しさがつきまとうものである。

物書きである美妙と稲舟には、たえずこの恋の中に惑溺する自己と、それを外側から眺めている醒めた者との自己分裂があったはずである。美妙は稲舟の肉体を抱きながら、自分と稲舟の距離を計っていた。有夫の平山静子や石井とめの成熟した性愛に稲舟のそれは及ぶべくもない、ということもあった。

九段の待合で、根津の待合で、上野摺鉢山の待合で稲舟と逢曳きをつづけた美妙は、稲舟の官能性が、美妙と石井とめのもちえた肉の淵ともいうべき、深いめまいにも似た愛欲的関係とは比すべくもない拙劣なものでしかありえないことも考えた。だから山田美妙は、独身でありながら稲舟との関係一筋にしてしまわないで、石井とめとの関係も継続しつづけていたのである。

「君は可愛いいよ。器量もいいし。このあいだ、君と僕が歩いていたのを見たのか、小説を書いている××君に、山田君、このあいだ君はすごい別ぴんと歩いていたじゃないか、俺にも紹介しろよ、なんて言われたりしてねえ」

と美妙はいったりした。美人で良家の子女であることが歴然としている稲舟は、美妙にとって「表むき」の恰好の相手だったのである。表を飾ることにかけて自意識の人一倍働く美妙にとって、このことはおろそかにできぬ事態だった。

この頃のとめとのことを美妙は次のように記す。「明治二十四年十月十日—後五時半出宅、徒歩、詰責せしに児ありし事明白、児今より十年前渠廿の時、男児但生後死す、冬日昼間の産、我慢つよかりし由、経中なれど宝一但不(昼宅にて自宝)、月費(八月分)廿円わたす、車六銭」。この「美妙日記」に流れる、とめへの感情には深いものが見られるし、感情の振幅をあまり表面化させない美妙にしては、ずいぶん気を入れた書きかたである。

商売柄か、年下の男の気をひくためか、子のいたことを秘していた石井とめは、美妙に問いつめられて、子がいたこと、それが生後すぐに死んだこと、それは冬の日のお産であったこと、そのとき自分は我慢強くお産の苦しみに耐えたことなどを語った。美妙はこのことばかりでなく、石井とめに、彼女の過去をいろいろ語らせている。そして、彼女の過去に有夫または情夫のような男の影をみとめたりすると、嫉妬したりする美妙でもあった。

美妙は、石井とめに自分の深層面の女を、稲舟には社会的な自分に見合う女の役割を、その意識下で求めていたのである。

美妙の日記に如実なように、明治二十四年は、美妙を中心にそれを取りまいていた女たちと美妙との色模様で暮れていった。このことについての美妙の、インテリであるがゆえの自己分裂は、複雑なかげりを見せながら動いていたが、彼は、稲舟にしだいに心傾ける度合いを勝らせていたし、また稲舟には文筆上のアドバイスもしつづけていた。

「あんたのはねえ、若いからしかたがないんだけど、筆はこびが硬くってねえ。詩歌にしろ小説にしろ言葉の芸術だから、結句のところ、言葉のあつかいとその働きが作品の良しあしをきめるわけなんだよ。自分をもっとこわさなくちゃあ」

といった。稲舟は、自分の筆づかいが硬ばっていて、自分がほんとうに書きたいことがのびやかに筆にのっていかないことを知った。

後に批評家たちから、稲舟の文章は「悪達者である」というような評言をうけることになるが、それは、右のような美妙の助言にむかって、彼女の無理な背伸びの部分があがきとなって文章にあらわれたことについての、批評家たちの指摘なのである。

この頃、美妙と稲舟は、十日程の間隔をおいて会っていた。「明治二十五年一月十日―後三時半、夜雉子酒、みかん二十銭、車十一銭、宝一不、戯れに縁を切るといへば怒る。大礼の噺、此夜錦子（スミケチ）と約有り行かず」。この日美妙は、後三時半、石井とめの「浜や」に出かけ、とめと性交渉をもったが「不ず」、彼はとめにむかい戯れに、

「俺たちも、もうそろそろ縁を切ろうか」

といったのだ。とめは、美妙のその軽口に怒ったのであろう。軽い痴話喧嘩である。しかし、その時の美妙の心の中に、稲舟との関係がしだいに強く影を落しはじめていることについての気づかいはあったはずである。

美妙はふと、石井とめとの仲もそろそろだナ、と思うこともあったのだが、しかし、石井とめとの性愛に彼はまだ充分に未練があった。

この明治二十五年一月十日の夜は、稲舟（錦子）との約束がありながら美妙はいかなかったのである。この頃の美妙の心は、稲舟にむかってそれほど熾烈に燃えさかってはいなかったようである。稲舟との約束がありながら、美妙はとめと冗談半分の痴話喧嘩をしながら酒をのみ、ミカンを二十銭買って食べていたのである。

この日記の中にも見られるが「（スミケチ）」というのは、墨で消したあとがある、という塩田良平氏による記号である。結婚した山田美妙と稲舟との現実生活がうまくいかなくなり、ついに稲舟は山田美妙のもとを去り鶴岡の実家

にかえることになるわけだが、女出入りの激しい美妙への世間の非難は予想以上に激しいもので、美妙は稲舟と関係をもったことの記述をしたこの日記の、稲舟（錦子）の名の上を墨で消したのである。墨で消す、という行為には、美妙の稲舟にむけた愛情について、彼の不実なにおいが漂っていると思う。美妙の稲舟にむけた心の濁りをそこに見る。

明治二十五年一月十日に、美妙と稲舟は会う約束をしていたのだが、美妙の破約で二人は会わなかった、翌一月十一日は美妙の日記によると、「十一日—夜錦子（スミケチ）と上野車七銭、すり鉢山にて宝、秀吾妻座へ行きし由、初林事づけてくれる、みかん廿銭、車八銭、無宝」となっている。二人は上野で会ったのだ。

この上野の摺鉢山は古墳である。この山は、約千五百年前の前方後円墳で、ここからは弥生式土器・埴輪などが出土している。現在の不忍池寄りにある五条大神・清水観音堂もかつてここに建立されていたのだ。いま摺鉢山の上には、簡易な腰掛茶屋があり、往時には繁った大樹だったろうと思われる木の切り株がいくつか残されてもいる。美妙は稲舟に、

「きのうは来られなくてすまなかった。ちょっと忙がしかったものだから。その分きょうはたんと大事にしてあげよう。あのあと元気だった？　その衿どめ似合うじゃない。もっとも錦子嬢には、なんでも良く似合うのだからね。こんど来るとき僕もなにか買ってきてあげよう。きょうは寒いね。ずっと火にお寄りよ」

といった。上野の山の樹木が風に立ちさわいでいる夜である。

稲舟はふと、鶴岡にいたころ、錦絵や絵草紙のなかに出没する上野の山や不忍池のほとりの賑いを夢見ていたことがあったのを思い出す。また、たった二十余年前に、この上野の山で戦争があり、血みどろの兵隊がころがっているようなこともあったのだ、とも思った。稲舟は、鶴岡の家の自分の部屋で、清水観音堂にもうでる高貴の女人が描か

れている色刷りの本を見て、その美しさ、気高さにうたれ、上野の山や清水観音堂に思いをはせたこともあった。

「なにをぼんやりしているの。上野の夜はちょっとばかりさみしいけれど、こうして二人でいられるのはうれしいことじゃない？　僕と会っているときだけでも、もっと笑顔を見せてよ。それとも、昔あった彰義隊の幽霊でも出るのではないかとこわいの？」

と美妙はいいながら、稲舟の柔らかな手を握り、その唇のうえにかぶさった。稲舟は美妙に抱きしめられながら、生きていることも、この世でいろいろ起きていることも、皆夢のように思えた。

鶴岡にいるときの稲舟は、この世も男も大したことはない、そんなにつまるものではない、そんなことより一生独身ですごして、好きな絵をかくことで、いつの日にか身をたてたいものだ、とぼんやり夢想していた日もあったのだ。稲舟は、昔の自分、ほんの一年ほど昔の自分から比べると、いま在る自分はその質がなにか変わってきてしまっている、とも思った。着物の裾をひらかれ、脚の間に入ってくる美妙を稲舟は感じながら、熱狂しているような自分の頭の中の事態とは別のことが、自分のからだに起こっているのだ、とぼんやり感じていた。

「明治二十五年一月十九日

×××と浅草公園、車十銭、さぐり、それより別荘、かしわ酒飯一円〆一円十二銭」

この日記の中に出てくる、消されてわからない×××というのは、おそらく稲舟とのことであろう、と思われる。随所にでてくる「さぐり」という言葉は、性的な行為を指すのだろうが、正確にはわからない。×××と浅草公園にでかけ「さぐり」という行為をして、それから石井とめの「浜や」（＝別荘）にでむいたものであろう。

それを記述するしないは、常人と物書きのちがいとしていたしかたないとしても、美妙のこの日記の記述のしかたの酷薄さには、やはり異常な感受性のありようを思い知らされてならない。

「明治二十五年一月二十六日

錦子上野、車十銭、なぶられ、なぶり」

一月十一日は上野摺鉢山、一月十九日浅草公園、一月二十六日はまた上野でと、美妙と稲舟の出会いの頻度は激しくなっている。稲舟の美妙にむける愛のかたちは、やはり自分の内なる夢想を体現している師美妙への崇敬をいくばくも出ていなかったが、すでに十九歳で、稲舟は男と女の愛の駈け引きを知ってしまったようである。「なぶられ、なぶり」とは意味が深い。「なぶり、なぶられ」ではない。稲舟のほうが先に美妙をなぶりいたぶったのである。

「先生と平山静子さんとの仲どうなったのですか。ちらりと噂はきいたんですよ。あのかたは女っぽいかただし、私はこのとおり不調法な田舎者で。先生は私より平山静子さんのほうにまだ心を傾けていらっしゃるんでしょう？私に買ってくだすった衿どめは平山さんにもおあげになったんじゃありません？　ほらあわてなすった」

「ほほう、あんたもなかなかいうね。不忍池のほとりの弁財天のような可愛いい顔をして。私だって男さね、きれいな女を見れば心が動く。触りたいし、抱きたい。なかでもあんたのかわいい頬がいちばん触りたいよ。平山静子とはもう別れたさ。あの人は有夫の人だからね。私も好きだったけど、どうしようもなかったさ」

稲舟は、たくさんの女弟子にかこまれて白い額に髪を散らしている美妙を、どうしても独占しておきたいという欲望にかられていた。

美妙の女遍歴は相当なものである。相当なもの、という意味は倫理的にどうこういおうとするものではなくて、その体力的なところで、どうなっているのか、という意味においてである。女性遍歴者の代表的な人間として、ドン・ファンを思い出す。モリエールの劇、モーツアルトのオペラ、バイロンの詩、シュトラウスの交響詩にまでとりあげられたこの伝説的漁色家、ドン・ファンという実在の人間については、定説として「理想の女性」を探しもとめるゆえの女性遍歴だといわれているが、美妙の心の奥底でもそのような精神の故郷を探す営為として女性遍歴はあったものであろうか。

美妙の日記を追っていってみると、石井とめとは、もちろん毎日のように会っているし、その伯母や平山雄という人にひどく介入されたにもかかわらず、平山静子とも会っているのである。

美妙の日記は、二十五年の二月から書きかたが変えられる。これ以後は横書きに変えられ、数字は全部算用数字になるのである。

「明治二十五年 Fedrary 4—

大雪、錦約但不果、悟ルアリ切リニ宅ニテ止ム、車行・一〇〇、帰徒行、休宝」

明治二十五年二月四日は大雪で、美妙は稲舟と約束したのだが、彼は考えるところがあったために、いくのをとりやめてしまったのである。それは何故か？　死者が口をきかぬかぎりすべては謎なのだが、稲舟の鶴岡の実家のほうで騒ぎ出したことがあったのではなかったか、と考えられる。それに、前に美妙が稲舟に出した手紙は、平山雄なる人物から開封されてもどされてきたこともあったのである。美妙と稲舟の間柄は、この頃から外に洩れ出し騒がれはじめた、と私は推測する。

美妙にとっての稲舟は、性愛的には不満足だったが、霊的な対象としては魅かれるものがありつづけたと思う。それでなければ、美妙と稲舟がつきあいはじめてから四年目に、美妙が稲舟をもらいうけに鶴岡に出向くほどの情熱を持続できるわけがない、と思うからである。

しかし、乱脈な美妙の女との関係は、時に美妙自身を相当の不安におとしいれることがあった。平山静子という有夫の女性との逢曳は当然前述のような波乱をひきおこしていたのだが、その次は、生娘であった地方の良家の子女に手をつけた結果となったことからくるものであった。頭の走る美妙は、自分を軸にして動くそれらの事態が、遠からず収拾のつかない様相を呈するようになるだろうと思っていたし、やがてそれが社会的地位からの凋落にも無縁ではいられなくなるだろう、とも当然考えていた。稲舟によりも、美妙のほうにこの点ははっきり見えたはずである。

稲舟の性癖も美妙と同様、ひとりでいることを好むほうである。稲舟と美妙は、そのような近代個人主義的なかげりをすでにもちながら、お互いの自我の在り処をさぐりながら接近していたのである。その意味で、稲舟と美妙の心のかたちには相似たものがあり、そのゆえにふたりのそれは微妙なかかわりあいでもあったのだ。

稲舟は、美妙が平山静子とただならぬ関係にあることを察知していた。美妙が稲舟とかかわりをもちながら平山静子とも、あるいはそのほかの女ともかかわりをもっているようだ、ということを認めることは、彼女の人知れぬ懊悩ともなり地獄ともなっていくことだった。この稲舟の内側に芽を出した疑惑の棘は、しだいに大きくなりはじめ、稲舟自身を刺して苦しめるようになっていく。稲舟は、自分が生きる時代が男性中心の社会であること、いわれもなく女の性が男性によって食い荒らされやすいということ、そのことについても人一倍敏感であった。

「少し自分の思ふ事を筆にまかせて書くと、すぐおてんばだのなんのといはれる。それを恐れて書きたいことを書かずにいるのは、つまり女らしいのなんのとほめられたい欲心と、世人の評には屈しないといふ勇気のないことから起る……」

稲舟は、小説「五大堂」の中で、女流作家花園女史という女性像に稲舟自身を仮託して、当時の時代の根もとを右のように告発している。すこし自分の思うこと書きたいことを書くと、すぐおてんばだの、良家の子女にあるまじきことなどとうるさく批判の矢をむけてくるその根もとにあるものは儒教的な世界観だと告発する。批判の矢をむけられるのがこわくてそんなことを書かないでいるのは、女らしい女だ、とほめられたい欲心からくるのだとも稲舟は考える。稲舟がこのような考えかたにたどりつくまでには、相当の時間と現実を過さなければならなかった。

明治二十四年五月頃の稲舟は、まだ自分の中にこの「女らしい女だとほめられたい欲心」をもつほうが多かった。十八、十九、二十歳頃の稲舟は、美妙という、作家であり師である男性を通してのみ世界を見ているような時期だった。美妙を対他としてみつめ批判して愛する、というところまではいかなかった。恋は盲目、という下世話な言葉があるが、稲舟のこの頃はそれであって、後年、稲舟が「今の夫に全く迷った」(「鏡花録」)と書いているように、ただただ美妙唯一神で、美妙からすこしも目を離せぬ熱病にかかったような時期だったのである。

日本の女性史の中でも異色の、あの江戸本郷駒込追分の八百屋市左衛門の一人娘「八百屋お七」が寺小姓の吉三郎に出会いたい一心で、重罪の放火をしてしまう行為と、当時の稲舟のそれはよく似ていた。稲舟の目は山田美妙のすべて、そのこまごまとした生きかたの端々にいたるまでを映すことでせいいっぱいだった。

明治二十五年二月四日に約束をしていながら稲舟と会わずじまいになった美妙は、そのあと十二日ほどたって、また彼女と会っている。

「明治二十五年 Febrary 16—

錦池畔鳥ニテ宝、四二〇、山中査公咎メル、車〇九〇、五一〇、後別荘行」

美妙は以前の日記には、錦嬢とか錦子と書いていたのだが、ここではじめて「錦」と書いている。このことは、二人の心の通いあい、肉体上のかかわり具合の深さをあらわしていると思う。いわゆる深い仲、になったのである。池畔鳥というのは、不忍池のほとりの鳥料理屋にあがった、ということである。山中とあるのは、上野の山のことであり、二人はからみあいながら上野の山中を歩いていたものであろう。

査公は警官で、昔の警官というのは、わずかのことに目くじらを立てていばり散らしたところがあったが、多分、鳥料理屋での逢曳きの余燼をもったまま、美妙と稲舟は上野山中で抱きあってでもいたのではないだろうか。そこを巡査からとがめだてされたのだと思う。

「このあいだ宿題として貸してあげた本読んでみたの？　いまの錦子は言葉がつかまえられなくていらいらするのだろう。とにかく本気で物を書くというのなら、なんでもいい、本を多く読んでみたらいい。それよりもなにより生きてみなくちゃ」

と美妙は稲舟の肩を抱きながらいった。

稲舟は美妙に握られたままの手に力をこめながら、

「でも先生は特別のかたですもの。四歳で〝世界国尽〟を暗誦し、五歳で三字経・実語教・童子経をお読みになったというじゃありませんか。私にはそのようなかたに追いつけ、といわれても無理です。先生が私を大事に思ってくださっているのはほんとにありがたいと思っていますけれど」

といった。

稲舟は、恋の重荷に疲れることもあった。心の底のどこかで、美妙は自分を女としてよりも子どもあつかいにしている、という意識も働かなくはなかったのだ。稲舟の内部の混乱を見ぬいた美妙は、

「言葉がつかまえられない、ということはひどく苦しいことさ。いまの私にだってそれはある。事柄の枝葉には触れたと思っても、その根元について考えが及ばない、と思えるときはとても苦しいものだ。それに、できたらあんたも、文章を話し言葉と同じように書けるようになるといいね。話す言葉は、人のよくわかるように話すのがいいね。その話を文字に書く場合も、人によくわかるように書けばいいと思う。これからの日本では、きっといま僕がいったことがどんどん使われていくと思うよ」

といった。

稲舟は美妙と関係をもちながら、実にいろいろの事柄をきかせられ、知恵をさずけられたのである。稲舟は海綿が水を吸うように、美妙の唇から吐かれる言葉の数々、美妙の行為のいろいろを自分の中に吸いとっていったのであった。

明治二十五年という年は、日清戦争前夜である。この年のはじめから、関東一帯とくに東京府で天然痘が流行した。それは全国的にひろがりを見せ、一般庶民の間には、いろいろの流言が流れ、だれひとりこの業病の恐怖から逃れられるものはいなかった。この濾過性ウイルスによる伝染病は、皮膚のいたるところに膿症を発生させ、なおったとしても、醜いでこぼこのはん痕を皮膚に残すものであった。

全国の患者数は、三万人を超し、死んだ者は八千四百人もいたといわれている。時代はどこか暗く、人はみな落着かぬ気に、なにかに快楽の糸口を見つけようという立たしげな表情をしていた。

北村透谷は、「厭世詩家と女性」という一文を「女学雑誌」に発表して、若い女性のロマンティシズム熱を煽った。

山田美妙は、一月十日の「国民新聞」に「大竜王」を、三月二十七日の同新聞に「母のなさけ」、また「鎌倉小雛失明恨」(四月十、二十四日)、「懺悔熊谷」(五月八、二十二日)等の韻文を発表している。また同紙に「日本辞書編纂法私見」を、六月五日から七月十日までの間に五回にわたって発表している。

明治二十五年頃からの美妙は、筆力が急速に落ちていくようである。口語文体の普及に力をかたむけた美妙は、「武蔵野」「夏木立」「蝴蝶」をつぎつぎに発表し、世論を湧かせたのだが、二十四年に「国民新聞」に入社した頃からおとろえをみせていくようである。

いくら若くいきのよい美妙であっても、三人の女性を相手どっての生活それじたいに、相当の無理があったと思われる。

美妙が没落していくについての理由を内田魯庵はいくつかあげていたが、「美妙日記」からも知れるように、美妙の女性関係だけとってみても、大変な時間と金銭をつかっていたことがわかる。内田魯庵が指摘したように、美妙の「性格の偏狭さ、不誠実さ、女性問題の乱れ」といったような傾向が、ことに当時の社会的な条件に沿いきれなかった。いまならば、その程度のことで、美妙の文学的才能までが社会的に抹殺されてしまうなどは、考えられないのだが。

「明治二十五年 March

9—昼上野博物館阿古屋姫、後四時別荘、カヘリ酢土産・〇八〇、車・二〇〆・二〇〇

10—阿古屋同行浅草天斧・七五〇、鶉別荘へ車・〇七〇〆・八三〇」

この年の三月分の「美妙日記」には、稲舟の名は一度も出てこずに、阿古屋姫（平山静子）との逢曳ばかりが記されている。しかし、記されていない日もあり、使った車賃しか書かれていないところもあって、この月の稲舟と美妙のかかわりは判らない。

大胆といおうか、美妙は、あれほどまわりにさわがれた平山静子（阿古屋姫）と上野の博物館にいっしょにいったり、次の日はまた浅草に出むいたりしている。

この頃の美妙は作品的にブランクの時期がつづいている。しかし、一年くらい、ろくに物を書かないということは

作家にありうることであり、一年一作、とか二年一作という作家もいるのからみればそんなに大したことではないのだけれども、それ以前の美妙の名声があまりにも華々しかったために、彼のこの鳴かず飛ばずという状態がいっそう目につきもした。

いっぽう稲舟の故郷の鶴岡では、稲舟の行状に気がつきはじめていた。

明治二十二年二月十一日に、大日本帝国憲法が発布され、明治維新のすがたが法令化したため、まだごく限られてのことだが鶴岡でも、議会を通じて民意が国政に参加する姿勢への端緒にたどりついていた。町役場は仮に西田川郡役所内に置かれ、明治二十七年までこのままで、二十七年には、馬場町公園側に町役場を新築して移る、というように変化しはじめていた。当時の町議会には御家禄派は全く参加していなかった。メンバーは、町方と開明派士族によって構成されていた。町会議員の選挙は、町税納入額の多い方から町税金額の半分を納める者が、町会議員の半数を選挙し、残る者があとの半数を選挙することになっていた。だから、戦後われわれが経験した選挙とはちがい町政はすべて有産階級によって支配されていたことになる。

稲舟の実家の田沢家では、私立の医学校を経営していた。また、稲舟と親友の進藤孝の家でも同様であった。稲舟の父の田沢清の経営する医学校は「済生舎」といい、明治十年に開校し、明治十二年の「山形県学事年報」によれば生徒数は四人である。進藤孝の父の進藤悠哉の開いていたそれは「医学舎」という名で、田沢医者より数年早く明治四年に開かれ、同十二年頃の生徒数は七人である。

日本の医学は、仏教や儒教によって疎外されていたが、ヨーロッパ文化の流入によって、それら眼の上の梁がとりはらわれていくようになり、山形の僻土の医学も変わってきていた。だが、制度じたいは冷たく凍ったままであり、稲舟が、「鏡花録」に記したような、「自分は小さい時からこの世のなかはさして面白いとは思わない。だから一生独身を通して、女の絵かきになるとか、食べるために写真の技術でも覚えよう」という考えかたを現実化させるなどはまだよういならざることだった。

稲舟の父清は、月々なにがしかの生活費を東京の彼女に送りとどけはしていたが、不安でならなかった。娘が強引に家を外にしていったものの、東京でなにをしているものやらわからない、と心痛していた。田沢家の長女として甘やかし放題に育てられた稲舟であった。田沢の家の者たちは、それとなく稲舟の噂をしはするものの、稲舟の考えの在りかなど見えなかったし、底気の強い稲舟をどのようにすればよいかについても、ほとんど考えられなかった。そして、実は稲舟は、父の清や母の信になど考えもつかぬ、途方もないところにいたのである。

未婚の少女が作家という得体の知れない人種と、逢曳をかさね、肉体的な交渉をもっていたという現実を稲舟の両親が知ったら、ただでは済まなかったであろう。そのうえ、稲舟の相手の男（美妙）が待合女ともかかわりをもち、稲舟のほかの堅気の女とも関係していたということを知ったら、母の信などは寝込んでしまったかもしれないのである。

田沢の家では、稲舟に対する方策がたたず、清も信も額をあつめて結論の出ない問題のまわりをぐるぐるまわっているばかりであった。妹富の心理は複雑であった。彼女は、跡取りの位置を実質的に放棄した姉の稲舟の気持がつかみきれなかったし、なによりも彼女には、稲舟が家督相続の権利を投げ出すと、自分が田沢の家を継がなければならない、ということがあった。しかし、富は、才色とも姉の稲舟にまさるともおとらないほどであったが、稲舟のように、上京してなにかしでかそうというようにはならなかった。

稲舟の記念碑をつくられた（九頁参照）尾形六郎兵衛氏が、「世間では、田沢稲舟のほうを美しいうつくしいというが、ほんとうは妹の富のほうが美しかったんですよ」といわれた。

写真を見ると、なるほど、この富という人の娘時代は、その勝気な気質はともあれ、うれいを含んだ細面のまれにみる美形であり、写真によっては二人の見わけがつかないほどであった。

田沢の家では、稲舟に家督をつぐ気がありそうに思えなかったし、そのことでもくりかえし話し合いがなされていた。

「ほんとうに、錦はこれからどうする気なんだろう。私らの言うことなんかあの子の耳にも鼻にも入りやしない。あの子は私の言いきかすことなどそのときは黙ってきいているけれど、本心のところでは絶対に承知などしていないんだよ。家中新町のほうも手向の人のほうもあの通りことわってしまったし、私は絵かきになるだの、もの書きになるだのと、とりとめもないことをいいだすし、私はほんとうにどうしたらいいかわからなくなってしまう」

母の信は、清や、稲舟の妹富を相手にこのようにかきくどくしかなかった。

家中新町の人というのは、士族服部昌寿の長男の服部正孫のことであり、手向の人というのは、平民寺岡儀一の四男の寺岡四郎のことである。

稲舟の両親としては、話にもなににも、このような型破りの強さをもつ娘というものを見たこともきいたこともなかったし、その胸中の不安は、例えようのないものであった。

富は、いく分は文学というものに心を傾けることがあったし、姉からの影響もあって、両親と稲舟の言動の間にあって、現実的にも複雑な立場にあった。

「鏡花録」を、稲舟のほぼ完全な自伝とみなしている私の論理の網を主軸にしていままで書き進めてきたのだけれども、稲舟がいつ共立女子職業学校に入学したか、という点になると、それについての明らかな証左が確とは得られないので、このことを書くことが後になってしまった。

この「鏡花録」のなかの一節に「私は幼少の時から何となく世の中のつまらないといふことに気がついてどうしても一生夫をもたず独立しやうとかたく心に誓ったんですよ。で、御ぞんじの通り一度は医者にならうかと思て失敗し、一度は画師にならうかと思てやっぱりいけず、もともと好きな道ですから文学でもとぞんじましたが世にいふ下手の横好きで……」というところがある。

小説田沢稲舟として、朝日新聞に「春帯記」を連載した長谷川時雨に稲舟の資料を提供した石橋思案は、稲舟が入学した学校を、

「一つ橋の職業学校に入っている内に、山田君の盛名を慕って文章の添削などを乞ひに来た」（「早稲田文学」第六十一号）

といっている。しかしこのように、書かれてはいるが、そこに入学した。正確な年月についてはわからないのである。

この一つ橋の職業学校というのは、共立女子職業学校といい、現在の共立女子大学の前身である。この女子職業学校というのは、女子に手芸を教授する学校であって、教科は甲乙二科に分かれ、どちらも裁縫・編物・刺繡・造花・図画などを教え、このような術科のほかに、修身・読書・習字・算術・家事・理科などの学科があった。

稲舟はこの学校の図画（乙）科に入学したことにされているが、乙科（修学課程二年）は甲科（修学課程三年）に比してやや低い程度で、年齢は十二、三歳以上の者を対象にしたのだから、現在の女子高校と、女子の専門学校の中間のようなニュアンスのものであったようである。当時この女子職業学校校長は手島精一であった。昭和女子大学の谷地玲子氏の調査によると、この学校の「卒業者名簿」に稲舟の名は見当らなかったそうである。

また、ここにつぎのような同期生の証言もある。明治三十年三月に同じ学校の図画（甲）科を卒業した工富かね子

の談である。

「私は十七歳で明治二十七年に入学したのですが、稲舟さんは一年位後に入っていらっしゃったと記憶しております。私より大分年上のように見えました。あそこは年齢の規定がなく自由に入れましたし、普通の入学は三月でしたが臨時入学も許可していましたから、稲舟さんは臨時で入学したのかもしれません。お人柄はまじめな一面、時によると大変興にのりハシャグ事もあり、また当時として一般女学生がはかなかった紫袴をはいてきて学校当局に止められたこともありました。毎年六月にバザーをするのですが、一緒に人形の製作をいたしました。或る日稲舟さんが私に『稲舟って知ってる?』と聞きますので、当時はまだ稲舟という名を知らなかったので『いいえ知りません』と答えると『私よ』といったことがありました。深くも交際せずにおりましたうち、やがて一年位でお見えにならなくなりました」(谷地玲子氏の調査による)

一般には、稲舟は十八歳の時にこの学校に入ったように言いひろめられているが、その確証はだれもあげていない。この工富かね子の談話が、稲舟在学の事実考証をするときの唯一の裏づけとなるものなのである。この談話のどこにも作り話めいたところは見えない。

なぜこのことにこだわるかというと、稲舟の伝記の事実考証にかかわった人たちの談話の中にずいぶん誤りがあった、ということを知ったからでもある。

一例をあげてみると、稲舟の消息にわりあいくわしかったとされている石橋思案につぎのような文章があることを知ったためでもある。

「女史は確か仙台付近のある医師の娘で、国許は継母で、それに生まれた妹がある。面白くない所から東京へ出て、一つ橋の職業学校に入ってゐる内に、山田君の盛名を慕って文章の添削などを乞ひに来た」(「早稲田文学」より)

石橋思案は、尾崎紅葉・山田美妙らとともに「硯友社」の主要メンバーで、美妙とも親しく交わっていた時期があった。その人にしてこのような文章を「早稲田文学」に書いている。

稲舟の母は実母であり、妹富は実妹であることは戸籍簿面でもまちがいのないことである。このような誤りは、日本における根深い私小説文学信仰をはからずもあらわした一例であるかもしれないが、稲舟の小説「医学修業」と稲舟の実人生を混乱させた石橋思案の認知の誤りである。私見としては、やはり、前途の工富かね子の談話を真相として見たいと思う。

「鏡花録」の中の「一度は医者にならうかと思って失敗し、一度は画師にならうかと思てやっぱりいけず、もともと好きな道ですから文学でもとぞんじましたが世にいふ下手の横好で、又格別立派な高等教育もうけていませんからそれもできず、実に自分ながら才のないのに気をもんで、もう始終むしゃくしゃしてるんでこさいますよ」という一文の中の、「一度は画師にならうかと思てやっぱりいけず」というのは、共立女子職業学校図画（乙）科に入ってはみたが、それも中途でやめてしまった、というようにとっていいと思う。

明治二十七年に共立女子職業学校図画（甲）科に入学し、明治三十年同科を事実卒業した工富かね子の在学中に出会ったのが稲舟の亡霊でもないかぎり、稲舟はその年限内、明治二十八年一年間在学していた、とみてほぼまちがいなさそうである。

なお、稲舟というペンネームが社会的に公表されたのは、明治二十七年十一月博文館発行の「文芸共進会」に「清少納言名誉唐詩」を「いなぶね」の名で発表したのがはじめてである。

この事実から押しても、文学の世界に無縁の工富氏の証言の中の「稲舟って知ってる？」……「私よ」と言ったという、工富かね子が出会った田沢錦が稲舟その人であったろう、という事態と時間的にも合致するのである。

明治初期の作家などというものは、賤業の感をまぬかれないものだったらしい。役者は〝川原乞食〟視されてもいた。この事態は昭和の初期まであって、彼らは陰惨な印象をあたえてきたところがあった。

鶴岡の家に伝わってくる東京の稲舟の消息は、どうも物を書いているらしい、というような噂となってきていて、田沢家の家長である父親の考えにあまる感じであった。

稲舟伝説の中には、父清が稲舟を殺したと言いかねないような説もあるようだが、私はその説はあまりとりたくない。清は、性来濶達の人で遊里にも盛んに出入りした人だといわれている。この種の人の考えの中身は、意外と型破りの内質をもっているものだと私は見ているからである。このような人には人生の表街道ばかりを渡り歩いている人にはない、精神の柔軟さがあると思う。この意味で稲舟の父には稲舟に対して複雑な気持はあったとしても、文才のある稲舟を認めていたと私は思う。

それに、田沢家は五日町に居住する前に、その隣り町の八間町に住んでいたのである。この八間町には遊郭があったりして、いわゆるくだけた町である。旧藩政時代の軟派のさむらいが、縮緬・八丈縞・上田縞などの高級衣服をまとい、鞘や鍔を派手に飾りたてた大小を差して通ったのもこの一郭であったのだ。この町の界隈には、そのような空気が流れていたのだ。

ところで「美妙日記」には、明治二十五年の二月十六日以後から同年五月十四日迄の間に、錦（稲舟）の名前は全然出てこない。三か月の間である。あれほどひんぱんに会っていた稲舟と美妙が全然会わなかったと推察されるのだが、それはいったいどうしたことだろうか。「稲舟女史の訃音を聴く」の一文を書いた嘯月生という人の文章には、彼女の上京について、

「其以後の彼女の経歴に至っては人之を知らず、其父母すら尚知らず。彼女の経歴は頗る朦昧模糊の中に葬られし

もの多からん。女史自作の『医学修業』の如きは只其一端を示すものに過ぎず。既して女史は故郷に召致せされ、失望悲嘆の境涯に陥り、後に女史の自ら語る処に依れば、此時女史は精神殆ど錯乱し、自ら死を祈りたることとさへありたりと。是より女史は胸中の不平遣る能はず、幾度か私かに出で、幾度か召還せらる。此間女史胸中の煩悶は女史の生血を吸いたること幾許なるを知らず……」

とある。これを書いた人は、稲舟の朝暘学校時代からの同級生でもあった田中一貞である。この嘯月生は、「此時余は厭世憂愁の病に罹り、故郷に帰り田沢氏（女史の父）の診を乞ひ病む事殆一年隔日に同氏の医院に行く」

と書いているように、当時稲舟や稲舟の両親にごく親しく出入りしていた人である。

稲舟と美妙の会っていない三か月は、嘯月生によるこの一文に記されている「幾度か私かに出で幾度か召還せら」れたときの稲舟召還の一度目にあたるのではないかと私は見ている。

召還

明治二十五年二月なかばから五月なかばまでの三か月間、稲舟は、冷たく寒い鶴岡に連れもどされて逼塞の生活を送っていたようである。稲舟の両親としては、おだやかならない彼女の噂を仄聞するにつけても気が気ではなく、途方もない稲舟の夢想を封ずるためにも、なんとか手をうたなければならないと考えたのである。しかしこの時すでに、稲舟の心を鶴岡につなぎとめるには手遅れであった。

稲舟としてはいまさら四囲頑迷の地鶴岡になど、夢にも帰る気はなかった。稲舟から見れば、鶴岡の彼らこそ昔の幻の掟の中に漂い、「たったいま」のわからない連中と見えたのである。

嘯月生という人が「この時女史は精神ほとんど錯乱し、自ら死を祈りたることさへありたりと」と書いているように、彼女は気をめいらせ、ウツ然と日を送っていたものであろう。

たしかに、鶴岡の人情だけではなく、その気候風土もまた、関東平野における東京のそれとはちがっている。鶴岡というところは、夏はわりあいしのぎやすいが、冬は西風が激しく、吹雪や氷雨の日が多く、陰鬱である。私の知ってる若い歌人が、鶴岡の冬の暗さやきびしさを、次のように歌っていたのを見たことがある。

　　地のうえを匍匐する夢窓を撃つ庄内の雪は海より兆す

稲舟は、田沢の家の二階を自分の部屋にあてていたといわれている。稲舟はひとり、部屋で夜毎枕を濡らし、見えない暗澹たる未来について思い悩んだものであろう。また、稲舟の暗い眠りを犯す夢魔は、不吉なかげりをもち、おびえながら眠っている稲舟の浅い眠りを幾度も覚ますのであった。

稲舟は、あるいはこのころから、眠れない時は睡眠薬の助けを借りればいいということに気づいていたかもしれない。推測だが、彼女はこのころから睡眠薬がどの位の量だったら催眠の作用に適量であり、どの位だったら致死量かに気がついていたのではないだろうか。そして彼女は、自家の薬局から睡眠薬をひそかにもち出したりしていたのではなかったか。

稲舟は、家にかえれば彼女を理解しようと努力してくれるが、自分の意はとどかない両親や妹にかこまれて、これらの人たちの意とするところに自分はとうてい埋もれていくことはできない、と思った。

稲舟が恋しいのは美妙だけであった。美妙の洗練された白い額、鶴岡の人たちのつから後置詞の多い甲高い調子の言葉とは比ぶべくもない美妙のやさしい語り口。東京にできはじめた優れた友人知人たち。彼女は、遠い東京に残してきたそれらの者たちへの愛惜から、幾夜も泣いたのである。

稲舟は、東京と鶴岡をつなぐ唯一の手がかりは「手紙」しかない、と思った。いまは身心とも夫と思っている美妙にせっせと手紙を書いた。それは、神田川にそそぐお茶の水の堀割の水の色であり、かかったばかりのお茶の水橋の形であり、美妙との逢曳の時にふたりが上野の山中をからまりながら歩いていたときにとがめてきた、巡査のこっけいさであった。稲舟はこの頃、美妙にあてて手紙でも書かなかったら、生きのびられなかったのである。

稲舟はしかし、じめじめ泣いてばかりはいなかった。なんとか鶴岡から脱出しようとしていた。それにしても、鶴岡を出ていくのはよかったが、彼女は東京でどのようなたつきをしてご飯を食べたらいいものだろうか、と考えたりもしていたのである。

そのひとつとして彼女は、娘義太夫になることをぼんやりと夢想していることがあった。娘義太夫というものになるには、まず第一に並はずれて美しい容姿でなければならなかったが、彼女はそのことにはひそかに自信があったし、彼女は着る物への鑑識眼も悪くないはずだという自惚れももっていた。しゃれ者としても審美のうるさい山田美妙に愛されたほどであるから、稲舟は自惚れてもよかったのだ。

この「娘義太夫」というのは、明治十年に「寄席取締規則」の改正で、それまでくりかえし禁止のウキ目にあっていたのが、公然と大手を振って演ずることができるようになり、その後ははやりにはやったのである。それは封建時代がこわれるとともに、庶民がとりもどした自由のシンボルのようにさえ見えた出来事だった。多くの知識人までがこの熱にうかされた。少女稲舟は、娘美太夫がもつ時代の意味というものを本能的に知っていた。そして、彼女の「自由」へのあくなき志向にもそれはかならうものだったのである。

稲舟は自分の部屋の鏡台の前に座り、束ねて夜会巻のように後ろにまとめていた髪のピンをひき抜き、髪をほどいた。彼女は、自分の髪が容姿にはすこしひきあわず赤い、とその時も思った。髪を長くたらした稲舟の白い顔が鏡の中に写っている。それは、美妙の小説「蝴蝶」のなかに出てくる、蝴蝶という名の十七歳の少女、渡辺省亭の筆になったそれのようでもあり、また、美妙が自分を抱きながら語りきかせてくれた話の中の西洋の姫君のようでもあった。

稲舟はそのような自分の容貌を眺めながら、自已流の投島田を結い、それから水白粉の瓶を振ると、小皿の上にそれをとり出し、白粉刷毛で顔に塗りはじめたのである。彼女の肌はまだ若く張りつめていて、白粉はなめらかについた。それから、紅を唇にさし、頬に桃色の頬紅をつけた。

鏡の中には、人形のように無表情だが、極めて美しい見たことのない若い女が映っていた。彼女は自分の着物を入れておく箪笥のところにいくと、淡い藤色の縮緬の袷と、藍の四田絞りの根掛をとり出し、それらを身につけ髪に飾った。見台は文机であった。

稲舟は想いを東京にはせた。義太夫の寄席となると神田の「小川亭」、本郷の「吹抜亭」、おなじく「広瀬亭」、浅草の「東京亭」、小石川の「初音亭」。光の中に揺らめく女の紅裏つきの肩衣、金絞入りの見台。席亭に入りびたっている若い学生たちの熱狂。語りがサワリになると、下足札を叩き手拍子をうって、「イヨウ、ドースル、ドースル」とさわぎたてる客たち。

稲舟は、この鏡の中に写る美しい女を、東京の寄席の舞台に立つ娘義太夫になぞらえて、さびしい鶴岡での独居を慰めたりしたのだ。

もっとも、当時の鶴岡では多分、才色ともに彼女の右に出る女はいなかったのである。

稲舟が東京を想うときに切りはなせない記憶としてあったこの娘義太夫は、あまり激しい流行を見たので、明治三十三年には当時の外山正一文部大臣によって、学生の義太夫席亭出入り停止の禁令が出された。

娘義太夫は、当今の女優と歌手の合いの子に匹敵するものであった。稲舟がこの「娘義太夫」に相当以上の関心をもっていたことは、後年彼女の処女作として世に発表された「医学修業」によっても知れるところである。

「医学修業」の舞台となるのは、本郷・神田あたりなのだが、この小説は、主人公で妾腹の娘桜木花江が、財産家の桜木家にひきとられたことによって発生した家庭内の紛争を軸にして書き進められている。この花江は本妻の娘とちがって才色兼備で、使用人たちにも人気がよかった。そんなことで、本妻藤子は面白くなく、花江を吉岡という女医の家に住みこませ、男女共学の医学校に通わせるようになる。だが花江は吉岡家でこきつかわれながら、医学への道を嫌悪しているのである。花江はついに吉岡の家を出てしまい行方が知れなくなるのだが、それから三年の歳月が過ぎたとき、吉岡家の近所の「小川亭」に竹本一葉なる絶世の美人の女義太夫が出ていて、この竹本一葉という女義太夫は自作の浄瑠璃を語る、ということで書生たちに大変な人気だということを女医吉岡が女書生からきくのである。そして吉岡生子は女書生を連れてそれを聞きにいく。そして、吉岡女医は、小川亭の竹本一葉を一目見て仰天する。それは、三年前に家出した、桜木花江その人だったからなのである。このような筋書きの小説である。小川亭というのは神田小川町にあった寄席である。

稲舟は自己顕示性のきわめて強い人間であった。稲舟の残した生原稿「五大堂」を、東京の近代文学館で開かれた「近代女流文学展」で見たことがあるが、私はその筆づかいの端正美麗さに、稲舟の人間性というものがよく出ている、と思った。自己顕示性のきわめて強い稲舟が、当時全盛をむかえていた娘義太夫に関心をもつのは事の当然のように思える。この「医学修業」は、小娘の気ままな空想的希求が雑に投げ出されたようなもので、秀れた作品とはお世辞にもいえないけれど、当時の稲舟の関心のありかが写し絵となっていてなかなか興深いものである。

稲舟は、この「医学修業」を書く前に、明治二十七年から二十八年にかけて「萩の花妻操の一本」「清少納言名誉唐詩」「西行廓問答」「消残形見姿絵」「歌枕阿古屋松風」という五編の浄瑠璃作品を書いて発表している。娘義太夫の浄瑠璃語りへの彼女の関心のほどがうかがわれようというものである。

小説「医学修業」の文章の末尾はこのように結ばれている。

「程ちかき小川亭にいたれば、何さまおそろしき人気と見え、はや大入にてへしあひつめ合、さしもひろき楼上も早一ぱいにて、よいところはおろか、やうやうの事にて片すみにうづくまり余程くるしき思ひをして、前座や何かはよくもきかず……それ今度こそは一葉よと、さかんに喝采する書生連の高帽もうらめしく、おもはずしらず首さしのべて一目見るや『アッ』花江はちりて一葉とは、いつよびかえし名なりけん、これが桜木長者の末路かと、生子は実におどろきぬ。されども彼は知らずして、高座にさらす姿派手に、やがてひきだす三味線につれて、徐々とかたりいづる美音はさながら玉の如く、たくみに聴衆の腸（はらわた）を絞るぞあはれにも笑止なる」（「文芸倶楽部」第一巻第七編）

稲舟の心はさまざまに揺れていた。彼女はまだほんの少女であったが、頭がよく先が見えていたから、肉欲による愛に埋もれていく、ということにはならなかった。東京の美妙を恋うのは当然ながら、この頃から稲舟は、男と女の愛のすがたに、すこしずつ疑惑を深めてもいた。疑惑は深めながらも、「恋愛至上」といった男と女の関係性の悪しき倫理の毒に犯されていた彼女でもあったのだ。

稲舟は家人の目を盗むようにして、自分が読んでよいと思った書物や、その書物の感想文を書いた手紙を美妙に送った。

この頃の樋口一葉と半井桃水の愛のかたちはどのようなものであったのだろうか。半井桃水は当時三十二歳、まだ独身で、その家には桃水の妹の幸子と、幸子の学友鶴田たみ子、桃水の弟浩と茂太を同居させていた。ところがこの鶴田たみ子が、父親のあいまいな女子を生み、一葉の妹邦子の友人野々宮菊子の口によりそれが半井桃水の子であることが語られ、それを信じた一葉は大変な衝撃をうけたのであった。これは野々宮菊子の単なる風説だったのだが、このことによって一葉は死ぬまで桃水を信じなかったといわれている。

樋口一葉は、伝えられているように、はじめは、文章における文体のなんたるかさえわからないところから文学活動をはじめた人である。稲舟が美妙との愛に酔いしれている頃、一葉は、萩の舎塾で歌を作るために必要な古典の読解を多くやっていたために近代文学にうとく、師の桃水に指示をうけ図書館に通って、近世・近代の小説を盛んに読み、桃水の戯作的手法を学んで処女作「闇桜」を書いた。そして「闇桜」は、桃水のはじめた「武蔵野」の、明治二十五年三月十三日発行の創刊号にのった。

稲舟と一葉のちがいは、一葉の、その生によりも「書くこと」に力点がかけられていたのに対し、稲舟のそれは、書くことよりも、どう生きるか、に力がかかっていることであったのだ。

一葉の現実生活は、賃針仕事で生計の足しにするというような状態だったのだし、彼女は、多くその金銭的現実生活を保護されながら物を書いていた、当時の中流以上の女流作家たちとはちがう視点で物を見ていたのだ。生きることが絵空事でないことを骨身にしみて知らされざるを得ないところに一葉は置かれていたのだし、稲舟は、食うにことかかないところからしか書くことについても発想することはなかった。

お嬢様芸、良くも悪くも稲舟の文学にはそういうにおいがあった。それは薄紫の縮緬の着物と高島田が看板ともなるべき文学でもあったのだ。また山田美妙は、そういった、ぜいたくにならされた稲舟に美を見たのだし、水仕事や生活上の荒仕事にうとい稲舟を愛したのでもあった。

稲舟は、両親の意のもとに鶴岡に連れもどされたものの、本意はあくまで東京の方向しかむいていなかったのだから、その心は、向日性の植物がへし曲げられたようにねじくれていた。当時の稲舟のあせりは、美妙の心を確と摑んでいないことにあったのだから、美妙とひきはなされて鶴岡に召還されることは、生木を裂かれる事態だった。稲舟は美妙の生活の裏表をそれとなく知るようになっていたが、それでもなお彼女は、美妙の美点のみを考えようとしていたのは、娘心としていたしかたないであろう。

稲舟がはじめて上京して見た東京生活が描かれていると見ていい彼女の「医学修業」や「しろばら」「五大堂」には、複雑な近代的なかげりをおびた男性が登場している。

「朝に廃娼論をとなえて夕に遊里に通うエセ君子」である男とか、「五大堂」のなかの今宮丁という作家の「優にやさしき姿ゆかしく、心ある人は其艶なるにまよはされて我にもあらずたましひもありかさだめず、うかれいづべけれど心なき人々はいかににやけし男とや見ん。衣服はれいの小紋の三枚がさねに黒ちりの羽織なまめかしく、献上博多の帯のあたり、時々ちらつく金鎖に、収入にくらべて借金の程もしられ……」る男なのである。しかし稲舟は、そのような男にたち迷ったのであった。後年稲舟が書いた「しろばら」には、少女稲舟が見たかつての己れの生きかたの内容のあきらかな文章が見られる。

「世の恋と言ふもの、否それより成立つ夫婦と言うもの、我床しと思ふ人と、只大方に打とけて、互にたすけたすけられ、ある時は花に遊び月に浮かれ、ある時は又憂をも共に慰め合ひ、百年親友の同居の如く、真に潔く送るものならば、決してうき世とかこつ人もあらざるべし。されども世ひらけそめてよりこの方、夫婦の関係恋愛の極、さては愛情のとどのつまりは、決して〳〵若鮎のぼる瀬川の如く、さら〳〵として水晶見るような、清きものにはあらじとおもへば、我は怨ちぶる〳〵と身振して、さながら寒中河の中に投りこまれたやうな心持になりて、どれほどいいと思た人も、心の底には魚河岸の腸樽、吉原の鉄漿どぶの如き、きたならしい劣情のひそみ居るかと思へば我は電光石火いま迄いいと思ひし事も、微塵一点の未練もとどめず、さらりと西海の清流にそそぎをはるべし。しかしながら、世の人々は、皆かゝるものにもあらざるべし。されど、感覚上のある快楽といふものは我思ふやうに劣等なるものにはあらで、或は神聖なるものかも知れねど、どうしたものか我にはけがらはしく、他に人間繁殖の道はなきものか」

稲舟は、「美妙日記」によれば、十八歳の時にはじめて美妙と肉体的な関係をもったようである。

稲舟は、私の観察したところによれば、おそらくその死まで、性愛による男と女の結びつきを是としなかったように思われる。稲舟が「しろばら」にも述べているように、「されど感覚上のある快楽といふものは、我思ふように劣等なるものにはあらで、或は神聖なるものかも知れねど、どうしたものか我にはけがらはしく、他に人間繁殖の道はなきものか」。ここには多分稲舟の真情が述べられている。それは、稲舟の全文学を見てみればわかることである。稲舟は鶴岡の実家の自分の部屋で、霊的な愛と肉による愛のあることに気がつき、それについての自分の感想をノートしてみたりした。

美妙は「美妙日記」でも明らかなように、食欲と性欲にひどく固執した人間である。稲舟は美妙のこの生理的なメカニズムの面は見ないで、その文筆的ケンランさにのみ目をうばわれていたので、二人の間にははじめから齟齬はあったのである。

「そもそもこの世の中に、尊い人間と生れて、否出現して、しかも自由の権利といふ金城鉄壁がある上は、些細の事自然にそむきしとて、道徳の罪人とは思はれざれども、かへれ見れば我此今の肉体も、けがれたる血をわけて生たかと思へば我身ながらけがらはしく、根から葉から面白からす、勿体ないが父母さへいっそどうやらいまはしく、生み出されたのが無上の怨みなり。されど今更親に苦情も言はれず、我に取りては厄介な命一つを持てあまして、せん方なさにながらへる心の不快はいかばかり、捨てて仕舞ば訳もなけれど、此世はけがれたる泥の海、たとひいづこをたづねても世界は平等一様にて、人の蛆わく其中へ、むざむざ身をも投げられず、思へばつらい事ばかり。嗚呼嗚呼なぜ造化はこの世界を、此人間社会を、もう一段高尚に全く禽獣とことなるように、真に尊く造らなかったものか、上部はたとひどれ程立派にけだかく見せる事ができても、内心の内心、この人類といふもの、其劣情をのぞき去る事ならぬものなら、むしろこの地球は破裂して、飛散する方が望ましいと思って居る此の我身に、……」

ここに抜き書きした「しろばら」の中の女主人公光子の独り言に託した考えは、稲舟の考えと思ってまちがいないと思う。「物を書かねばいやされない」という業病を背負った作家というものの原型には、稲舟が幼いながら考えたような、この厭世的傾向を一様に荷っているように思える。

生殖作業を拒むときから、人は恐らく、生(エロス)に背をむけはじめ、死(タナトス)に向かう。稲舟には、少女のときからすでに、根深い生への倦怠(アンニュイ)があった。彼女はそのために物を書く、という方途にむかい、彼女のその理想の頂点にいた人間が美妙であり、その美妙が、彼女が考えていたような人間でなかったことに、やがて稲舟は気づかされて、絶望に突きとばされるのである。

稲舟の考えかたの根底にあった、生存に対する不安感とか不快感を、埴谷雄高は「自動律の不快」という言葉で指摘している。

少女稲舟は、自分のほうから男に肉体的な交渉をする誘いなどは絶対にしなかったと思われる。「美妙日記」に出てくる「宝」という記号による美妙と稲舟との性的な交渉も、少女稲舟は、好きな人がしたいことだから……という調子で耐えていたことが多かったのではないか、と思われる。かすかな快感のようなものもあるいはあったかもしれないけれども、男と女の肉体的交渉のもたらすその形姿の、みようによってはきわめてグロテスクな格好に、稲舟の繊細な神経は逆なでされたものであろう。

「勿体ないが父母さへいっそどうやらいまはしく、産み出されたのが無上の怨みなり」とは、なんという徹底した精神の矜持であろうか。「せん方なさにながらへる心の不快はいかばかり、捨てて仕舞えば訳もなけれど此世はけがれたる泥の海、たといいづこをたづねても世界は平等一様にて、人の蛆わく其中へ、むざむざ身をも投げられず、思へばつらい事ばかり」という、生存に対する根底的な疑問と激越な告発性が稲舟の全文学を貫く特徴であろう。彼女の激しい告発は、所詮地上の人間の生きざまには適応できかねるものである。

この世は生きがたい、生きられない、と稲舟は心ひそかに思いつづけている。稲舟の想い描く人間や世界と、現実の世界や人間たちの在りようには、たいへんな径庭があった。稲舟のこの現実への失望が、稲舟の現実蔑視の傾向の文学精神を養っていったのであった。

一葉のように、現実場面をていねいに見ながら、そこに発生する愛憎や事柄を描いていく、というのではなく、稲舟は、その生の根底に抜きがたい生存に対する疑いをもちながら、その角度から人間の生がただ走りであるのかそうでないのかを見きわめようとしている。

稲舟は少女の頃から、「古今集」や「新古今集」をよく読んでいた。女流歌人の作品も多く読んだ。

稲舟の最も印象に残った女流歌人は、和泉式部であった。

冥きより冥きみちにぞ入りぬべき遙かに照らせ山の端の月
はかなしとまさしくみつる夢の世をおどろかでぬる我か人かは
身の憂きも人のつらきも知りぬるをこはたが誰を恋ふるなるらむ

物思へばわれか人かの心にもこれとこれとぞしるく見えける

これらの和泉式部の歌を稲舟はくりかえし読んだし、暗誦さえした。しかし少女の稲舟は、和泉式部が導いていくであろう、これらの歌が指し示す認識の高みに到達することはできず、ただなんとなく、人間の存在の不可解さと苦しさを示す歌として心を動かされるものを感じるだけであった。

だが稲舟は、きわめつきの正直で一途な人間であった。人間の存在根拠の不可解さにまっすぐに目をあて、自分の発生点が、おぞましい行為の結果であったと思い、そこを動かしがたい存立の軸として、彼女は恐れ気もなく書き進めていく勇気はもっていたのだ。

明治は一八六〇年代に入ったわけであるが、いまある私どもは、明治の文化の表層からうける力強いような印象にまやかされがちではないだろうか。

北村透谷といえば、明治の中にあって、資本主義社会の内部矛盾と破滅を洞察し、秀れた近代の観察者として二十五歳の若さで自殺した人である。

透谷がこの頃、明治という時代の内質をどのように見ていたかというと、

「明治の文明、実にその表面には量るべからざる進歩を示せり、しかれども果して多数の人民これを楽しむか……行いて家々の実情を看視せよ天寒く雪降れるに暖かき火を囲みて顔色ある者幾家かある、妙齢の少女頬に紅なく、幼少の児童手に読本なくして路傍に彷徨する者の数、算ふ可きや、母病めるに児は家にありて看護する能はず、出でて其の日の職業を務むれども医薬を買ふの余銭なし、共に侶に死を待ちつゝ、若しくは自らを殺しつ、死を招き、社会は其の表面が日に月に粉飾せられ、壮麗に趣くに関せず、裡面に於いて日に月に腐敗し、病衰し、困弊するの状を見る事、豈偶然の観念ならんや。人生元より意の如くならず、然れども貧者が益す賤められ、卑うせられ、

而して富者が益す驕傲になり奢侈に流るゝほどに、国家の災害はあらざるなり」(「女学雑誌」への投稿論文「慈善事業の進歩を望む」)

と、このように見ている。この頃の日本は、一三〇万ほどでしかなかった東京の人口がこれ以後、急に膨脹しはじめ、幾百万という農村の人口を吸収して巨大化していったといわれている。「寄生地主制の支配と国家の収奪政策がこの大勢に拍車をかけ、農村から流出した膨大な貧民たちを安い労働力として、日本資本主義の歯車をまわしつづけた。あいつぐ戦争がさらにこの循環のテンポを早め、都会にも田舎にもいっぽうの極の繁栄と、他方の極の絶望的貧困とが情容赦もなく堆積された」(色川大吉「明治の文化」)のであった。

稲舟が好みかつそこに美の所在を見ようとした、絹物の縮緬や黄八丈などの反物の一糸一糸には、爪に火をともすような生活を強いられて働かねばならなかった、稲舟と同じ年頃の娘たちの悲しみが織りこまれてもいた。

当時の地方の有識層というのは、「だれに頼るともなく民衆の危険思想に歯どめをかけ、さらに積極的な攻勢をしかけてくれるこのような無名のイデオローグたちをもって、まったく天皇制は倖せだったというほかない。人民にたいしてはシタリ顔、権力にたいしては忠義面の、このような地方の〝有識者たち〟、数知れない説経師・世間師たちこそが近代天皇制支配の真の社会的支柱となってあらわれているのである」(色川大吉「明治の文化」)と、色川大吉氏が指摘したこのような在りかたからほとんど出ていないのが現状であった。稲舟の父の田沢清もまた、無意識な天皇制強化の加担者であったと思われる。

少女稲舟には、「貧困」とか「飢餓」というものがどういうものであったのか、ほとんど見えなかった。

稲舟の魂(こころ)には、なにかが欠落していたと思う。それがいったいなんであったのか、よく私は考えることがあった。稲舟の志向する「美」というのは、その終焉まで一貫して当時の上層部が美とみなしていることを美と考えることにあった。

明治初期の小学校の本は、啓蒙書の野放し時代であり、福沢諭吉の「学問のすすめ」などが教科書に自由採用されていたようである。それが明治十年代になると、教科書をめぐって国家側と民権派の衝突を見るようになってい
く。政府は教科書検定を開始し、福沢諭吉らの本をどんどん学校からしめ出しはじめる。そして、就学率は停滞していった。

少女稲舟が教育された時期というのは、このような教育のなされた時期であった。

少女稲舟の白い魂を、このような混乱が、教育の名のもとに、染色していったわけである。だがもっと重大なことは、封建制度は、武士と人民という恐ろしく強固な階級を枠づけし、なおさらにたくさんの小さな身分差別をもっていたわけだが、それらいっさいを根こそぎなくするはずだった「御一新」がほんとうのところ、はかない幻にすぎなかったということにある。少女稲舟としても、権力機関がシタリ気な顔で微量づつのみこませた毒に気づかなかった。彼女はむしろ、その毒を美とあがめ、その前にひれ伏すようなことにさえなっていった。またそれが、人間の快感原則と相乗作用をなしていくとき、ある麻薬的な働きをするものだと私は思う。稲舟の文学の総体もいまの時間に在ってふりかえってみるに、その陥穽から出たものではなかった。

しかし、稲舟の文学の有効性は、はからずも北村透谷が洞察したような資本主義社会の内部矛盾とその破滅的質を証言した結果になった。少女稲舟は、自立した人間として、ただその洞察力だけを手がかりに時代を証言することはできなかった。だが、山田美妙という一人の男性であり文学の師でもあった人間を通して、時代の混乱と内質を知ったのである。

明治二十五年三月某日、鶴岡の空は晴天であった。稲舟は「読売新聞」を見ていた。そこには、かつて自分が動き

まわって生きていた東京のできことが書かれていた。ふと目をひいた記事があった。それは、「読売新聞」がおこなった、読者投票による「十六名媛」である。そこには、和文家税所篤子・教育家棚橋絢子・小説家田辺竜子・宗教家矢島揖子・交際家土方かめ子・西洋音楽家幸田延子・画家跡見花蹊・産医家村松しほ子・美貌家塚原ふみ子などの名が書かれていた。稲舟には、それらの名の羅列が遠い天空のキラ星のように見えた。〈私には一生そのようなところに名がのるような運がまわってくるなんて考えられないワ〉と彼女は思ったのである。

この頃の稲舟は、お先まっ暗で、未来にはほとんど希望というものがもてなかった時期であった。

だが、この時の稲舟には考えもつかぬことだったのだが、それから三年後、明治二十八年十二月号の「文芸倶楽部」第十二編の臨時増刊号に出た彼女の写真を評して、文壇人たちは、美女の折り紙をつけて讃たんした。

稲舟は四囲暗い鶴岡にあって、なんとか「ここ」を脱け出さなければならない、と考えていた。

稲舟の激しさは、友人、知人、はては親、教師の類にいたるまで否認しかねまじきものなのだが、体制的な枠組からのがれ出ようとする彼女のあくなき自由への希求のエネルギーは、時に稲舟自身を怯えさせることさえもあった。

「自分ながらわるい性質とは思ふが、いったんこうと思ひさだめた事は、よしや其事正だろうが邪だろうが、親が怒ろうが教師がいさめようが、決して決して我を折って頭をさげる事ができないといふわるい虫がある。で、これでよく失敗する事が多い。両親或は朋友など、そんな事をかかれては不名誉だから取消を請求しろとすすめたが、やっぱり例の性質で、かりにもこれこれだからどうか取消をなぞと頭さげるのは大きらひだと、折角心配して親切に言ってくれたものを見事むざむざつきとばした。で、親はいふまでもなく大怒り、朋友とて無論同じ事……」

(「鏡花録」句読点は筆者)

稲舟のこのような内省は、稲舟自身、彼女の着物の裾についた惑乱の炎に焼かれていく不条理を証言していて痛ましいが、この絶対我は、どこにでも転がっているものでないことを強調しなければならないのである。

一葉の文学、生きざまの証言としては、一葉の日記にも見られるとおり、

「二十ともなれるを老いたる母君一人をだに、やしなひがたきなん、しれたりや。我身ひとつの故成りせば、いかがいやしき折立たる業をもして、やしなひ参せばやとおもへど、いといたく名をこのみ給ふ質におはしませば、児、賤業をいとなめば、我死すともよし、我をやしなはんとならば、人めみぐるしからぬ業をせよとなんの給ふ」

というもので、前述の稲舟の自己述懐とちがうベクトルで一葉は考えているのである。資本主義社会の中にあっては、「銭」の論理がどれだけ人をそこなうものであるかを一葉は証言していよう。

稲舟は、とにかくなにがなんでも東京にむかって脱出しようと心底ひそかにくわだてていた。

稲舟のある日の心中には、すでに結婚適齢期を越えかかっている焦りもなくはなかった。だが、そんな目先のお仕きせの事柄にごまかされる稲舟ではなかった。

妹の富は、姉の心の動静をひそかに見つめているところがあった。富の網膜には、得体の知れない時代の流れのなかに翻弄されてもまれながら生きる、美しく激しい姉の姿が映りはしたが、それについてどうこうというアドバイスをするには、あまりに大きな動きをする姉である、とも思えた。

稲舟の鶴岡の実家の者たちは、稲舟を連れもどしはしたものの、「心ここにあらぬ」稲舟の内心を熟知していた。

母親の信は、清に、こう言っている。

「錦を東京から連れもどしはしたものの、あの子の心はここにはない。ほんとうのところ、山田美妙斎という人とどれだけのかかわりがあったものなのだろう。結婚の約束なぞしてでもいるものなのでしょうかね。おとはんはどう

思われていられるんですか。錦の年だってどんどんとっていくばかりだし。とにかくなんとかしなくては」

稲舟のまわりには、肉身がたてまわす壁があった。稲舟を遠まきにして見ている肉身たちに、稲舟はものを言うすべがないと思っていた。ただ、どうにかして「ここ」を脱出しなければならないと彼女は思っていたが、いかに気の強い彼女であっても、抜け出すのは簡単だとしても、それ以後のたつきをどのようにしていけばいいかについては、具体的には全くなんの手も思いつかなかったのである。家の者たちに背をむけるようにして、彼女は本を読み新体詩を書き、画を描いていた。

稲舟は重苦しい不思議な夢を見ることがあった。

それは、だれかわからないが一組の男女の後方から稲舟自身が歩いていく、という夢であった。その男女は、山田美妙と自分のようでもあり、そうでないようでもある、そのような夢であった。自分の前方を歩いていく女の後影が自分でもあるような、もっとほかの女でもあるような感じは、重苦しいものであった。女の後影は、稲舟自身よりはるかに年かさにも思え、その柔らかそうな白い首筋が、ぬかれた衣紋からなまめかしくのぞいているさまは、顔のわからない対手の後姿として彼女の心にのしかかってくるものだったのだ。

また稲舟は、薄々感じてはいたものの、まだ見ぬ石井とめという美妙の愛人の映像をしかと結ぶことができなかった。だが、彼女は、美妙がその石井とめという女に、相当に溺れこんでいるのだ、ということは捉えていた。

「美妙日記」の中に、しばしば「カメオ××銭」という言葉が出てくる。この「カメオ」というのは、若い女用の衿飾（ブローチ）のことである。美妙は、この日記の中に、いくつかのカメオを買ったことを記録している。一人の女に、そんなにいくつもカメオをプレゼントするものであろうか。推察するに美妙は少し関係をもった女たちには、すぐなにか買ってやるようなところがあるから、美妙からカメオをもらった女たちは何人かいるはずである。美妙が買ったカメオのひとつを稲舟がもらったのは確実なことであろう。オリエント風の彫金をほどこしたカメオの真ん中には、紫水晶の石がはまっている。稲舟が美妙から贈られたカメオは、そのようなものであったように思われてならない。

稲舟は黒と紫が好きであった。美妙は形色にさといほうだから、稲舟の好みなどはいちはやくキャッチして、その機嫌をとり結ぶために、稲舟の好みの紫水晶のはめこまれたカメオを買って彼女に与えるなど朝飯前であったのだ。

このカメオは、稲舟の写真の着物の衿もとにもついている。当今では、カメオは、洋服やコートの衿もとに装飾としてもちいられるだけだが、明治も二十年頃から、欧化熱の時代の中で、娘たちは、着物の衿もとにこれをつけた。いまから考えればやや奇異なことが流行したのである。

稲舟は子どもじみた激しいエネルギーをもった人だったから、このカメオも自分の作品の中に使っている。それは「唯我独尊」という、彼女の死後に発表された作品に使用された。これは彼女の「しろばら」の続編のような構成で書かれている。この作品というのは、伯爵夫人である紫子という女性が、自分の夫以外の柳田という外科医を愛しており、その柳田医師からもらった衿止めを自分の部屋で見ていたとき部屋に夫の伯爵が入ってきたのであわててのみこんでしまう。そのために、その衿止めを腹中から取り出す手術をしなければならなくなったのだが、彼女は夫の伯爵が指名した医師はことわり、柳田医師による手術を所望したという話である。

一個の小さなカメオは、明治の文化の上澄みの表徴であった。少女稲舟は、一個のカメオに、自分の夢想を託していたのである。いまでもそうなのだが、医家の子弟とか子女は、時代における新しいものを恐れ気もなく取り入れるところがある。

稲舟は、鶴岡の実家の自分の部屋で、美妙からもらった小さなカメオを見つめたことがあったのだ。人間というものは弱々しいものだ。これほど反逆的なエネルギーに満ちた稲舟でも、たった一個の小さなカメオにこだわり、それにすがって生きのびることがある。

稲舟は、ただひたすら東京にもどることを考えていた。

稲舟が二月に鶴岡につれもどされてから、二か月の月日が経ってしまっていた。四月の内川の流れは、日とともに川面の色をなごませ、吹く風もやわらいできていた。

東京の美妙はといえば、彼の日記から推察するに、稲舟不在の東京で、あいかわらず毎日のように石井とめの「浜や」に通い、石井とめとの性愛に惑溺しながら、かたわら阿古屋姫（平山静子）と逢曳をしていた。

なお、四月十八日には、美妙の父親の山田吉雄が東京の美妙が建てた家に来ている。山田吉雄は、息子美妙のすばらしい羽振りにおどろいたことであろう。山田吉雄は、当時長野県警部長で、奉任三等年棒千百円であった。息子の家に来た山田吉雄は、五月八日には、長野に帰っているが、このあとの五月十四日の美妙の日記の中には、足かけ三か月ぶりの稲舟との出会いが記述されている。

再　会

「美妙日記」の中から、明治二十五年二月に消息を断った稲舟は、同年五月十四日の日記にふたたび登場する。

「明治二十五年五月

十四日─錦嬢神泉亭、宝一、料理八五〇、車・一五〇」

美妙は足かけ三か月ぶりに会った稲舟を小料理屋に連れていって、つもる話をし、そのあと、彼女を抱いたのである。

稲舟は、なつかしさの感情の激浪のなかに身をなげ出し、喜びに慄えんばかりであった。稲舟は、美妙に「あなたを見られないということは生きていないことだ」といった。美妙は、一途で激しい稲舟を抱きながら、この女は手放すには惜しい女だと思った。

美妙は孤独好きだ、という定評があったが、その文筆活動の在りように比して、友人との交遊はさびしい人であった。美妙は、すくなくとも時代を先取りする賢さをもっていたから、先をいく者の孤独はくりかえし嚙みしめていなければならなかった。美妙の所行やその性質からして、その世評のケンランさとは裏はらに、美妙の魂に寄り添いを示してくれる人はほとんどいなかったのである。また、美妙にとっても、生半可に自分の作品を理解する者などは必要なかったであろう。個人的な生活のうえで孤独だった美妙は、その渇きを女で癒していたが、美妙とかかわりをもった女たちの中で、公的な場面での彼の欲望を満すには、稲舟がいちばん妥当な女だった。

稲舟はともあれ美妙と再会した。稲舟は、美妙の裏側の世界に気づきはじめていたが、鶴岡に住む貧しげな情念や趣味をかかえて生きる人たちのところにもどるよりは、なにがなんでも東京に張りついていたかったから、美妙を慕い、美妙の心に寄りそって生きていく以外になかったのである。

東京にもどった稲舟は、とにかく心新たに文章を書く心構えをしなければならないと思った。もたもたして脇道にそれていたりすると、たくさんの物書きたちにたち混って、じきに踏みつぶされてしまうだろうという不安をもってもいた。美妙が、自分から見えない場所でなにをしていようと、そのような枝葉のことにかまいつけているひまはない、とも思った。ちなみに明治二十五年七月十二日、つまり稲舟と美妙が神泉亭で再会してちょうど二か月後、美妙の愛人の石井とめが美妙の子どもを身籠ったことを美妙に告げている。

「明治二十五年七月

十二日—懐カトイフ」

この「懐カトイフ」という一節は、石井とめが美妙にむかって、「あなたの子どもができたらしい」と告げたことを指すのである。

石井とめは、翌明治二十六年一月七日女児を生んだ。その女児は「みよ」と名づけられた。後年、この「みよ」の長男の石井源正氏の語ったところによれば、みよのみは、美妙の美の字を崩した変体仮名で届けられ、その区役所への届け出も美妙自身がしたということである。しかし美妙は、この女児については認知をせず、とめの私生児として届け出た。

なお、同年六月十七日の美妙の日記によれば、

「此夜アコヤ一大事」

とある。

「此夜アコヤ一大事」とは、なにを指すのか、アコヤとは平山静子のことであるが、美妙が日記にこのように記すには、美妙にかかわる何事かが、平山静子宅のほうに起きた、ということである。それにしても、「アコヤ一大事」とは、考えてみれば他人事のような空々しい記述であり、実の薄い書きかたである。

石井とめとの場合のことは、いちいちのことがもっと克明に記されており、石井とめが「浜や」に来る客とどこかに出かけたりでもすると、嫉妬していろいろとがめたりする美妙であり、そのいきさつを日記に記していた彼でもある。平山静子に対して美妙が心して対していたのなら、それらについてのいきさつを書き、感想をのべてもいいだろうが、そういうことはいっさいしていない。

「明治二十五年六月

二十四日──アコヤ宅人来」

たしかに、平山静子宅には、美妙が介在したことにより、何事か波乱が起きたのである。

この日記の文面の裏面を知るために、二、三の人に聞いたり調べたりしてみたが、この一行の文章の意味するところはわからなかった。

とにかく、明治二十五年六月二十四日には平山静子の家のだれかが、美妙の自宅を訪れ、平山静子と別れてくれと言いに来たものであろう。美妙は、平山静子を阿古屋姫と呼んでいた。阿古屋というのは、真珠を蔵する阿古屋貝のことであろう。美妙は、平山静子を真珠貝にたとえていたのである、

石井とめには自分の子が出来、平山静子側では、美妙が関わりをもつことで騒ぎが起き、稲舟は実家に連れもどされる、ということが連続して起きていたのだ。このように、四分五裂していく美妙の生きかたじたい、考えてみると謎めいてもいる。美妙ほどに頭の切れる人間には、このようにすればどうなっていくか、ということぐらい推察がついたはずである。だが、凡百の人間の二十五歳といえば、まだ右も左もわからずオロオロと生きているのが普通なのだが、美妙は二十五歳迄の間に、普通人のなす一生分のことをやってのけていた。

美妙という人は孤独な人だったし、なににつけても若かったから、みずからの精神の領域でうけもつ作業と、生身の肉体がもたらす血のさわぎとをうまく統治できなかった。そこが美妙の凡百でないところの証左にもなるのだが、当時としては異端の行為として、時代の枠の中におさまりきるものではなかった。

美妙は、その日記を見ても大変な美食家であった。美食家というのは感覚的にも鋭いものがある、と思う。当今の老人たちにさえ、朝は肉魚の類を食べない、というような禁欲的なところをよく見かけるけれども、明治にはそのようなことがもっと激しく律しられていたはずだから、美食さえ悪徳視されたであろうと推察されるが、美妙の美食的

快楽主義ひとつをとって考えてみても、彼が相当ケタずれの生きかたをしていたということがわかる。とにかく、この明治二十五、六年頃の美妙には、女関係だけでも面倒なことがいろいろと固まって起こってきていたのである。

このように美妙には、この頃から不吉な影がさしはじめていた。当時は、社会的にアンモラルであれば、いかに才能があっても生きのびられないところがあった。稲舟は、美妙が社会的に破滅的な方向にむかっていることを薄々察知してはいたが、その結末がどうなるかについては、まだ見抜くことができなかった。

稲舟という女は、自分の考えた理想実現についてすこぶる貪欲であった。稲舟の考えつく限りの理想の男に美妙はもっとも近かったのである。稲舟はいつも考えつく限りの自分の理想を追求し、その理想にもっとも近いものに身投げをする勢いでとびついてしまうところがあった。稲舟自身もみずからのその性癖について「鏡花録」の中で、こう述懐している。

「自分ながらわるい性質とは思ふが、いったんから思ひさだめた事は、よしや其事正だろうが邪だらうが、親が怒らうが教師がいさめやうが、決して決して我を折って頭をさげる事ができないといふわるい虫がある。で、これで失敗する事が多い」

一つの営為をするとき、そこにいくつか切り捨てられてしまうものが出てくるわけなのだが、稲舟の場合、その切り捨ての部分があまりに多かった。美妙ひとりに身投げした稲舟は、そのことのまわりに発生するもろもろの関わりについての考慮が足りなかった。だが、まだ世間に対する物心ついていくばくもなかった稲舟にたいし、そういうことへの計算が行きとどかなかったといってみても無理でもあったのだ。

明治二十五年五月、稲舟は両親に「とにかく鶴岡にはいられない、いろいろの勉強をするためにも東京に出してくれ」といって強引に東京に出た。稲舟は美妙を通してしか自分の現実生活上の活路は見られない、と思っていたのだから、この再上京は当然のこととして行なわれた。

この頃、日本の地底では日清戦争(一八九四―一八九五年)への体制がゆるぎなく固められていた。稲舟の稚い触覚も、この日本の地底での動きをかすかながらキャッチしていた。だが稲舟に物質的な飢えはなかったから、国体という観念に対する根元的な疑惑はなかった。「万世一系の天皇の統治の下に全国民一家の如く睦み合ふ君民一体の関係」の図式は、とくに明治に入ってから、明治維新以後の思想統制策によって強化され、一般人一人一人の中にまで浸透し徹底化していくが、その道筋に稲舟も例外なくいた。

稲舟がその実生活上の感覚で、番茶を大赤といって下品なものとして退け、塩鮭を人間らしい食物と思わなかった時、地主制のもとにあった零細農民が、餓死寸前の状態にあえいでいた。明治維新以来、豊作は稀だったが、追いうちをかける凶作は明治二年、十七年、三十年、三十五年、三十八年、四十三年と、東北農民の飢餓状態は明治全期に渡り慢性化し、貧困は決定的なときであった。

稲舟と同じ頃にあった北村透谷は、キリスト教による唯一絶対者と個なる人間の体面により開かれた眼によって、このような明治の正体を洞察し得ていたことは前にも述べたが、稚い稲舟がこれらの現実を自分に結びつけるにはまだ相当の時間を必要としたようである。ただ、北村透谷の思想上の根元的なところにまで衝撃を与えたキリスト教は、稲舟にも無縁ではなかった。

稲舟は、鶴岡によぎない帰郷をしたときキリスト教との対面をした。鶴岡におけるキリスト教は、明治十八年にはじまる。明治十八年に宣教師ダリベルが鶴岡にきたのがはじめであった。この人はフランス人で、宗派はカトリックであった。明治二十年には、鶴岡にはじめての教会が五日町の川端にできた。一般民家を借家してのそれであった。鶴岡の人々は、異国の宣教師を遠まきにして眺め入り、それから、ソロソロと、民家を借りたその教会にはいったといわれている。

明治二十二年、鶴岡では各宗派が協力して貧困子弟を教育するために、寺（大督寺）に学校（忠愛学校）をもうけたが、これには、我国には異教のキリスト教が大いに力したときく。この忠愛学校というのは、日本で最初の「学校給食」をしたことで有名であり、子どもの頃の私は、そのことをだれかからきいて、鶴岡というのはひどく開けたところであるような印象をうけたことを記憶している。

鶴岡におけるカトリックの天主堂は、稲舟没後数年（明治三十六年）の建設であり、プロテスタント系の教会は、カトリックより遅れて明治二十三年に「鶴岡基督教会」ができた。稲舟は生まれてはじめて聖書というものを読み、天皇のほかにも唯一絶対者が存在することを知ったのであった。そして、前年（明治二十四年）養真堂から出版された透谷の「蓬萊曲」を読み、いいしれない感動をうけたことを思い出した。

稲舟の文学の弱さのおおよそは、身にひきうけていた時代の混乱を、自分自身にむけて徹底した思想的な問いつめとして認識できなかったことにあった。ただ、それへの萌芽はあった。「自分ながら悪い性質とは思うが、いったんかうと思ひさだめた事は、よしや其事正だらうが邪だらうが、親が怒らうが教師がいさめやうが、決して決して頭をさげる事ができないとふわるい虫がある」（「鏡花録」）と稲舟自身が、このように己れを批判しているように、志への激しく強い願いが彼女にはあったのである。真に生きようとする者は、生存を抹殺されるほど傷つかねばならないのはいまも同じである。

稲舟は美妙の生きざまが、ある不可解奇妙な臭気を発散しているのを見てはいたのだが、美妙をおいて他のだれとも彼女は会いたいと思わなかったし、五月十三日の美妙との再会はやはり当面の彼女の生きる力となっていた。それは男女関係上の謎である。

名目的医学修業としての本郷の済生学舎への入学と脱落、そして帰郷、再上京と稲舟の生活は転々として落着かなかった。心身ともに繊弱な稲舟は相当に疲れはじめていた。だが稲舟の体質的気質として、生存に対してそれほどの執着はなかったし、稲舟の身心を浸している根深いアンニュイは、みずからの肉の生存への配慮にはあまりならなかった。

外的な壁との闘いに疲れはじめた、そうした稲舟の心に深く泌み入ってきたのは、北村透谷の詩劇「蓬莱曲」だった。これは透谷二十三歳の作であり、また透谷自身の未来を予告するものであった。稲舟は、この詩劇に描かれている精神の放浪者柳田素雄のモノローグにとくに心ひかれた。

「わが眼はあやしくもわが内をのみ見て外は見ず、／わが内なる諸々の奇しきことがらは必らず究めて残すことあらず、／且つあやしむ、光にありて内をのみ注視（みつめ）たりしわが眼の、／いま暗に向ひては内を捨て外なるものを明らかに見きはめんとぞすなる。……おもへばわが内には、かならず和（やわ）らがぬ両（ふた）つの性（さが）のあるらし、／ひとつは神性（かみ）ひとつは人性（ひと）、このふたつはわが内に／小休（こやみ）なき戦ひをなして、わが死ぬ生命（いのち）の尽くる時までは、われを病ませ疲らせ悩ますらん」

稲舟の心の中にこの一節は深く根づいた。稲舟は、美妙とほぼ同年のこの詩人に、美妙にはみなかったもの、暗く輝く火のようなものを見ていた。

稲舟は透谷を美しい作家だ、と思った。この詩劇「蓬莱曲」は、彼女の好みにかなったし、深く心を動かされるものとして彼女は読んだのである。だが、彼女は北村透谷を自分の内面外面の修羅に比するに、あまりに明晰で外科医のような物を書く人でもある、とも思っていた。

稲舟の作品を調べてみると、美妙からの影響はさりながら、その晩年においては、この北村透谷や同郷人高山樗牛から受けた影響をないがしろにできないように思える。ことに透谷の「厭世詩家と女性」という「女学雑誌」（明治二十五年二月）に発表した恋愛論は、キリスト教によってなされた透谷の西欧近代化による鮮烈な論文として、稲舟にも深く影響を与えたと思う。

私見としては、はじめ、美妙からの影響下ではとても見られない「しろばら」とか「五大堂」の作品発想を稲舟は同郷人の高山樗牛から受けていたのではないか、と思っていたのだが、樗牛の道徳主義的な「しろばら」批判を読むにつけても、これはそうではない、と思った。同時代の文学を漁って調べてみているうちに、北村透谷のなした大きな思想的な営為と稲舟の作品が無縁ではない、と思うにいたったのである。

「臭いものにフタ」という言葉がある。美妙が臭い実人生を生きていたなどというと、それこそ「道徳主義的」発想でいっていると誤解されかねないが、美妙には透谷が「蓬萊曲」のなかで柳田素雄にいわせた「人性」はあったが、「神性」と呼ぶべきものが稀薄だったと思う。美妙は人界の愛欲のドロドロにはトコトンまでつきあって泥にまみれたが、その中にまきこまれてしまった。その事態から普遍的意味を抽出する詩人的器量が彼には欠如していたのだ。美妙には詩人的器量が欠如していた。だから、人界の愛欲のドロドロの混乱の影は彼の作品の中に投影されたが、それが言葉の虚しい営為の段階で終わってしまったように思えてならない。

透谷の与えた稲舟への影響というものは、透谷の全思想性ではなく、その一部である。それは主に「女学雑誌」に発表された透谷の恋愛についてのマニフェスト（宣言）ともいうべき「厭世詩家と女性」などであった。

当時の稲舟の眼に北村透谷がどのように映ったかというと、自由民権運動の中心メンバーだった石坂昌孝の長女ミナと激しい恋愛をし、キリスト教に入信し、ミナと結婚した新進気鋭の詩人・評論家として見えていたのである。
しかし稲舟は、透谷が鋭く思想化していった明治という時代の繁栄の、もういっぽうの極の貧困についてはよく理解できなかった。華やいで揺れている現象を剝ぐことのできない稲舟であった。だから、稲舟はあいかわらず、できるだけ華族のお姫様然と身じまいをしていたし、なるたけ絹物の近くにいるよう努力することを忘れなかったのである。
稲舟は明治二十五年の五月に美妙と神泉亭で会ってから、どれほどの期間東京に滞在していたかは不明である。「美妙日記」は、五月十四日に稲舟と神泉亭で会い性的な交渉をもった記述をしてのちはいっさい、彼女の名を日記には記さないのである。
たとえば、その後の日記は、
「明治二十五年六月
十七日――此夜アコヤ一大事
二十二日――秀病痢、此夜渠貯金催足
二十三日――秀快、浴衣二・〇四〇
二十四日――アコヤ宅人来
明治二十五年七月
十二日――懐刀トイフ」
とつづいているのだが、そのうえ美妙は、なにが故にか、この年八月で日記をつけなくなったようである。
これらの日記から推定するに、美妙にとって明治二十五年の五、六、七月は多難な月だった。アコヤ（平山静子）

が一大事な事態に陥って数日後、「渠貯金催足」とあるが、この一節はのちに山田美妙の作家的生命を失墜させる事件につながる記述ととっていいようである。稲舟はなんといってもまだ小娘であったので、美妙の派手な生活態度や素振りに相当に解せないものを感じたとしても、現実的事態がそれほどに深化しているとは思わなかった。

美妙の乱脈な生きかた、快楽主義的な生きざまに比して、透谷の生も言語表現も、ある神性を帯びて時代の中で輝いていた。稲舟は、夜の天空に輝く星のように、透谷の生やマニフェストを感取し、透谷を一種の憧憬をもって見ていた。

しかし稲舟という個性は、北村透谷のもつ神性の輝きの面へむける視力はありながら、それだけでは律することのできないものであった。彼女の文学の魅力は人間の神性を包む肉についてのわずらいから目をそむけることができない、ということにあったのだ。というよりも、血や肉と見まごうばかりの虚構の血や肉を描くときに、彼女は魂の恍惚が訪れることを知っていた、といいかえたほうが正確な言いかたになろうか。たかだか、生理とか情念程度のものを思考ととりちがえかねない文学作品がいまだに横行している現状である。田沢稲舟文学の最たる魅力は、その不条理性にある。この当時の女流のだれももつことのできなかった資質を彼女はもっていたのである。

稲舟は、透谷の内部生命的な深い眼つきというものの気配を察知した段階で命果てた。一九〇〇年代という日本帝国主義の体制固めのなかでの農村は、絶望的な状態に直面していた。農村の凶作による根深い飢餓による不潔・無知・結核・飲酒・発狂・堕胎・餓死などは日常茶飯のことであった。それら日本の深部に自分の思想の錘をおろしていた透谷について、稲舟は真に理解する段階にまではいたっていなかった。長いものには巻かれろ式の、小ずるい民衆の一面が、稲舟にもあった。少女期の稲舟はその思想形成上でマッス状のときであり、主に、自分より上の階級のものには眼のいろをやわらげてむかうが、自分以下の階級のものの汚れや無知は許さぬところがあった。少女稲舟は、高貴な精神的ドラマを希求していたのだから、当然物質的飢えから解かれた階層に視線をとどけるしかなかったのであろう。

しかし日本の文化史上最大の混乱期、精神のながれも不確かなら、各思想も凝固を見ることができないとき、四離滅裂ながら自己提示をしていった稲舟のエネルギーは、いまある時間の中から安穏に眺めかえしてもはじまらないほど、強靱なものであったと私には思われる。

稲舟が北村透谷から受けた影響は、透谷が「女学雑誌」に発表した恋愛のマニフェスト「厭世詩家と女性」の主旨などであったが、この恋愛の純粋性についての透谷の論文は、稲舟の男女のかかわりについて大きく影響を与えたものである。また、透谷が二十六年十二月末、咽喉を傷つけて一度目の自殺未遂をし、それから数か月後の翌明治二十七年五月十六日、東京の芝公園地第二十号四番の家の庭で二十五歳の若さで自殺して果てたことは、稲舟の心中深く突き刺った事件であった。

人間はたえず、むこうから来る死と、こちらからおびきよせる死の両方に足もとを洗われているのがおおかたである。山田美妙という人間は、私生活は大変孤独だったが、自分から死を呼びよせる、ということは絶対になかったと私には思われる。その美食と肉欲についての動物的な欲望の開示から私にはそう思われるのである。

稲舟の詩精神の理想追求の姿勢は激越だったから、「絶対空間」にむけてのたえざるはばたきは、彼女の精神を外側から見るよりもはるかにはやく削減させていたと考えられる。

浅ましや骨を包める皮一重迷う身こそは愚なりけり

の彼女の死に近い頃の短歌に見られるが、彼女の生存に対する怒りや憎しみは、短絡的な全的否認をあらわしてはいるものの、彼女自身の生と死に対しての眼つきがうかがわれる代表的なものと考えていい。

幼少時から、生に対してさほどの執着をもっていなかったと自分から記述していた稲舟は、北村透谷の死をただならぬ自己の精神上の危機として感取したのであった。

美妙との破婚後鶴岡に帰った稲舟は、肉体的物理的に細りゆく自分の命数を数えながら「五大堂」を書きあげたが、この作品の構成のプロセスに北村透谷のもたらした自殺事件は大きく影を落していたのだ。

北村透谷は、自殺直前に妻のミナにいっしょに死んでくれないか、といったと伝えられている。妻のミナはなんといったかというと「私は死のうと思わない」と透谷に答えたのである。透谷は愛する妻といっしょに死にたかったのだろうが、やむなく独りで死んでいった。このことは、それとなく文学仲間のあいだでの話として語り伝えられていたので、稲舟もこの話を当然知った。

「心中」この言葉に稲舟は屈折した心情を揺らめかせるのだった。心中をもちかけて妻に拒絶された透谷。稲舟もまた、直情径行の透谷と相似の系列の人間である。稲舟の「五大堂」には透谷の死にざまに啓発された一組の男女の心中行がある。この小説の中には、稲舟の想念がこめられている。

晩年の稲舟が美妙に心中自殺をもちかけたことはなかったか。私はあったと思う。そんなとき美妙は、「お前さんといっしょに死ねるなら男冥利につきるね」などと、稲舟の切羽つまった苦悶の言葉を例の調子で優雅にいなしたものだろうか。稲舟は、自分の美の理想が崩れたとき、もはやその残骸でしかない美妙とともに死にたいと思ったのだ。「五大堂」は、稲舟の精神の苦悩の軌跡を示していていたましいが、稲舟はこの一作に、彼女の幻視した理想の結末を提示して見せている。

稲舟と美妙の生や文学の齟齬について、稲舟自身、生きているあいだはそれを解明できなかった。齟齬の根元を証言する「美妙日記」が、七十余年後に発表されているのだから、人間の生自体ミステリーといわなければならない。稲舟は美妙と心中して、その果せなかった魂の合一を計り、また自我の達成を見たかったのだろうが、現実的な場面ではそうはいかなかった。稲舟が鶴岡の実家で「五大堂」を書いていた頃、美妙はまた新たな女性の西戸カネ(本名)という日本橋の歌妓と盛んな情事を重ねていた。

稲舟は自分の美妙への愛を純一にしようとすればするほど、そこに地獄を見るしかなかった。

透谷の、時代における神性の拡大を計った末の自殺と、自己の悦楽、享楽追求の末も生きのびていった美妙とを稲舟が耐え生きのび見定めたならば、彼女は当時の女流のいかなる作家体質とも迎合しない異質の文学達成が可能だったように思われ、残念である。

二十歳前後の稲舟には、同郷の高山樗牛という、大きな影響力をもつ三歳年上の思想家がいる。この思想家からうけた栄養も稲舟には多分にあったのだが、彼は日本主義の骨格を守るについて道徳主義的だったから、稲舟の反世界好みの嗜欲を充たすにはあまり妥当ではなかった。

文学は毒性をもつとする私の考えと稲舟の志向には相似のものがある。稲舟は、「やわ」な、なまじの道徳主義などに丸めこまれるべきではないし、むろんまきこまれもしなかったことは、その死を見ればうなずける。その精神や肉体に弱りが見えたとき、高山樗牛の考えかたや作品に接近を試みたときがあった。「唯我独尊」だが、それすらも樗牛の小説「おきく」に比べて、地獄の臭気をたてていたことは、一読してわかることである。

稲舟は、透谷の激しい死にざまを決して忘れなかった。そしてまた、その死は他人ごととしてではなく、みずからの死として彼女には感じられはじめたのだ。やっと物心ついたばかりの少女稲舟の生のうえに、死はいちはやく翼をひろげ影を落した。

明治という極度の繁栄の時代の底には、そのことによって眩暈を起こす多数の者たちがいた。その意味では、透谷も稲舟も鋭敏な魂であるだけに例外ではいられなかった。この混乱の時代を、それほどの痛みもたず生きのびられたのは、美妙ではなかったろうか。明治二十六年といえば、すでに二十六歳になった美妙は、経済事情が傾きかけていたところに、「日本大辞書」を日本大辞書発行所から刊行し、それによって経済的に救われ、自家用車（人力車）を買って乗りまわしたりしたのである。

人力車といっても、おおかたはピンと来ない。明治二年に和泉要助の発明になったこの車は、文明開化のさきがけとして大いにはやり、明治四年の始めには東京の人力車の数は激増して、三万五千という数に達したといわれている。明治十五、六年頃になると鉄道馬車の開通にともなって一時減ったが、それほどの打撃でもなく、増えるいっぽうだった。この流行は明治三十五年頃が頂点だったというから、美妙は人力車の最流行期に自家用車としてそれを使用していたのである。

「車台長さ五尺五寸・同横幅二尺・同輪地摺幅二尺七寸・輪亘り三尺・腰掛日覆迄高三尺五寸・総高さ五尺」

右に述べられている形状寸法が人力車の様子であった。これは、発明者側が新規加入者に対して一札を入れさせ契約させた契約書の文章の一部である。

物質文明の流通事情にだれしも例外でいられることはありえない。それが近代以後の著しい特徴なのだが、農村の疲弊と貧困の極を見すえていた北村透谷と、人力車を乗りまわして得意になっていた美妙とに、明治の知性の二面が見られる。

「噂をすればかげとやら、まもなくきたりし今宮は、優にやさしき姿ゆかしく、心ある人は其艶（えん）なるにまよはされて、我にもあらずたましひもありかさだめず、うかれいづべけれど、心なき人々はいかににやけし男とや見ん。衣服はれいの小紋の三枚がさねに、黒ちりの羽織なまめかしく献上博多の帯のあたり、時々ちらつく金鎖に、収入にくらべて借金の程もしられ、衿のほとりの香水も、安物ならぬしるしは、追風遠くかをる床しさ」稲舟の遺作となった「五大堂」に描かれている今宮丁という作家の身なり様子は、ほぼ当時の美妙の風態ととっていいように思われる。美妙はそのような風体で、人力車の人となっていたものであろう。

美妙は、小紋のぞろりとした三枚がさねを着て、「為永の人情本に出てくるような優男」の風情で、衿もとに香水のかおりをただよわせながら自家用人力車にのりこみ、女たちに会いに出かけた。当今にこの場面を移してみると、ダークなスーツに、絹の厚肉のネタタイを締め、背に絞りのあるコットンのシャツを着こみ、白のジャガーにでも乗りこむ、という図とでも解釈されようか。

稲舟は、生へのアンニュイをもっていたから、生身の脂臭い男臭というものは受けつけなかった。だから、「山田美妙」という舞台裏でどのようなカラクリがあろうと、よしやそれが現世的悪につながっていようと、現象する「山田美妙」という舞台を観るしかなかった。「時々ちらつく金鎖に、収入にくらべ借金の程もしられ」とは鋭い描写だが、この描写ひとつをする稲舟の心というものは、現実的に引裂かれ傷を負った上でのそれであったことを考えれば、たかだか二十二、三の稲舟、いたましいと思える。

だが酷言すれば、鼻汁にまみれた盲縞の着物に、トラホーム・結核・胃拡張・酒乱と、ありとある醜態・汚穢にまみれていた当時の庶民の多くの側からみれば、稲舟や美妙のいい気さは抹殺されねばならないものである。例えば一葉は、明治二十九年に生命が果てたのだから、明治二十六年は死の三年前ということになるが、あいかわず賃針仕事、小間物あきないの微細な収入に頼って口すぎをしていた。一葉にむかって、時代の悪の爪は、直截につきささったが、稲舟と美妙には屈折したかたちで刺さった。

裸体画

明治二十六、七年頃の稲舟は、おおかたを東京で過ごし、時々鶴岡にもどっていたものだろうと推察されるが、この頃、稲舟の印象に残ったことが起きてもいた。「裸体画」についてである。

明治二十二年、美妙の小説「蝴蝶」の口絵に女の裸体画（渡辺省亭筆）が使われ、世上で喧伝され、その小説よりもその絵によっていっそう美妙の声価を高くしてしまった感があったが、美妙の裸体画については、

「ツイこの頃も明治の裸体画のはじめとして或る雑誌に写真が載せられた。今見れば何でも無い拙い画であるが、好奇心から評判になると同時に道学先生の物議を醸（かも）し、一時論壇は裸体画論を盛んに戦わして甲論乙駁暫くは止まなかった、美妙自身も亦幼稚な裸体画論を主張して、議論が盛んになればなるほど「蝴蝶」の挿絵が益々評判となって、知るも知らざるも皆裸蝴蝶を喧伝した。……実を云ふと此の評判は美妙の作よりも省亭の拙い裸体画の成功であったのだ」（内田魯庵「美妙斎美妙」）

と、内田魯庵が、批判しているが、本格的な裸体画がわが国の絵画史のなかで問題にされたのは、明治二十七年の明治美術会第六回展覧会に出品された黒田清輝の「朝粧」という、フランスの女が裸体で等身大の鏡にむかって化粧をしている絵だった。

この絵は、明治二十六年の彼の滞仏中の作品で、明治二十七年に発表されたときはそれほどの物議をかもさず、むしろ翌二十八年の春におこなわれた、第四回内国勧業博覧会（京都）に展示されたときに新聞でもさわぎたてた、という有様だったのだが、それでもやはり、物を書く連中のあいだでは、黒田清輝の「朝粧」の発表は、問題にされていたのであった。

稲舟は、この裸体画問題をとりまくおおかたの意識のありようをじっと見ていた。彼女は、時代が裸体画を容易に受け入れていくように切り開かれていくであろうことを知った。上田敏による「美術の翫賞」(文学界、明治二十八年五月)で、ルネッサンス以後の西洋美術史を例にひいて、裸体画擁護論を展開しているのを稲舟は読み、それを心に刻みもしたのである。稲舟はこの頃から、この裸体画の問題を小説の材としてみようと考えはじめていた。

後年「小町湯」という稲舟の小説には、この裸体画の問題が出てくるけれども、それはこれら一連の時代の中での問題のありかを彼女なりに追求したものだった。少女稲舟は、解放されぬ意識を憎悪していたのだから、小説「小町湯」によるこの裸体画の作品化は、のっぴきならぬ稲舟自身の自己発言でもあった。

稲舟と一葉

明治二十六年、稲舟は、作品的にやや焦りの色を濃くしはじめていた。

それは、樋口一葉などが示す、底強い実力のある作品をみるにつけても、こうしてはいられない、という彼女の焦りだった。一葉には半井桃水がついており、一葉のしたたかな勉強ぶりと、その天性の魂の輝きを支えていたのだ。明治二十五年に一葉が発表した「闇桜」は、その才筆のほどが評判になっていた。稲舟は、自分の心の内側を計り、自分は一葉よりも、したたかな眼つきに欠けるのをとくに思っていた。稲舟の耳に、当然のことながら、一葉のいろいろがひんぴんときこえてきていた。師美妙も、一葉のことをしきりに話すようになっていた。美妙は、

「樋口夏子の才能、あれは大したものだよ。あの人は苦労しているからねえ、物の見方でもたしかなものをもっている。これからの女の物書き、という感じがある」

といっていた。

稲舟は自分がもたない、ある明晰な構成力をもつ一葉の文章力に、追いつけぬ、というような感じをもつことがしばしばあった。稲舟は、自分は美妙ほどの才能と若さと美貌をもつ作家に愛されている、という矜持をもってはいたが、男と女のエロスの愛よりいっそう高みの詩神に愛されたい、と思っていたのだ。

「あんたは、しかし樋口夏子のもたないあるものをもっている、樋口夏子は一文菓子をあきなうことをしながらの文学だが、あんたのはちがう。またそこがぼくが君を好いている、ということかもしれない。樋口夏子の未婚でいながらの後家の頑張りのような強い作品はあんたには書けないだろうけど、ぼくは君の才は信じているよ」

といった。

だが、美妙が稲舟にむかっていうこれらの言葉も、稲舟の魂の底深くまではしみ入らなかったし、根深い稲舟のあせりはなぐさまなかった。自分は師美妙の愛は得たが、詩神の愛をうけることが薄いことのほうがいっそう深刻なことであった。

川上眉山からの話では、いつもは蒼白くしなびているような一葉が、いざ文学の話をするとなると、その蒼白い顔に血がのぼりはじめ、美しい別人の顔のようになって輝きだす、ということであった。

稲舟は心中ひそかに思った。樋口一葉よりたしかに自分のほうが美しいだろう。だが、一葉の場合のことを考えると、彼女は、あたりまえの女のかたちをしながら、一皮下には、青く輝く宝石のようなものをも蔵していて、それが詩神の愛をうけるたびに内に蔵されながら磨かれていって、輝きを増していくように思えてならなかったのだ。

詩人としての一葉の輝きを、稲舟はじっとみつめているしかなかった。その、あたり前の女のかたちの内側に一葉が蔵している宝石のような硬い結晶度と輝きからくらべると、稲舟は自分が、なぜか水にふやけた豆のように思えることがあった。姿かたちはひと並はずれて美しいと小さなときから人にもいわれ、自分でもそれを思うことがあったが、自分の美しげな表側をはぐと、水にふやけた豆のようなたわいもない実体をさらけだしてしまうのではないか、と稲舟は思うのだった。

うまく言葉を捕捉できない明治二十六、七年頃の稲舟は、自分の内なる焦りをもって、強い輝きを増していく樋口一葉を意識するとき、このように思っていたのである。

「ねえ、樋口夏子は、浅草大音寺前の吉原にちかいあたりに荒物屋を出したそうだよ。いつかあっちのほうにいったときにでも、ひやかしに寄ってみようか」

といった美妙の言葉も、稲舟はあるいらだちをもちながらきいていたのであった。

一葉が荒物屋をはじめたのは、明治二十六年八月のことであった。場所は下谷竜泉寺三百六十八番地である。八月六日、貧しい一葉のたつきを助けるこの荒物屋は開店したのである。一葉は、それまでにも、一家の生計を支えるために無理に無理をかさねていた。あちこちから金をかり、やりくりをつづけていた。この荒物屋を開店した年の五月二十九日にも、伊東夏子から八円の金をかりたりしている。

とにかく樋口一葉がものを書こうとするとき、それは遊びや道楽仕事ではなかったし、ましてお嬢さん芸と呼ばれる筋合いのものではなかった。

稲舟は、一葉のせっぱつまった生きかたや文学修業のそこまでは目がとどかなかったが、一葉の不気味な底力というものは充分に知っていた。稲舟の死の九月十日から中一か月置いた十一月の「文芸倶楽部」にのった「五大堂」には、一葉に対する稲舟の複雑な感情が写し絵になってでている。この「五大堂」という稲舟の遺作中にたしかに、花園女史という一葉の面影と、稲舟の一葉にむけた屈折した感情が書きこまれているのである。

「ここに名高き青柳子爵の一人娘、糸子といへるも、未来の夫とさだめし人の、心に染まぬそれ故に、うき年月をおくりしが、此頃おもき病にて、うせしとききしうれしさに、今まで青き顔色も、きのふにかはる美くしさ」「五大堂」という作品はもちろん稲舟の虚構の小説なのだが、この小説の冒頭の文章に出てくる「世にうれしき事はかずあれど、親が結びし義理ある縁にて、否でも否といひいでがたき結髪の夫にもあれ妻にもあれ、まだ祝言のすまぬうち、死せしと聞きしにまさりたるはあらじ」とは、稲舟の当時の現実を考えてみると、ナントマア、という感をまぬかれないが、稲舟が自分の生の周辺のドキュメントとして残した「鏡花録」の中味と照合してみても、稲舟の当時の感情が正直ににじみ出てきているから面白いと思うのである。

それはさておき、この「五大堂」の中に、たしかに一葉とみなされる、花園女史というのが出てくる。「五大堂」の作品の中のヒロインである糸子の意中の人、作家今宮丁が糸子の家を訪ねてきて、今宮と糸子がおしゃべりをしている場面がある。稲舟には奇妙なバクロ趣味とでもいうべきものがあって、自分の心に突き刺ってきた事柄でも人でも、バクロ的に書いてしまうようなところがある。この今宮と糸子がおしゃべりをしながら写真を見ているのだが、その場面に、

「これは花園女史ですね、あなた御懇意なんですか」「ハイよく時々入ツしゃいますよ」「随分評判の方ですが、そうですか実際…」「ハイしかし世間の人はとかくわるくいひますが、あの方があんなにおなりになったのも、全く社会とかの罪でせうよ…幼少い時からよくひどい目にばかりおあひなさうですから」「ハハアそうですか…いや女の小説家なんてへものは、ほんとにかあいそうなものですよ、少し自分の思ふ事を筆にまかせてかく時は、すぐおてんばだのなんのといはれますからね……それをおそれてかきたい事もかかずにゐるのは、つまり女らしいのなんのとほめられたい欲心と、世人の評には屈しないといふ勇気のないよりおこるんですが、この花園女史は決してそんな臆病心はないようですね」「そうで御座いますよ、ほんとにお話でもお遊びでも、あまり活発すぎて、丸で男

の方のやうで御座いますもの、其かはりさっぱりして、同じことなどぐづぐづくりかへして泣いたりくどいたりなんぞは一度もなさった事御座いませんの」「ハハアなる程そうですかね……ぢゃ私みたように、不活発な女のやうな者をあなたは屹度おきらひでせうウフフ」なに故か糸子はあはてて顔あからめ「アラ私は花園女史をすきだと申しません」

と、このような一節があるのである。

この文章の一節には、稲舟の、普通の令嬢として男に愛されたい女と、そうではない、女の解放にむかっての志向をもつ女の分裂的な感情が表出されている。

花園女史を、稲舟自身の分身的登場人物とする説もあるようだが、私はその説はとらない。「あの方があんなにおなりなさったのも、全く社会とかの罪でしょうよ、……幼少い時からよくひどい目にばかりおあひなそうですから」と書かれている部分から見て、花園女史は樋口一葉であると私には思われる。

当時の作家詩人というのは、当今のようにたくさんいなかったから、その交流もいまよりはずっと密だったはずである。稲舟は一葉の才を羨望していたし、一葉は稲舟の此世的な美貌や富にかこまれて生きている有様をまぶしく思っていた。

ふたりが出会ったらどのような場面が展開したか、想像で描いてみたいと思う。

稲舟は、砂金色に小さな白梅を散らした縮緬小紋の長着、それに青色地の絹繻子に扇形を刺繡した帯を締め、唇には玉虫色に光る口紅を塗り、白い頰に生毛をそよがせていたであろう。片や一葉は、地味な縞銘仙に、縫いかえした昼夜帯を締め、白粉気のない蒼白の顔を小さくひきしめて、猫背気味の背をかがめていたのではなかったか。

一卓をはさんで一葉と稲舟は対座していた。あとから、もう二、三人の作家も来るはずである。稲舟も一葉も無口のほうである。しばらくはどちらも口を開かない。だがやがて年長の一葉が口をきる。

「田沢さんは、なにか新体詩や浄瑠璃の新作を作っていらっしゃるとか。拝見したいわ。私は言葉をつかまえるのがとても苦しくて、からだも丈夫じゃないものだから、なかなか苦労するの。こないだ中は図書館に通って近世の作品をだいぶ読んでみたりしましたの。文学のほうの勉強が足りないものだから、いざ書く段になるとぐうの音も出なくなったりして。それに私には時間が足りなくて悲しいわ。人間は眠らなくてすんだらほんとに助かるだろうと思うの」

一葉は、小さな顔をひきしめて稲舟にこのように語りかける。一葉は、自分にくらべて稲舟は遊ぶ時間もなにも比較にならないほどめぐまれている、と思った。それから、稲舟の着ている美しい小紋の長着が、手のとどかない、まぶしい「物」として思われたのだ。

稲舟は、

「樋口さんの才には、だれもとうてい及ぶものではありませんわ。私などおよびもつかないほど勉強家でいらっしゃるし。これからもいい作品を見せていただきたいと思っていますわ」

といったりした。

それから、一葉は、稲舟の典雅な顔だちと白い首筋を見た。〈この人はたしかに美しい。これほど美しい人はそんなにいないだろう〉とも思った。一葉は稲舟の目つきを見て、その目つきに、自分にはない、魔性をはらむある危険な魅力が秘されているのも見てとった。〈こんな人は見たことがない。この人は私の生み出し得ないものをしだいに書きはじめて、世の所を得ていくだろう〉とも思った。

稲舟のこの目つきには、一種独得の魅惑があると思う。熱狂性をはらんだ、底知れない、無に通ずるとでもいうべき目つき。私もはじめに稲舟の写真を見たとき、いきなりその目つきのとりこになったことを思い出す。

稲舟の顔は、典雅で完全な卵型であり、その目の型はアンズ型である。しかしいちばん具合よく写真にうつった時はそうなのだが、体の調子が悪いときとか、化粧の具合で、頬骨の高いギリアク系の顔相が化粧の下からのぞいていることがある。いわゆる庄内系といわれる骨相、庶民の顔によく見られるそれが彼女にも表われるときがあるのだ。

しかし、一葉はただただ、稲舟の富貴や美貌をまぶしいと思ったし、自分にはおそらく回ってこないような稲舟の現世的な繁栄ぶりを羨むしかなかった。一葉は、稲舟の内にまだ開花しないまま秘められている、ある激しい情熱を見逃していなかった。自分のとどかない美にとどく底力を内蔵している稲舟の魂を見抜いていた。

いつのことであったろうか、一葉は、稲舟についての感想に思いを乱されたことがあった。そして一葉は、歌稿の余白に
「稲舟、いなふね、かの主羨まれ候」

となぐり書きした。

一葉の気持が、この一行には如実に表わされていると思う。

稲舟の美意識というのは、くりかえし述べてきたように、一葉より現世的であったから、一葉の筆達者を認めはしたが、その容姿、いかにもツイテイナイ女の感ジの一葉を、心のどこかではうとんじていたところがあった。

一葉にはたしかに、死ぬまで現世的な恵まれかたはなかった。いまの時代にまでとどいている一葉の光を彼女自身は知ることがなかったのだ。作家にとって、「たったいまの時間」で受けとるべき報酬というのはたえずすくないにしても、一葉の短い生はあまりに悲惨だった。

稲舟と一葉のことを物思いにふけりながら考えるとき、私にはある悲しみが訪れるのだ。薔薇のように華麗だが脆

い稲舟と、水仙のようにほの白いがっちりとした魂を抱いていた一葉と。そう年の差もないたおやかな、そのくせ激しい二人の女に時間を越えて私が寄り添っていくとき、私の内側には悲しみとも喜悦ともわからぬ感情がこみあげてくるのを覚えるのだ。

荒れている海の中に浮いた舟にのせられた二輪の薔薇と水仙。稲舟と一葉は作家という同じ舟に乗り合わせた二つの魂であった。だが、二人のもつ個有の文学展開に、お互いの影響はほとんどみられなかったと私は思う。二人の位相は異質であった。ただ、二人の志向について重なる点があるとすれば、それは男性中心の社会における女たちの在りようが、これではならないという解放への志向と、反世界ごのみである。だが、一葉の文学にも稲舟の文学にも、同じ頃に生まれた幸徳秋水のような社会主義的な作品展開はついにみられなかった。

無理もないことだけれど、稲舟にとっての文学活動期の数年間は、すべてといってよいほど、官能的耽美的時期とみなし、一括していいようである。稲舟と一葉の文学のちがうところは、一葉は小説のみを書きつづけていたが、稲舟は当時の流行である浄瑠璃の台本を書いて発表していたことであろう。稲舟がなぜ浄瑠璃に魅きつけられたかというと、それは浄瑠璃の演者であった女義太夫の耽美性によるものであった。稲舟は鶴岡にいるころからこの女義太夫に、どうしても魅きつけられていたし、そこから眼が離せなくていたのである。美しい女義太夫によって演じられるのでなかったら、稲舟は決して見むきもしなかったことだけは確実である。見える形の魔に魅入られる稲舟と、その形を突き破った内側まで描きかけた一葉と。

稲舟のこのフェティシズム（呪物崇拝）は、普通人にはちょっと考えつかないような徹底さがあったように思われる。稲舟という一人の女性の生きた時間までできるだけさかのぼって、その生の軌跡に貼りついて見つめた私は、この稲舟のフェティシズムに、抬頭した資本主義を見せられた。

繰り人形。人は繰り人形であるときのほうが多いだろう。稲舟自身、時代に踊らされていることに薄々気がつきはじめてはいたのだ。だけれども、それが覚醒となるまでにはいたらなかった。

「赤い靴」という童話がある。キリスト教の祭日に、教会に赤い靴をはいていってはいけないのを知っていた少女は、目の悪いおばあさんをだまして教会に赤い靴をはいていったのだが、靴が踊り出して、少女は踊りやめることができなくなり、死ぬほど踊りつかれ、教会の中に踊り入って神に折りをささげるとその踊りはやんだが、少女の命は絶えてしまう。そんな話なのである。赤い靴に魅入られた少女のフェティシズムも稲舟のそれも同断である。

「赤い靴」とは残酷な話である。稲舟は自分のフェティシズムに導かれるままに踊り出した。

美妙の母と祖母

若き美妙の最盛活躍期の頃に、彼の腕一本で建てた神田永平町九番地の二階建の家には、美妙の母と祖母が同居していた。前にも書いたけれども、この新築二階建の家を、彼はわずか二十二歳の時に手に入れたのだから驚く。内田魯庵は彼を「欧化熱の早産児」と評したのだが、美妙はこの神田永平町の新居の書斎を洋風に飾りたてていた。

稲舟は、この美妙の家を訪れるたびに、江戸のしきたりで身を持している美妙の母よし、それにしっかりものの祖母ますの二人の女から圧迫感をもたらされその前途に影を落とさせられていたのだ。

「はしのあげおろしまで」という言葉があるが、我儘いっぱいに育てられ、そのうえ規格はずれの異端的熱情を内に蔵している稲舟が、はしのあげおろしまでこの二人の女に監視されるのでは、はじめからうまくいくはずはなかったであろう。稲舟はそのうえ、からだが弱かったし、彼女に普通の嫁の常道である炊事、洗濯、ふき掃除、草むしりなど、期待するほうが無理というものだった。

「すぐと合作小説は文芸倶楽部に依って公にせられたが、扨も好事魔多しと小説家なら書くところ、天、此良縁を悪くんだのか、平和なるホームの海も是れから波風が起り始めた。夫れは何でせう？　美妙の祖母です。是が中々八ケ間敷いのに、親を棄て世間を構はず百年の身を愛といふ皮を被った獣欲の犠牲にして省みぬ稲舟と出逢っては、誰かの善く言ふ旧思想との衝突は到底免れないのです」（明治二十九年三月八日、中央新聞）

「中央新聞」の記者にまで祖母ますの気丈さは伝わっていたようであるが、それにしても当時の道徳観というのは空恐ろしいまでにタテの系列が厳としていたことがわかる。

稲舟がもうすこし苦しい貧困の家に育ち、塩鮭を人間の食べものと思わぬような、番茶を大赤と卑しめるような育ちかたをせず、「食わなければ飢え死ぬ」ような育ちかたをしていたならば、好きな美妙に踏まれてもけられても従っていったのではなかったかと思うのだが、そのような育ちかたをしていたら美妙は稲舟を愛さなかったかもしれない。

美妙の母も祖母も、稲舟のことをはじめは気に入っていたようである。稲舟を気に入っていた、といういいかたではなく、稲舟の家の背景を含めて納得できたといい直すべきであろうか。

とにかく、稲舟が加賀の前田侯の縁籍にあたるともきかされていたし、容姿身仕度も不足のない稲舟は、美妙の母や祖母の前に出てくる美妙の相手の女たちの中では、もっとも条件のととのった者として、山田家の嫁の第一候補とみなされていたのである。ただ、稲舟は跡取り娘であった。古いしきたりに固執する美妙の母と祖母は、その点にこだわっていた。

次は、小説・田沢稲舟として、長谷川時雨が「朝日新聞」に三十回程連載したものの一部だが、この人の書いていることは、小説とはいえ割に正確な事実にもとづいているように感じたので、ここにその一部分を転載させていただく。

「『あなたは他家へはお出になられないのでせうね。御惣領では……』

と、それとなくお嫁にゆかれるのかといふような、口うらをひかれた。

『お宅は、お妹御さんおひとりですか?』ともいった。

錦子は美妙のお母さんのいふ意味を、意識しながら、自分には優しくしてくれる祖母が居るので、大概な願ひは叶うのだといふやうに言った。

すると継母ではないかときかれたので、錦子はどぎまぎした。そんな筈はないとうち消した。

『でもね、財産のあるお家の、家督を捨て、いくらあなたが物好きでも……』

と、お母さんは考へるように言ふのだった。

錦子は、ふと、暗い気がした。美妙は好きで好きで堪らないが、このお母さんや、もっと強いおばあさんが居る、この家の者にはなりきれないと思ふのだった。

(中略)お母さん方は、息子も厭ひでなさそうな娘で、丁度好きさうだと思ふが、この娘が自分に代って炊事や、掃除などをするだろうかと考へるのだった。嫁は使ひよい女中をかねなければならないといふのが、その人たちの女庭訓であったのだ。」

「嫁は使いよい女中」とはシンラツな時雨の表現だが、老婦人たちにきいてみると、

「それはほんとうのことなのだ。私も若い頃は姑たちに、女中同然のあつかいをうけたし、朝はいちばん早く起き、夜はいちばんおそく寝、風呂も仕舞い、牛馬のように働いた。そのイナフネさんという人は、話の様子では、そのお姑さんやお祖母さんにつとまるはずはない。時代をまちがえて生まれついたのよ。考えればかわいそうなことをしたものだね、いま頃生まれれば、どうということもなく、目立たなかったのに」

と評される。

時代をまちがえて生まれて生きた悲劇というのは、いまだって変わりはないが、いまなら、格別の波乱もなく生きるには生きられるのだ。

ノート

この頃の美妙は、改進新聞社の勤めもやめてしまい、金港堂の「都の花」も廃刊になり、家の中はしだいに苦しくなっていた。

この期に稲舟は美妙とのつきあいを深めていた。女のあしらいにかけて熟達していた美妙は、濃艶な浅草の女石井とめを片手ににぎりながら、十九はたちのおぼこ娘稲舟の心を繰るのは雑作のないことであった。稲舟は、美妙の女あしらいにかけての活殺自在な呼吸に気がつきはじめてはいたけれど、美妙以外の男は考えられなかったから、どこか底さびしく、美妙を慕っているしかなかった。

そのようなある日、稲舟は美妙の書斎を例のごとく訪れ、美妙とさまざまの話をしていたのだが、美妙が席をたったときふと、青黒い表紙のノートが美妙の机の上にあるのに目をとめ、ぱらぱらとめくって見た。見ては悪い、という心があるので、ただぱらぱらしただけだったが、そのノートの表紙うらに、鉛筆の走り書きで、一首の歌が書いてあるのに目をとめた。


なまじひにあひ見る事のつれなきにさりともあはで返されもせず

二十四年十一月六日作と記してあった。

たいていの女というものは悲しいもので、関係をもってしまった男の書くものなら、それはすべて自分のことを書いている、と思いこんでしまうところがある。この三十一文字にこめられた屈折した男心は、当時美妙がつきあっていたどの女にむけてのそれであるのかは不明なのだが、稲舟は、この一首にこめられている歌心は、なぜか自分にむけられてのそれのように思った。

美妙とても、数多くの女たちにかこまれて、もてることは当然のことながら、時に薄い疲れが身をひたし、女気を遠のけようとするときもあったであろう。「なまじひにあひ見る事のつれなきに」とはずいぶん複雑で近代的な心理のアヤを歌いこんだ歌で、さすが才人の描写と思わせられるが、稲舟は、この歌にこめられたものが、自分にむけられたもの、と思いこんだ。それはたしかに、相当にあたった観察でもあったのだ。

この頃の美妙は例の浅草公園の女、石井とめに熱愛を捧げていた時期であった。美妙というのは、青くさい女を好まぬところがある。爛熟した女――果物なら完熟した、彼はそういう女に溺れこむようである。この同じノートを稲舟が熟読したならば、おそらく結婚まで自分の身を運ぶことはしなかったのではないだろうか。この青黒い表紙のノートには、石井とめを九月尽日に落籍して、その祝賀の模様も記されていたのである。その日が暴風の日であることと、〝一直〟（いちなお）から料理をとったこと。その料理の内訳は、茶碗もりや、鯛のお頭つきの焼きものや、赤飯であったことまで記されているのである。美妙が、完熟した石井とめの蜜のような肉体にどれだけ深く惑溺していたか、このノートの記述でわかるのだが、その頃の稲舟は、男心というものも、まして美妙の複雑な心もわかってはいなかった。

髪切り魔

この頃、稲舟は東京と鶴岡の間を何度か行ったりきたりした。

長谷川時雨の「春帯記」によると、この頃稲舟は、また「髪切り魔」にも襲われた、と書いてある。

美妙とごく親しかった石橋思案から得た情報をもとに書かれた「春帯記」は、いくぶんあやしげな記述もなくはないが、このことと、稲舟が隅田川に身投げしようとしたことがあるというそれは、どこか妙に生々しい真実味を帯びている。

当時、女の髪切りがはやっていたのである。東京の下町の女たちの間には、黒い鋭い歯の虫が、女の髪を噛み切るのだという流言があって、呪文を書いた紙を髪に結びつけたりして予防を計ったりしていたらしい。だがそれはじつは色情狂の男が、若い女の髪を切ったり頰を切ったりしていたのである。

いまでも、きらびやかな振袖に硫酸をかけて着物を黒く焼く男がいるが、明治にも娘の髪や頰を切った、ということがあったのだ。とりわけ美しい娘や、目立つ恰好をした娘たちがその髪切りや頰切り魔に会った、ということである。

ある朝、稲舟が寄宿先で目を覚ましてみると、唐人髷がころりと落ちた。家の者たちは「神業」だとさわいだが、稲舟はこの髪切り魔に出会ったのである。髪が全部切られたのではなく、一部つながっていたので、朝まで気がつかないでいたものであろう。稲舟は、唇の色をかえて震えあがったという。

稲舟は無口だったが大胆なところがあったから、きっと派手な身なりをして外出したのであったろう。彼女には「七面鳥の錦」というアダ名があった。稲舟は無口だが気まぐれだったから、その日の気分であれこれと身なりを変えたりした。「復古趣味」の気分に支配された日は、高島田に薄紫の着物を着、また洋風の考えの強さに魅かれた日は洋風な気分をとり入れた服装に三つ編のお下げにするなど、彼女はその身なりをいろいろに変えたのである。

その作品が世に出なくても、稲舟ほどに個性の強い女が美妙のそばに出没するというだけで、当然みんなの目につやいたし噂にのぼった。石橋思案も、稲舟を美妙の関係する女と見ていたろうし、その稲舟が美人のうえに、なかなか派手に身なりを変えるのを彼も見ていたので、稲舟の身辺に起きたいろいろなことに気づいていたのだ。

美妙は稲舟のそのような強烈な個性に強く魅きつけられていたのだ。美妙も貧乏たらしいのはきらいだったから、稲舟のその鋭いにぎやかさを、ちょっとだれにでも見られない個性として面白いと思ったのだ。

隅田川

東京の旧市内を貫流して東京湾に注ぐ川が隅田川である。

荒川の下で東岸の堤は隅田堤と呼ばれ、桜の樹がたくさんあり、桜の頃は、ここいらにたくさんの人が集まってきて賑わう。大きな川で水がたっぷりと流れていて、昔は澄んでいたというけれども、当今では、どのような水質であるのか、その流水が信じられる限りではないが、東京の旧市内を流れる川として、たくさん下世話な物語とか情緒を生んできた川だ。

稲舟が何度目かの上京をし、何度目かの帰郷を実家から迫られた頃、稲舟は相当に深刻に精神に錯乱をきたし、この隅田川に身投げしようと思ったことがあった。

稲舟の性格は表面的には無口で温和しく、しとやかだったけれども、燥と鬱の感情の振幅が激しく、その感情生活はたいらかではなかった。

「私は十七歳で明治二十七年に入学したのですが、稲舟さんは一年位後に入っていらっしゃったと記憶しております。私より大分年上のように見えました。（中略）お人柄はまじめな一面、時によると大変興にのりハシャグ事もあり、また当時として一般女学生がはかなかった紫袴をはいて来て学校当局に止められたこともありました」

これは、共立女子職業学校（現共立女子大学）図画科（甲）を卒業した工富かね子の証言だが、この話の中に出てくる稲舟像は、相当あざやかに稲舟の性格を描き出している。

その人の思想を知るには、まずその人の帽子を見よ、という言葉があるけれども、当時学校でとめられていた紫袴をはいて学校に登校するというような、なんとも大胆反逆的なところがいかにも稲舟らしい。当時は、タテの系列がまだ凍ったままだったのだから、稲舟のその反逆性はなまなかの行為ではなかったし、同級生たちの驚嘆をかったものであろう。

彼女は紫と黒という色彩に固執した。それは彼女の内なる貴族趣味が捉えた色感なのだが、それらの富貴をあらわす色どりに、このように彼女が徹底してつきあっていることもまた面白い。

彼女は、「自分がこうだと思ったことは、そのことが正だろうが邪だろうが」やってしまうところがあったのだ。彼女は自分のそのような激しさに身を灼いて生きるしかなかったのだから、外速と内速の落差が激しくなると自己分裂が起こり、極端な自己放棄へとなだれこんでいくことが再々あったのは当然である。

「墨田川投身も、知っているものはすけない」（長谷川時雨「春帯記」）

激しく無法な稲舟は、時代と激突したとき、また人間の修羅と向きあわせられたとき、なんどか死のうとしたことがあったのであろう。

稲舟の自伝小説とされている「鏡花録」に、桜津綱雄という男性が大きく出ている。この男性は、「鏡花録」の説明によると、稲舟を慕っていた男性であったことはまちがいないと思われる。

「家でごく懇意にしている桜津綱雄という人があった。其人はたしか去年のくれになくなられた当時有名なある書家の弟子で、手はなかなからまく、又漢字も余程深く学んだとかで、話が一寸面白かったのみならず、まづは随分好男子の方であったけれど、鼻立と猫背は実に感心しなかったが、色が白いのでともかく其七難はかくしてゐた。自分は男女とも友達はあんまり沢山もたない方だが、此人ばかりは俗人とは余程ちがって、かつ音楽のたしなみもあり、もともと良家の子息とて仕打がなんとなくしとやかで、否味もなく、佞姦らしい所もなかったから、自分は只いい友達だと思って桜津のきた時はいつでも一所に話をした。始のうちは一週間に一度位しか遊びにこなかったが、だんだん二度三度とくるようになり、其都度中々急にはかへらぬ。自分はもともと我まゝだから、もう大がいにして帰ってくれればいいと思ふ事も度々あるようになった」(句読点は筆者)

稲舟は、桜津綱雄という男性についてこのように描いている。

彼女らしい、ムキで子どもっぽい正直な描写に、私ははじめて読んだとき噴き出したものだが、稲舟としては在郷時の数すくない交遊関係の中で、彼はもっとも重んじてつきあいをしていた人の一人だと思った。

稲舟という女は、その理想追求が激越だから、はっきりいって当時の田舎インテリであったこの桜津綱雄という男性程度の枠におさまるものではなかった。

稲舟にとって「ほかにいい人いないから……」、鶴岡に在った時は彼を自分の話相手の男性として考えていた。その枠を出ないのがこの二人の関係だったのである。

この桜津綱雄という人は、私の調べたところでは実在した人である。だが、現在もその子孫のかたがたがおられるので名前は伏せたいと思う。驚くことは、稲舟はこの桜津綱雄が終生身近なつきあいの範囲にいたのに、「鏡花録」の中でズヶズヶと彼のなり形を批判し、見ようでは暴露的に描いていることである。

桜津綱雄という人は良家の子息で、音楽はもとより芸術を語り、また筆のたつ相当のインテリであったことはまちがいないのである。

「ある日、古道具屋がにせかどうだか自分にはよくわからないが北斎筆の揚貴妃の幅を持って来た。多分にせだらうとは思ふけれど、図どりが実によくできてゐて筆力もなかなかある。代価も相応であったから父にねだってとうとう買ってもらひ、自分の居間にかけるやうになったが、これに対する額を見れば字は極めて拙いながらでも、当時有名な何とかいふ人の雨奇晴好といふ金釘四字。自分はもともと男のような荒っぽい気性だが、室内の粧飾や衣服調度のたぐひはいづれも皆艶きはまるものを好む方だから、これではなかなか我慢ができず、(中略)気長く書棚の前にこびりついて文選やら卓氏藻林やら白氏文集やら、はては経巻のたぐひまで引ずり出して、(中略)自分の好な長恨歌だ、このうちの句ならば皆いゝが、それにしてもそう沢山かく訳にもゆかず、どの句がいいかと二度三度くりかえしよんで見たが、其うちの夕殿螢飛思悄然という句が気に入ったが、扨誰にかいてもらへばいいか一寸こまった。まあ誰がいゝだろうとしばらく考へた。ア灯台もとくらしだ、桜津さんだ(中略)あの綱雄さんにかいてもらはう」

稲舟はこのようにして、自分の好みの言葉を桜津綱雄に書いてもらうのである。彼女の遺稿を見ると、ずばぬけた毛筆の実力をもっていたことがわかるが、その彼女の気に入るほどの筆だったというのだから、桜津という人は、相当な筆のセンスをもっていたのであろう。そして桜津綱雄は、その言葉を書いて持参した時、彼女に自分のつね日ごろの想いのたけを書き綴った恋文も、いっしょに手渡したのである。稲舟は当時、その桜津綱雄の行為を馬鹿にした気持でいたのだが、後年、夫美妙の背信をまのあたり知るにつけ、その桜津綱雄の純情を踏みにじり嘲ったりした自分を思い出して、「自分は当時、目的かいすかのはしとなったむしゃくしゃまぎれ、罪も報もない人を実に嬲てもてあそんだのだ。今更思へば人の感情をもてあそぶといふのは極めて罪の深い事で、決して正しい乙女のすべきわざではないと心（シン）から後悔するが、其時は別何とも思なかった《ママ》」とふりかえって自分を批判したりしているのである。

この文は「のみならず男といふもの、極めて極めて浅はかで迷ひやすい、かうもつまらぬものかとひとりつくづく笑ひてゐたが……」、とつづくが、この一節は、山田美妙にもむけられた彼女の男性憎悪の毒舌であることに注意すべきである。彼女が理想の男性と思った山田美妙への失望は、彼女の胸裡に死の棘となって突き刺ったのだ。

稲舟の純一な心の在り拠が頭の切れる美妙には当然のことながら判っていたはずだが、「浅はかで迷ひやすい」男性のひとりである美妙は、あちらこちらと視線を散らしていて、稲舟だけを見ているというわけにはいかなかった。

国立史料館の榎本宗次教授とお会いして、山田美妙についての助言をいただいたりしたのだが、その折、榎本教授は、

「伊東さんの田沢稲舟はさりながら、山田美妙の描きかたがなかなか深く面白かった。先に小田切秀雄教授が、山田美妙がきらいなのでその相手の稲舟のことに気がつかなかった、ということをあなたにいわれたそうだが、それは君まちがっているよ。そうじゃないんだよ」

といわれた。

私には、男性の生理といふものがわかっていない。山田美妙は、稲舟と結婚して三か月、その新婚生活の渦中にも新橋の歌妓と情交をつづけ、稲舟が鶴岡に帰るやいなや、その女性と結婚し、子をもうけ、美妙はその女性と終生いっしょにいることになるのである。

残酷な話だが稲舟という女性は、「食い道楽」で、性的快楽主義者である美妙の「性」を、ほんとうに充すことができなかったように思えてならない。美妙と別れた頃の稲舟は肉体的にも相当の弱りを見せていたのだが、美妙は稲舟との性的交渉の状態を記すに、その日記に「大抵」というような言葉で書いている。「大抵」とは実にミもフタもない言いかただが、恐ろしいことに、日記の中のこの二字が美妙と稲舟の破婚の現実的中味であったように思えるのである。

「性」というものは、そのものだけで独立するのではもちろんなく、それとからみあう観念との総体が互いに呼びあうわけだけれども、稲舟がセクシーな女性でなかったのは事実のようだ。「男というもの、極めて〳〵浅はかで迷いやすい、かうもつまらぬものかとひとりつくづく笑ひてゐたが」という稲舟の言葉は、だから負け犬の遠吠なのだ。性も含めた稲舟の総体が、美妙の総体をがっちりととりおさえていたならば、彼女はこのような泣きごとを吐かないですんでいたはずである。

「両親が他出で、気にいりの女性ばかりを相手にして遊んでゐた時、大変いくら手紙をよこしても一度も返事をしないもんだから、もうよッぽど気ちがひじみてゐる例の中将がやッて来た。始のうちは只あたりまへの世間話をしてゐたが、丁度わるく用があって女中が勝手に立ッて行ったすると、中将機失ふべからずといふ意気組、短兵急にせめかけた。自分は実に薄気味わるく何もいはずもじもじしてゐうちに、さあしゃべッた〳〵息もつかず、つらいつれない薄情無情、つまり其名は変ても氷砂糖、金平糖、有平糖といふような、質は同じな言葉ばかり稍一時間もならべたてた。そしてどうかこれほど思ふ心を察して、否でもあらふが色よい返事をと、男のくせに見ッともない、自分の前に頭をさげた」

桜津綱雄という作中は仮名ながら、実在の男性は社会的に後年知名度の高い人にもなるのだが、稲舟の魔的な魅力の前で、右のような姿をさらしてしまったものであろう。なんとかいっしょになりたいものだと、必死で稲舟に全力投球をしたものであろう。

稲舟の、なにかにとりつかれたような魔的な様子は、男心に性と錯覚されてアピールしたのは当然のことであった。桜津綱雄は、やはり鶴岡唯一のインテリの男性だったから、女を見る眼も高かったであろう。稲舟を見て、自分に見合う女はこの女しかない、と思ったのだ。恥も外聞も捨てて稲舟に泣きついたこともうなずけることだ。当時の稲舟はすでに、魔の都東京に魅入られてしまって心は鶴岡になかったのだから、田舎インテリの桜津綱雄の妻におさまって、一生を終わろうつもりはさらさらなかった。だから、桜津綱雄がなにをいおうと彼女の目にも耳にも入りはしなかった。

しかし稲舟の描写が時に気が狂っているのではないかと思われるように下卑て乱暴になるのはどうしたことなのか。「つまり其名は変ても氷砂糖、金平糖、有平糖といふような、質は同じな言葉ばかり」とは、高貴の美を追求する稲舟の描写とは信じがたい。稲舟はこのような描写をしょっちゅうしたのである。現実への不快感をあらわすに、幼児は意味不明の地団駄を踏んだりいやいやをするのだが、稲舟のこのような描写は、幼児のそれと似ているのだ。「鏡花録」における桜津綱雄に関する彼女の記述は、美妙への失意による狂乱から出てきた悲鳴のような文章だから、「鏡花録」のなかで彼女がほんとうはなにを描きたかったのか、よく読んでいくとあやふやな印象を読者にもたせる。だが、もうすこし彼女の書き残したものを読んでみよう。

「するとまあ、お気の毒な桜津は、只無言で、涙ぐんで、自分も流石かあいそうなと思たが、例の気性だからまずは言った。あなたは私みたやうなふつつか者をそれ程までおぼしめし下さるのは実にありがたうございますがね、私は幼少い時から何となく世の中のつまらないといふ事に気がついて、どうしても一生夫をもたずに独立しようとかたく心に誓たんですよ。で、御ぞんじの通り一度は医者にならうかと思て失敗し、一度は画師にならうかと思てやっぱりいけず、もともと好きな道ですから文学でもとぞんじましたが、世にいふ下手の横好で、また格別立派な高等教育もうけませんからそれもできず、実に自分ながら才のないのに気をもんで、もう始終むしゃくしゃしてるんでございますよ。で、私はこの家をつぐんじゃなし、どうしても何か一つ一生たべて行く丈のわざは覚えなければならないんです。それでこの頃は写真師にでもならうかと思てる所ですから、実に有がたいんですけれど、とてもあなたの御満足のできるお答えをいたす事はできませんから、どうぞあしからずおぼしめしていただきたいんです」

と稲舟は書いているのだ。

「この頃は写真師にでもならうかと思ているところですから……」とは、山田美妙とすでに関係をもっている稲舟としてシラジラシイ言葉だが、これが十九歳の才女稲舟が編み出した「男を捨てる術」だったのだ。

桜津綱雄という男性は、つまるところ平均的男性というところのようである。

「なるほどそういふおぼしめしならば御否と仰るのも無理はありません。しかしあなた、人間何が面白くないと言て孤独の生活ほど不愉快なものはないといひますから、猶よくお考えなさって下さい」

傷つけないように桜津綱雄を捨てようとした稲舟にむかって、桜津綱雄はこのようにいうのである。

これは、体制の範疇でしか生きることのできない男が女にむかっていう、性の所有のエゴイズムを拡大するときの常套手段である。稲舟は、桜津綱雄の性の道具にされることをその鋭い直感で見抜いたのであった。

稲舟と同じ庄内（酒田）出身の女の作家で森万希子という人がいるが、この人の出世作「単独者」の中に、それと似た場面が出てくる。

「生の不能者」としか呼びようのないような作中の女主人公と性的な交渉をもっている男が、女主人公にむかって「愛しているから」という言葉をいうのである。作中、主人公はその空虚な言葉をいう男を馬鹿にして視ている、そういう作品である。

森万希子の終末意識は「愛」という安直で腐った言葉を鋭く拒絶するのだが、稲舟文学より七十年後の同じ庄内出身の女の作家森万希子において、この位の文学的達成をみている。稲舟とこの森万希子の作家体質は似ていると思うが、二人とも「北の作家」である、と私は思った。

「此日を始として、其後くる度毎に否なって、果は顔をみるのも声をきくのも否になッたけれど、桜津執念深くも中々思ひ切る景色はなく、やッぱり自身のうぬぼれ心か、只乙女心で恥かしいからあんな事をいふのだろう、ほんとうは屹度自分を思っているのにちがいないとでも思ったものか、とうとう公然両親にむかって結婚の事をいひいれたので、両親は自分をよんで、どうでもお前の心次第にしろと言た」

桜津綱雄はこのように稲舟に結婚を申し入れてしまい、彼女がいう「いすかのはし」はますますその内実の裂け目を大きくしていったのだ。

「かうして一、二年もおくったが、いつのまにか自分の心は全く迷ッて独立主義もどうやらおぼろげに消えて仕舞、今の夫に全く迷ッた。桜津に向て高言払ッた言葉もあだ、遂に両親のゆるしを得て結婚したが、この結婚について世間では何のかのと口うるさく小言をいふ。思へばまことよけいなお世話、実に実にいまいましい。これにつけても桜津はさぞまあいい気持だと思ふだろう。嗚呼、思へばしかし、このやうな何のうつくしい所もない我ながらあきれはてるこのまあ否な鏡のかげを、あれほどまで熱心に思ッてくれた心根はまんざらにくくもないやうなけれど、どうしても否だ。実の所只気の毒であったと思ふばかり。今日といふ今日、鏡に向ッてそぞろにしのぶ」

十九歳の稲舟の現実場面では、この桜津綱雄とできたら結婚させたいとする、稲舟の両親の意向がでていたのである。「心根はまんざらにくくもないやうなけれど、どうしても否」と、美妙のいる東京にむかって走った稲舟に、フローベールが描いたエンマ・ボヴアリーの愛らしくもグロテスクな夢想の末に滅びてしまった姿を見る。

日清戦争期

明治二十七年八月一日、日本は清国に宣戦布告をし、日清戦争がはじまるのだが、この日清戦争と次の日露戦争を遂行したのは官僚と軍部と政党だった。

日本資本主義とそれを育てた明治国家。北村透谷の告発は、その国家が資本の蓄積を農民の犠牲のうえに強行したことを指摘したのだが、一八八〇年代後半から、深刻な不況が全国に渉っていた。この状況のなかで小営業農家の倒産はあいつぎ、資料によると一家離散したものは二百余万といわれている。豪農層にもこの状態は及んでいたが、一部のものはいっそう土地を増やして寄生地主となり、国家の末端官僚とむすんで地方での支配的地位を掌握していったのだ。

稲舟の生まれた庄内地方も、江戸時代から地主の成長が見られたが、地租改正によって地主制はますます有利になっていた。明治十三年の西田川郡の全耕地のうち、地主所有の割合は四十三・四%、三十三年は四十五%四十三年は四十八%と増えていっている。

また、西田川郡に於て、明治十八年から大正五年までの間に地価金一万円以上の大地主が二十人から三十八人に増えている。このようにして庄内の農村地帯もまた、政治的・経済的・社会的に地主勢力の支配のもとにおかれるようになった。

このような体制的地盤のうえに日清戦争は起き、当時の日本人のたいていは愛国主義の潮流にのみこまれていった。山田美妙や田沢稲舟などの先端的インテリといえども同断であった。

大清国を屈服させたことで「いまや維新の大業は成った。この勝利は日本の文明の勝利にほかならない」と国民に告げた福沢諭吉の錯乱に、いま在る私はキョトンとさせられるのだが、この時から日本の知識階の内部には、いいしれぬ苦悩の根がもたらされたのだ。内村鑑三が自己批判し、日清戦争を「文明の義戦」だといったことの誤りを訂正したりしているのだから、その混乱のほどもしのばれる。

当時の悲劇は、「帝国主義」（一九〇一年）という幸徳秋水の代表的な論文のことはさりながら、彼が捕えられ裁判にかけられ死刑になったとき、裁判する側もそれを弁護する側も、秋水がなにが故に捕え殺されるのか理解していなかった、という記録を私は読んだことがあり、カフカ的状況だと慄然としたことがあった。

山田美妙も田沢稲舟も、上記の作家思想家から見るとずっと小柄であり、事態の根元を見抜く力に欠け、事態に踊らされる態の作家でありがちだった。

美妙は、日清・日露の両戦争に対しては、それを「聖戦」とし、日本帝国主義を正道として物を言い、書いていたのである。

「彼は文明正道の帝国主義を外国に普及させるのを理想とする。（中略）ひそかに思ふ、有為なるわが帝国の青年諸君の中、第二の進ともなって、文明的平和の戦争によって、博愛的帝国主義の先導者たる偉人となり、わが帝国の威を域外に宣揚される人、その人はまた必らずしもわれわれの此帝国に決して乏しかるまいと」（山田美妙「漁隊の遠征」）

稲舟は明治の文明的表層に酔いしれていたところがあったから、新型のカメオの趣好に目をみはり、流行の髪型に敏感だった。「似たもの連れ」という言葉があるが、稲舟と美妙はそういうところが似ていたし、そのところで気が合ってもいた。

オシャレ好きの美妙のふところ具合は、しかし、しだいにさびしくなってきていた。美妙は演劇改良会を作ろうと劇作家の団結をはかったが、坪内逍遙などが美妙との提携を嫌って離れ、それはならずじまいに終わった。

日清戦争のはじまった明治二十七年、すでに二十一歳になった稲舟は、婚期を逸するのではないかという両親のいらだちを尻目に本格的にものを書きはじめていた。

明治二十七年の四月、稲舟の「萩の花妻操の一本」の作品が「文芸共進会」に発表された。これは当然、師山田美妙の手びきによって発表してもらうことになったものである。内容はいかにも古めかしいし、文章もまだ稲舟個有の世界を提示していないが、稲舟はこの作品発表で、大いに力づけられ、ほとんど有頂天になるほど喜んでいたのだ。

だが、かたわら、稲舟の足元には不吉な兆しが近づいていた。

明治二十七年五月、彼女が自分の作品を一流誌の中に見た喜びもつかのま、山田美妙の叔父山田吉就が生活に失敗して上京し、美妙に資本を借りてラムネ工場を作り、色つけラムネを作って市場に売り出そうと考案したが失敗したのである。このことは、山田美妙自身がやったことではなかったのだが、世評は、美妙を山師的事業家として噂したのである。

私の推測でも、この事業の件には、美妙が全然からんでいなかったとはいえないように思えるフシがある。美妙が叔父に金を貸すとき、当然相談はうけたはずだから、美妙にもその事業に対するいく分の色気はあったと見ていいように思う。美妙はフトコロ具合がさびしくなってきていたから、なけなしの金を叔父に貸し、あるいは一山当てようと思ったかもしれない。

稲舟は、師を信じたかったから、美妙へのこの世評にひどく胸をいためた。だが稲舟には、これらの世評にむかうに、なにひとつ方策があるわけではなかった。美妙は、こまかい仕事はつづけていたが、これという大作もなく、また彼の実生活の内容はあまりにも複雑で、ちゃんとした作品にとり組もうにも、周囲の物音が大きすぎるのであった。稲舟は、一流誌に自分の作品がのった事に力を得て、日がな机にむかい次作の構想を練るのに余念がなかった。日清戦争による戦争景気は、戦勝戦勝の報道に湧きたっていた。稲舟も、神国日本が他国と戦争をして負けるなど夢にも思っていなかった。

かげる夏

明治二十六、七年頃の明治の文壇は、小説の主流が後退しかけ停滞期に入っていったときである。「撥鬢小説」「探偵小説」などが流行をみ、尾崎紅葉や幸田露伴の小説は倦かれだしていた。社会全体にダレがみえていたが、これを刺激したのが日清戦争で、この戦争は、当然社会のあらゆる面をゆり動かし、文学界もこの刺激によって、いろいろの意味で動き出したといえる。

この頃、とくに急速に印刷術が開発され、「文芸倶楽部」「太陽」「新小説」などの大型雑誌が続々と発刊された。作家たちの活躍の場が拡大され、発表の場が増えてもいた。この頃から、日本の新聞雑誌は隆盛をみていくわけだが、この期において女流作家・女流民権運動家の活動もさかんになっていくのである。

新進作家を要求していた文学界は、若松賤子・小金井喜美子・樋口一葉・三宅花圃・北田薄氷・大塚楠緒子等の女流作家を迎え、彼女らを強力にバックアップしていった。だが、これら女流作家群の作品的実力のおおかたは、極端ないいかたをすれば単なる筆達者の領域を出ず、個有の作品展開をするまでにはいたらなかった。ただ一葉一人がその描写の確かさで光っていた、と断言していい。そして稲舟は、美妙の作品的沈滞の打開策としてなされた、彼の演劇改良へのうごきに併行するように新作浄瑠璃の作品を生み出していった。西鶴・近松などの元禄文学や中世文学の研究が流行していた中で、稲舟もまた新作の浄瑠璃を考える場合に、西鶴・近松の作品を再読していた。

二十七年の春には、博文館が「西鶴全集」の企画をもった。

彼女の浄瑠璃作品は「新作……」と名称されたけれども、その内容を読んでみると、題材や会話部分にいささかの工夫が見えるだけで、浄瑠璃形式に対しての揚棄にまでいたるような批判を内蔵する問題意識はなかったし、江戸時代からうけつがれてきたいわゆるカギカッコつき浄瑠璃的発想を出るものでもなかった。

博文館の「文芸共進会」（五巻四号・明治二十七年四月）に出した稲舟の「萩の花妻操の一本」義行物語の段も、主君の子どもを自分の子どもととりかえて育てるという、よくある武士道精神高揚話といった教条主義に塗られた作品なのだ。ラシカラヌウソ八百とはこのことで、稲舟の自覚せぬ嘘つきぶりに首をかしげるが、この話の構成された影には、美妙の顔が見えてならない。

稲舟の浄瑠璃作品には初期と後期のもの、つまり「医学修業」や「しろばら」の小説作品を境にして、その前とそのあとのものにわかれるようである。

稲舟二十一歳、彼女の文学における盛夏がこのようにはじまったのだが、美妙の叔父山田吉就の「色つけラムネ」事業化の失敗にことよせて、美妙を「山師的事業家」と見る世間の噂とそのあとにくる凶事は、稲舟の身にも近づきつつあった。

稲舟は、神田平永町の美妙の書斎にいた。明治二十七年のことであった。うず高い書籍や洋雑誌類、それにヴァイオリンや画集の類が稲舟の目にとまる。美妙の部屋に座っていながら稲舟の心はどこかうつろである。この部屋にいても、たった三年前の、あの五体の震え出すような興奮はいまはない。六月の終り、若緑だった神田界隈の樹木の色も濃緑に変りつつあった。この日の稲舟は、めったにないことに、地味な真岡木綿の浴衣で白い首筋をおおっていた。派手に感じられる気配を拒む心があったからだ。稲舟は、やつれを見せはじめている頬をうつむけて、膝の上に重ねたたもとをいじっていた。

「先生、やっぱりこの家は引越されるのですか。この部屋、たくさんの本。田舎者の私は、はじめて先生のこの部屋を見たとき、あまりたくさんの本にびっくりしましたの」

そういって、稲舟は突然ヒステリックに甲高い声で笑った。だが美妙は、稲舟のそのような笑いを受けて笑わなかった。彼は色白で「ホーレル水でものんだ」ような日本人離れのした片頬をゆがめると、ひきつったような声で、

「叔父があんな失敗をしちゃって。もうどうしようもないサ。フトコロ具合もずっとすずしくなってきたし、ここいらは閑静でいいところだが、もうあきらめるよりしかたがない。僕の生活はつぶれかけている。ほんとさ、フフフ、君にはわかるまいがね。君の家はお金持らしいが、僕の窮状を助けてはくれんものかね。だめだろうね。僕のようなスカンピン作家なんか君の家じゃ信じちゃくれまいだろうから」といった。

稲舟は、自分にはよくわからなかったが、なにか恐ろしいよくない空気にとりまかれはじめていることに気づいた。いとしい美妙を助けたかった。だが、小娘の稲舟にとって美妙の窮状はあまりに大がかりなものだったのである。

彼がこの神田平永町九番地の、当時としてはハイカラな二階屋を売却して小石川区久堅町に引越したのは、美妙二

十七歳、明治二十七年九月のことであった。俊英二十二歳の美妙が得意の絶頂で購ったこの神田平永町の家を、五年住んで彼は手離したわけである。稲舟と美妙は黙りこくって、美妙の本の山を整理したであろう。稲舟は美妙の指示をうけて、次作の新作浄瑠璃の構成を考えていた。かつて美妙との会話のなかで、清少納言の話が出たことがあった。稲舟は、平安中期のこの和漢の学に通じた鋭角的な才女に心動かされるものを感じていたのだ。稲舟は美妙の助言のもとに、次作の浄瑠璃の材を清少納言にとることを考えていた。

稲舟は夏中かかって、「清少納言名誉唐詩」を書きあげた。

やがて初霜の降りる頃、「文芸共進会」(五巻十一号・明治二十七年九月)に稲舟の「清少納言名誉唐詩」の作品がのった。稲舟はとにかく、なにがなんでも一流誌に作品がのるようになりたかったので、このことはひどくうれしかった。だがこの同じ十一月、鶴岡に帰っていた稲舟のもとに、悪い知らせが流れてきた。美妙と石井のスキャンダルを伝える「万朝報」の記事である。

「万朝報」というのは、明治三十年代に入って尖鋭的な問題意識をかかえた評論家を揃えた新聞だったが、この頃は上流家庭の内幕を暴露する赤新聞だったという。社長は黒岩涙香で、当時は「蝮の周六」とよばれたほどの毒舌を振ったといわれている。

「(前略)事の顚末を一括せば、明治二三年の四月、美妙斎躬自ら浅草の公園に行き、茶屋浜屋に入り主婦の妹石井とめ女と親みを結び、とめ女に子までも挙げしめ、頓てはとめ女の蓄へる千余円の金を前後幾度に手を入れて之を或は人に貸付ると称し或は銀行に預たりと称し其受取り証として、一通ハ日本銀行の名を以て、今一通ハ九十七銀行の名を以て、手形用紙に「受取」の印を捺し、是れを銀行の受取なりと言ひて石井とめ女に預け置きたるに在り、既に美妙斎ハ(其金を以てなるや否ハ知らず)芸者六きんを受出し復た石井とめ女の許に至らず、とめ女は美妙斎の愛を失ひ再び糊口のたつきとして茶店の業を初んとして、美妙斎より渡されたる日本銀行の預り証と言ふ者を持ち日本銀行に行きたるに、其預り証ハ全く行外の人の勝手に作りしなる者にして日本銀行の預り証ならぬ事明瞭し、とめ女ハ美妙斎より欺むかれしを知り絶望して帰り、其次第浅草警察署に訴へたりと言ふに在り（以下略）」

「美妙日記」と照合してみても、ここに書かれている事柄はほぼ事実とみていいと思われる。

美妙ははじめから石井とめをだますつもりでいたのではない、と私は思っている。稲舟とつきあい、石井とめの「浜や」に通いつめ、その間にも「万朝報」の記事中の「六きん」（これは彼の妻となった小きんのまちがいであろう）と情事を重ね、美妙はなんとも女出入りで忙しかったようである。

石井とめのほうで警察に駆け込んだのは、無知無力な女としていたしかたないとしても、美妙のほうも警察に訴えているというのは見苦しい。警察では男女関係のもつれくらいに考えて、あまり相手にしなかったらしい。

石井とめ側の記事に対して美妙は左のような弁明書を「万朝報」に発表した。

「妖艶の巣窟たる浅草公園にても殊に腕前の凄しといはれし石井おとめ、その人の人となりは初めより知りて之を種にせんと想えばこそ近づきたれ、顧れば玆に三五年其の間の研究にて、人事千百その怖るべくその悲しむべく、その笑ふべき所もいささかは覚えつ。ひそかに枯骨に肉する感、世暮れて夢さむく、今や残月雲をはなれ覚悟の禅味深しイザヤ久しぶりの筆を染めんかと心ひそかに期せし際料らざりき御社新聞の記事によって早く之を世に紹介され端なくも御社新聞は奇妙の前触大鼓ならんとは。夫故にこそ此場合御社の記事の誣妄なるのみ責めず、又腹ぎたなく怒りもせず己に昨日を以て其の稿を起し破題まづ御社の記事をそのまま転載せり。小説中の人物も亦更に詐らず、かくさず、すべて現存の人をそのままに描き出して事の真偽を一挙に示すべく近くは浅草最寄の酒楼茶席などに奉侍する婢女下僕の類に至るまで筆にまかせて列挙せん、兎に角に事情右の如し、杓子定規の条例によれば貴社の記事の可なり誤まれる点は改まって取消を望むのみ」

美妙はこのように言いぬけようとするが、両者の言い分を比較し、「美妙日記」と照合してみれば、あきらかに美妙の言い分が脆弁であることが浮き出てくる。「小説のモデルにしようため石井とめに近づいた」とはなんとも酷な言いかたで、美妙らしい。熱愛し、抱いたはずの女を、どのような事態になろうとこのように書く美妙の陰惨な弱さは、どこから来たものであろうか。

石井とめはみよという美妙の子までもうけた女なのである。

若い稲舟にとって、この事件についての全貌は摑みきれないところがあった。稲舟はひそかに東京の親しい人たちに手紙を出して事情を知ろうとしたであろう。

鶴岡の稲舟の実家では、おそらくこの事件は知らずに過したろうと思う。それでなかったら後年、稲舟の両親が美妙に彼女を託すわけがない。

耐えしのんで鶴岡にいた稲舟は、家の者たちが気づかないでいる、この美妙と石井とめとの事件に、かたづをのんでいた。

稲舟は、男の劣情というものにどうしても理解がいかなかったので、時には美妙を小汚いものとして、もう頼るまい、と思うこともあったが、その半面、「ふん、先生ほどの美男を女たちのほうで放っておくはずがない。先生ばかりが悪いのじゃない」という開きなおりをすることもあったのだ。

稲舟が息をつめて見守るなかで、この事件に文学界はどういう態度を示したかというと、まえまえから山田美妙ギライの傾向があった坪内逍遙が、「早稲田文学」に猛然と攻撃の一文をのせたのである。

「小説家は実験を名として不義を行ふの権利ありや」を「早稲田文学記者」の名で同誌十二号にのせたのだ。その文内章容は火を吐く態のものであった。

「いにしへ戦国の士人は汝虚言すといはれてだに怒るや烈火の如く、敵者を両断せざればまず自ら死なんと欲しき。これ士の自然の情操ならずや。然るに今公然新聞紙の上に於て法律上の罪人と罵られながら「可なり誤まれる記事」をも明には正誤せしめんともせず、又敢へて其の「誣妄なるをも責めん」ともせず、又殆んど「怒りもせず」恬然又冷然、否むしろ、揚々として自得の色ある山田美妙斎氏の心術は之を称して大人の雅望といふべきものなるか、はた何と名づくべきものなるか、吾人は頗るまどはざるを得ず。夫れ美妙斎氏の名は尠くとも地方の青年読者に向かっては方今文壇に著名なるものなり。氏が一身に負へる醜名は小説壇全体の醜名悪名とならざるを期せざるなり。たとひ氏の雅量は氏一身のために「万朝報」の誣妄を忍ばしめきとするも氏が文壇の一名家たるの責任は氏をして文壇の為に怒らしむべき筈なり。（中略）ただし罪悪を行ひしものにして今現に揚々自得我れは研究の為に犯罪しぬと公言するもの、尚果して多くあるか。若し多くありとせば、之れを恕すべきの道理あるか、吾人はかかる似而非雅量者の竜外に尠かざるに慨する者なり。又吾人は切に美妙斎氏のもし果して不義の実なくば明白火を観るが如き弁解書を作らん事を希ふ者なり。吾人あに強いて弁を好まんや、文壇全体の係る所、駄正する能はざるを奈何せん」（明治二十七年十一月・早稲田文学）

それでなくても落目になっていた美妙は、逍遙のこの激しい告発文章にあって、文壇的に致命傷ともいえる疵を負った。だが美妙の決定的な失脚は、この事件ではなく、これより二年後の稲舟の死によってであったのだ。

稲舟は、やがて自分の全身をすっぽりと包んでしまう、美妙がもたらすドス黒い影には気づくすべもなく、美妙と石井とめの事件をめぐる世間の取り沙汰に胆を冷やして眺め入っていたのだった。

いなぶね

明治二十七年四月の「文芸共進会」に出した新作浄瑠璃「萩の花妻操の一本」は、田沢錦子女史の名で出されている。「文芸共進会」の第五巻（三七六）第四号の「俳文」欄にそれはのせられている。この欄は、短文章雑文などの欄である。

新作浄瑠璃
萩の花妻操の一本、　田沢錦子女史
義行物語の段

このような表題のもとに彼女の記念すべき第一作目は発表されたのだが、この時までは自分の書いたものを発表するのに、「田沢錦子」とか、「田沢きん子」名で発表していたのであった。

だが、明治二十七年九月に発表された、同じ「文芸共進会」の「清少納言名誉唐詩」は「いなぶね」の名のもとに出されている。ここではじめて「田沢稲舟」の名が作品に付されて登場するのだが、ところでこの筆名はだれがつけたものなのか。

私の出生地新庄の「松屋」というお菓子屋から、「稲舟」という菓子が売り出されていて、その菓子のタイトルは、「最上川銘菓稲舟」とあり、その菓子の「しおり」には次のように書かれている。

「原始から本県を貫流して文化の母胎となった最上川の舟運は古く稲舟の往来に始まったようです。
古今集　最上川のぼれば下る稲舟のいなにはあらずこの月ばかり
と詠まれています。また本市へ合併前の稲舟村の村名は稲舟が発見されたので名づけられたとのことです。

最上川の舟運はその後漸次盛んになり、藩制時代に米の輸送路諸物資の交易路となって幾千幾万の舟が上下するようになりました。帆掛舟や筏流しが見られ、最上川舟唄の開かれたのはこの頃からではないでしょうか。大正末期までは本合海に川蒸気船も発着したものです。鉄道の開通に伴って次第に衰えて現在では殆んど見られなくなりました。近時盛んになってきた最上川の舟下りは最上峡と言われる四季を通じて眺望の優れた箇所で行なわれています」

「稲舟」というのは、古代において、刈った稲を積んで運んだ舟といわれている。私の故郷にはもと「稲舟村」というのがあって、村民は、その場所から、昔使用された稲舟が発見されたのでそのように名づけられたといいつたえている。ともあれ、古今集からとったといわれるこの「稲舟」という筆名は、稲舟が自分でつけたものなのであろうか。古今集の右の歌の歌意はいまのわれわれにはよくわからない。私自身「あなたの書かれている田沢稲舟という女流作家のペンネーム、あれは古今集からとったものときいていますが、歌はなんとなく知っているけれど、あの歌の意味というのがよくわからない。どういうことを歌ったものなんですか」と再々きかれて当惑するのである。

金子元臣著の「古今和歌集評釈全」には、次のように解釈されている。私が当惑したゆえんがわかっていただけようか。

「(釈)もがみ川　羽前の大河にして、最上郡に入りて最上川の名あり、下流は、酒田の港に注きて、酒田川と呼ぶ。○稲舟　刈稲積みたる舟にて、こは、正税を国衙に運ぶものなり。いにしへは、稲何束といひて、穂舟のままに、正税を納めしなり。○いな否なり。

一首の意は、最上川をのぼるもあれば、くだるもある稲舟の名のやうに、否といふではない、しかし、この月中だけは、障があって、逢はれませせぬワイとなり。

（評）最上川は、日本三急流の一と聞えたり。さる河上を、秋冬の交、正税の稲舟、追ひすがひ、上りくだるさま思ひやるべし。さて、そを序としたり。急流なれば、上れば、忽ちくだるの意と見むも由なきにあらねど、事狭くして、をかしからず。さて、この序は、いなにはあらずの意を、強く表示し得て、相手の心を取るに、いと力あり。かく、一度、肯諾の意を洩し置きて、さて、本題に入りて、この月ばかりは否と表裏せる紆余曲折の妙、言語に絶せり。結句の造語も簡浄なり。尚思ふに、この月は、婦人の月事を下に含めたるか。さらば、この障を過しての ち逢はむの意なるべし。こは、試にいふのみ。又、全首、語調のいたく促迫せるを見よ。音数の排列を案ずるに、

初句（三二）、一句、二句（四三）、三句（四一）、四句（四三）、五句（四三）

とやうの組織にして、句々、促調ならざるはなし。珍しといふべし。この急き込みたる調子は、男に、さらばなど怨みられて、あわてて弁疏したる趣に聞きなさるめり」

当の稲舟は、この歌の歌意をどこまで確認していたものであろうか。私見では、彼女はこの歌の歌意をもっと浅く優雅に考えていたのではないか、と思う。それと、この筆名は、美妙がつけてやったようにも思えるのだ。美妙は「山形県を貫流する著名な川、文化を生みだす源としての川をのぼりくだりする稲舟」というほどの意味をこめて、彼女が「文芸共進会」に一作を発表した機会に彼が稲舟にプレゼントしたのではないか、と思えてならない。

父の従軍

明治二十七年の稲舟は、私の推測するところでは、何度か上京したが主に鶴岡に在ったと思われる。鶴岡にありながら、「萩の花妻操の一本」と「清少納言名誉唐詩」を書いて東京に送ったようである。

鶴岡では、稲舟の父の清が、軍医として、日清戦争に従軍しなければならないような空気もあったので、鶴岡の彼

女の実家では、どこか不安でもありあわただしくもあったから、多分この時、稲舟が東京でのんびりしているというわけにはいかなかったと思う。

清は、戦地の朝鮮、満州には渡らなかったようである。この日清戦争の頃、清はすでに四十の坂を越していたから、第一戦への従軍ではなく、大本営の置かれた広島に出征したのだ。

明治二十七年の九月十五日、第一軍が平壌攻撃を開始し、九月十六日に平壌を占領。同十月三日には大本営が第二軍を編成（軍司令官大山巌大将）十月二十四〜二十六日遼東半島花園口に上陸、十一月六日に金州城占領。十一月二十一日は第二軍が旅順口を占領している。

この年の十月三日には金鵄勲章年金令の公布があり、それは、功一級九〇〇円から七級六五円までであった。当然のことながら、国内は国粋主義の風潮に洗われ、明治二十七年七月四日、日本基督教会は、日本の家族制度の欠陥を批判した田村直臣の〈Japanese Bride〉（一八九二年、米国で刊行）を、自国の恥を外国人に告げたとして問題化し、田村の教職を剥奪したりしている。キリスト者は、「日本帝国」のほかの「神の国」に所属するべきはずの者、唯一絶対神の名のもとに動くべきであるのに、当時は（その後長く、太平洋戦争後まで）「日本帝国」の名のもとにものを考えていたという、これは一例となろうか。

世上では、戦争劇が流行し、同年九月には、「壮絶快絶日清戦争」が初演され、浅草座・川上一座で大入満員。これに刺激されて同月、春木座で「日本大勝利」、十月に明治座で竹紫其水「日本誉朝鮮新話」などが上演され、かっさいをあびた。

このようにして明治二十七年は暮れていき、戦勝に酔いしれる日本国民のムードの中で、稲舟の明治二十八年（死の前年）ははじまるのである。

明治二十八年、日清戦争が終ったとき、鶴岡の各町の中には、杉の葉で作られた素朴な凱旋門がいくつも作られていた。

文学界での樋口一葉の名声はすでに確とした地位が築かれ、彼女の「大つごもり」は明治二十七年も暮れた十二月の「文学界」に発表され、世評高く、後に再掲（明治二十九年二月の「太陽」）されることになる。

稲舟は、美妙の暗い私行になどかまっていられない気持で、なんとか小説を書けるようになりたいと心づもりをしていた。それとなく美妙にも相談したりして、まず手はじめに自伝的小説、彼女の時代の先端を切って生きたその道筋や生きかた、そういうものを書こうと用意しはじめていたのである。

苦肉の策

稲舟は、父の軍医としての広島出征、そこからの帰還、という郷里での異変につきあわされるためと、結婚話とでよびもどされてはいたものの、なんとかして東京へもどらなければならない、と考えていた。

だが、鶴岡の彼女の実家では、通りいっぺんの理由などでは、すでに婚期の遅れすぎている稲舟を二度と東京に出してやることはしなかった。

彼女は、自分の作品がやっとのことで社会的に価値を認められるべきその端緒についたばかりだ、と思っていたから、なんにしても不便な鶴岡から脱け出して、できるだけ永く東京にいられる確たる根拠を作り出さねばならなかった。彼女は家出も考えたろう。だが、それではよういなことで生活の資を得ることはむずかしい、と彼女はみた。「幾度か私に出で、幾度か召還せらるる」と嘯月生にも書かれたように、稲舟が前にした、何度かの家出同然の出奔ではまずいと彼女は考えた。

「おかはん、私には田沢の家をつぐ気はない。妹に家をつがせて、私はできたら一生結婚しないで勉強していきたい。それには、女の身ひとつで食べていくだけの技術を身につけなければならないと思う。そのような技術を身につけて学校の先生にでもなれば、なんとかひとりで食べていけるようになると思うんだけれど。友だちからきいたんだけど、そのような技術を身につけさせてくれるのは、東京では共立女子職業学校がいちばんだといっていたんだけれど。おかはん、なんとか私を共立女子職業学校に入れてもらえまいか。どうか、おとはんにも頼んでみて！　お願い！」

と彼女は母の信に泣きついた。

苦肉の策とはこのことであった。稲舟は、なんとか永住的に東京に出ようと、両親や祖母の専を説得しにかかった。ことに、彼女を溺愛し、彼女のいいなりになる祖母の専に、ここをせんどと泣きついたのである。家出同然で前に上京するときも、稲舟はこの専からそれとなく金をもらったりした。

彼女の胸中には鶴岡を捨てる意志が固まっていた。彼女はそれとなく身のまわりのものを整理しだしていた。未来はまだあきらかな姿を見せてはいない、だが、彼女は物を書こうとする激しい欲望をせきとめることはできなかった。

稲舟は、二階の自分の居室の机の前に座り、どこかうつろな自分の心のかげりを計っていた。

「すべて男というものは……」

稲舟はそう思った。美妙の名声のかげの汚いようないろいろ。きれいな肌をした男美妙。東京の賑い。芸術全般の賑い、女義太夫の美しい衣裳。抱きつづけた美妙という映像のまわりには、彼女が幻視しつづける、さまざまの物や出来事があった。しかし、稲舟は自分の命数が長くないようにも、ふっと思った。彼女の身ひとつを侵すけだるさは気持のもちようばかりでなく、繊弱な彼女の肉体が弱りはじめていることにも困っていたのだ。「なによりもこの心の寒さ。この気持をかかえて鶴岡で死に果てることはいやだ。とにかくどこまで身がもつか、東京に出よう」

彼女にはすでに昼もなく、夜もなかった。彼女は机のまえに座りつづけ、さまざまの本を読み、作品の構想をねった。稲舟は小説を書きたかった。てはじめに、半自伝的な小説を書こう、という案をたてた。その頃、浄瑠璃を語る女義太夫ははやりにはやっていたから、稲舟は、いくつか書いた浄瑠璃の新作がなんとか上演されないものか、と思ったりもしていた。かつて夢想したように、彼女自身が自分の作品を上演してもいい、とさえ思っていた。東京に出たらあれもこれもできる、東京は仕事の場だ。それに、東京という街では才能だけがオールマイティの通行キップになることに彼女は気づいてもいた。とにかくなにがなんでも再び東京にいく、と彼女は思ったし、こんど東京に出たら、あと二度と鶴岡に帰ることもないのだ、という気持が稲舟にはあった。

稲舟は「トウキョウ」にとりつかれていたのだ。稲舟には東京が大がかりなフラスコでありビーカーだったのだ。彼女は、東京でなら、たいていの実験的作品だって書けるし、そういう作品が書きたい、と思っていた。

文学生活

本格的な文学修業のために考えだした稲舟の苦肉の策は、共立女子職業学校入学ということであった。両親の反対をおしきって、そこまで漕ぎつけた。父清も、田沢家の大事な跡取り娘のたっての独立の要請に、身すぎ世すぎをさせてやれるだけの学校に入れてやりたかったのであろう、彼女は、明治二十八年春はやい頃、東京の共立女子職業学校図画（乙）科に入学した。しかし、稲舟は、女むけの家事手芸についての技量はほとんど無能力者だったのだから、この学校に出かけていくのもやはり、医学校に通うのと同質の苦痛をもたらされるはずであった。

ともあれ稲舟は、この共立女子職業学校への入学を大義名分として、こんどはやや堂々と生活を保障されながらの東京居住がかなったわけである。大っぴらな文学修業のできる身分になったのである。稲舟の内面には、この頃すでに、山田美妙という男性はそれほど濃い影を投げなくなっていた。稲舟の精神生活は愛神（エロス）に律せられるよりは、詩神に律せられる詩人的喜悦に浸ることのほうが多くなっていた。

「万朝報」という赤新聞によってあばかれた、美妙と薄茶屋の女石井とめとの金銭のからむスキャンダルについては、女の生理のヒダをくぐった稲舟の屈折した感情は、主に美妙への憎悪となってむけられがちだったが、美妙の一種悪魔的な生きかたや様子に、稲舟は、感覚の表面では反発しながらも、そのもっと深みでは、目をむけざるを得なかったようである。

稲舟はこのような実人生上の矛盾に引き裂かれながら、明治二十八年、つまり死の前年は、作品を書きまくっている。この年の一、二、三、七、十一、十二月とほとんどびっしり、彼女は「文芸倶楽部」に作品を発表しつづけた。昼は学校に通いながら、彼女は夜のすべての時間をふりむけて作品制作にあたった。

太宰治は、自分の分身的作中人物に「学問ダケガ生キル道デス」と言わせている。そして、それからじきに山崎富栄と玉川上水に入水して心中死してしまうのだが、稲舟の死の前年の明治二十八年も、彼女にとって作品オンリーの時代になったのである。

実家から離れて、作家生活にのめりこんでいった稲舟は、「文芸倶楽部」第一巻第一編に、「西行廓問答」を発表した。これは、「文芸倶楽部」の詞莚欄に発表されている。同誌には、ほかに、眉山の新作小説「大さかづき」や紅葉の「どろどろ姫」などが発表されている。

「我名をだにも西行と後の世ばかりたのみつゝ、身はなきものとおもへども露にしほるゝ旅ごろも、ねるるはさすがつれなやと、人をとめきの風かをる、なまめく君が軒（のき）のつま、しばしたたずみゐたりける。かふろもみぢはこざかしく、おもひたがへて走りいで、すみの袂をひかへつゝ、お前はいきな客さんじゃ、酒落れたまねしてきなんした、早うこちらにござんせと、ひかるゝそでをふりはらひ、我は捨身の旅のもの、人たがひにてあるやらん、いへばにッこと笑がほ、とぼけさんすがにくらしい、なんぼお前がつつんでも、おかほの色に見ゆるぞへ、いなにはあらぬ稲舟の恋路のするをくむ気なら、ここをあふ瀬と入らしゃんせ……」

「西行廓問答」はこのような韻文である。西行と遊女のかけあい言葉で全編がしめられていて、「色欲」に対する両者の観点のちがいが、この一篇の浄瑠璃作品の内容となっている。つまるところ、与謝野晶子の「やは肌の熱き心にふれもみで」道を説く西行に、一夜のちぎりをむすぶのもこの世での情（なさけ）ではないか、といった遊女のありようを稲舟は書きたかったようである。

しかし、この作品もどこか稲舟らしくないところがあるのだ。稲舟は色欲的にははなはだ稀薄な人間で、作品は、むしろ西行（＝稲舟）、遊女（＝美妙）という図式のほうが、この作品内容を流れるものとしては妥当なように思えるのである。

三島由紀夫の死ぬ前の作品の「豊饒の海」の中にもつかわれている「天人五衰」という言葉が、この「西行廓問答」のなかにもつかわれている。天人でさえもやがて五衰にみまわれ、玉のような頬もやつれ、腋下に冷汗をたらすのだ、ということを遊女は西行に語りかける。

「いなにはあらぬ稲舟の恋路のするをくむ気なら」とは、自分がかつて使った筆名を文章に入れたりしていて面白い。だがこの作品を発表するについては、「いなふね」名をつかわず、「きん子」名で発表しているのはどうしたことなのか。

この作品がもし稲舟だけの自作だとしたら、稲舟は、現世的な愛と、彼岸の愛（仏の慈悲）とを対峙させ、そこに精神のドラマを発生させたい意図があったのである。

消残形見姿絵

稲舟の心の照りかげりは、まわりの条件によって孤立させられてしまったのでいっそう壮絶味を増していた。美妙と一対一で対座するときも、昔のように美妙の眼を彼女がひたと正視するというようなことはなくなっていた。

暗い生、歪んだ生。

稲舟は、東京に住みながら、東京が狭い、と思うようになっていた。東京のあちらこちらに、美妙がつけた汚点（しみ）が点々とついていて、いろいろなところで、彼女は自分が美妙から受けた深傷を思い知らされるのだ。

浅草公園のちかくにいけば、美妙と石井とめのかかわりを思い出させられたし、その石井とめを、美妙はあらゆるところに物見遊山に連れまわっていたのだと思えば、彼女が出歩くについて、事のおりふしにそれらを想起させられもしたのだ。

「僕がしたことで、君は許せないと思っているかね。僕にはなぜなのか、ひどく残忍になる癖があって、のっぺりした現実を引き裂きたい衝動がたえずある。それは、だれにわかってもらえなくても、僕の芸術にとって無益になっているとは思えない。世間の道学者面した物書きたちを見ると、反吐が出そうになることだってある。君だけは他の物書きたちとちがうように僕には思えることがある。君だけは狭められない小説家として、僕を理解して欲しいものだ」

美妙が悲鳴のようにいったこれらの言葉を稲舟は受けとめた。

美妙は、稲舟に、中世末期のあのフランスの頽廃詩人ヴィヨンの妻のようになることを要請したのだ。

孤絶者美妙。稲舟にはまだ俗物的な心情が多分にあったから、自分の男が人殺しをしようが盗みを働こうがどこ吹く風と男に惚れぬいてついていく、という超俗性はもてなかったが、他との関係の糸が次々と切れていく美妙の孤絶ぶりに、ついていこうとする意志はすこしづつ彼女の裡に生まれてきてもいた。稲舟には、例のきわめつきの耽美癖があった。美妙の現実的どろどろにオブラートをかけ、ほんとうのところを変容させて考えようとしていたフシがある。

明治二十八年二月の「文芸俱楽部」第一巻第二篇に発表した第四作目の新作浄瑠璃「消残形見姿絵」は、岩田周作という日本名をもつ朝鮮人の金玉均という男と浜子という歌姫の悲恋物語だが、この作品では、金玉均と浜子の純愛を国際的政治策略が圧殺したことにされている。

金玉均という朝鮮貴族が、

「今日の新聞にゃなにかそいつは大罪人だとかで死んだものを、無残にも手足も頭も打ちはなして、朝鮮国の方々に、曝されたとけえてあるといはしゃったぜ」

と、いうことになる筋書きである。

「何のうそをいふものかね、そりゃアどうせ生れ故郷に居たたまれず、人の国にころがりこんでくるような奴、ろくなもんじゃアありゃアしめへ」と異母兄の定にいわせているが、政治的な亡命者金玉均と浜子の恋には、彼女の夢見果てぬ、男と女の純愛への希求が託されている。

稲舟の苦しまぎれの心情が「消残形見姿絵」として、現実ではついに結ばれることのなかった愛のかたちを、彼女は物語に仮託したのである。

この作品の中でも、彼女は血の地獄を展開している。歌姫と異国人の悲恋といえばあえかにかなしい風情なはずだが、浜子の恋人の金玉均は、手足もバラバラな惨殺死体となって作品の中に登場する。そして浜子は、継母によって、厚川という好色な男のめかけとして多額の金とひきかえにされるのだ
稲舟について、継母に育てられた、というようなまことしやかな流説があった。この、「消残形見姿絵」でも、「誰身の上」という浄瑠璃のうえでも、女主人公は継母に育てられたことになっているが、小説としての彼女の処女作品「医学修業」の中でもまた女主人公の母は継母のようにされているのである。時代の弱点を「継母」という形に稲舟は仮託したのだ。

過去の女たちには端的に時代の恥部弱部があらわれやすかったけれど、これはいまも同断で、稲舟は理論的なとらえかたはできなかっただけで、直感的に、それをとらえ、作品的に展開して見せたのである。

「孝と恋との二道に、我身をわけんよしもなく、思ひさだめし死出のたび、こらへしく溜涙、ワッとばかりにせきあげて、泣ふす声に心なき、空もあはれをしりぬらん。をりからふりくる春雨も、これや涙と夕まぐれ、無常をつる入相の、鐘音遠くしめりつゝ、いとゞあはれを添へにけり」

ともあれ、稲舟の恋愛観は、「消残形見姿絵」に如実であろう。

世間に圧殺された美妙。作家という名の異国人。

「ありし姿をまぼろしには返さんすべも渚こぐ海士(あま)の小舟にゆられて、綱手絶えたる身をかこち、写真抱きしめ独り言、今更いふも愚痴ながら、別るゝ折に何とやら、むしが知らすか胸さわぎ、もしやと思ひ案じられ、あれ程までにさまざまと、おとめ申しゝ其時に、そちが心はうれしいが、行かでかなはぬこの族路別れといふも暫

時の間、又の逢瀬をまちてよとにッこり笑うて行かしやんしたあれがこの世のお名残に、なろうものとは知らなんだ、何の意恨で、ェゝ怨めしい、洪鐘宇、唐三界まで誘ひだし、酷く手にかけ殺すとは、あんまりつれない恋しらず、現在かたきと知りながら、仇をかへさんすべもなし」

稲舟の考えた恋も愛も、海波の彼方にいまは消え、稲舟の愛は死んでしまった、という彼女の愛への惜別の作品と見ていいようである。

金玉均を惨殺した洪鐘宇が、口から火を吐く態で「早稲田文学」誌上で美妙と石井とめのスキャンダルを告発した坪内逍遙と見て見えないこともない。

歌枕阿古屋松風

稲舟は、かねてから構想を練っていた半自伝的意味もこめた「医学修業」を書きはじめた。

樋口一葉はといえば、明治二十八年一月三十日、「たけくらべ」(一―三)を「文学界」に発表し、次の年まで連載をつづけている。一葉のこの年の五月十四日の日記によれば、この日の夜は炊く米もなくなり、萩の舎に行き、二円の手当を受けとったとある。

一葉の作品というのは、抒情的である。しかし明治二十八年以後の彼女の作品、とくに「にごりえ」などは、その抒情性から遠ざかって描写に向かおうとしていた。稲舟は、一葉の透徹したものの見かた捕えかたに、すくなからず動されていたし、この年の一月から連載のはじまった一葉の「たけくらべ」をひどく熱心に読んだ。

三月の「文芸倶楽部」に稲舟は「きん子」名で「歌枕阿古屋松風」を発表している。これも新作の浄瑠璃で、配所に嘆きかなしむ実方中将の前に、実は松の精霊である美しい三人の女たちが訪れて舞いを舞ってなぐさめて消える、という夢幻的な謡曲風の作品である。

「今は何をかつつむべき、配所の艱苦にやつれても、歌に心の厚に感じ、君がうきをも慰めつ、かつは人知らぬ名所をせめて語らんと、仮りに人間の形と変じ、三人の女と見すれども、誠は心をかけられし阿古屋の松の精霊なり、いかなる人と思ひきや、さては年月なれなれし、此松か枝の精なるか、かたじけなやとありければ、のう恥かしや千歳経たる業通も、君に恋慕のけがれによって、この山神の怒にふれ、明日は果なや杣人が無残の斧にかけられん、こよひかぎりの命なり、君も庵を移されよ、あら名残をしや名残をし、さらばさらばといふ声ばかり、日は早落ちし大禍時、天地俄に鳴動して、梢を渡る夜嵐の、音すさまじくさつさつさつ、谷の水音どうどうどう、おぼろおぼろと物凄き、姿もいつかかげろふの、消えみ消えずみ身も軽く、ひらりひらりとこがくれて、木蔭れてころうせにけれ」

いかにも稲舟らしい作品である。稲舟の作品のほんとうの美は、此岸から彼岸に飛翔していくつよいバネにあろう。現実にはありうべくもない妖魔の領域の美が彼女にとっては真実であった。勇気ある彼女は詩精神をもつ選ばれた少数者のひとりでもあったのだ。

この「歌枕阿古屋松風」は、稲舟が日本語を駆使するのに考えついた美の追求方法であって、もっとも稲舟的な特徴をもつものと思う。山田美妙にはない、樋口一葉にはない、当時の女流のだれにも見なかった凄惨極北の臭気がこの一作にはにおっていると思う。

浅ましや骨をつつめる皮一重迷ふ身こそは愚なりけれ

彼女のこの一首に示された存在に対する根元的な疑惑と無限否定の強靱な精神を見、かつ稲舟という同性の中に、一瞬輝く、存在の謎を指さす巫女の表情を見たばかりに、私は彼女の一生にえんえんとついてまわる愛をもたざるを得なかったのだ。

彼女は言葉（存在）に誠実だったから、現実を足蹴にして、ついには反世界に裏がえっていった。美の使徒にはしかし、美と刺しちがえて死ななければならぬという喜劇的な運命が待つ。美を追いもとめる使徒は、いつもコッケイではかなく悲しい表情をもつものだ。私は深夜ひとり、稲舟の生毛のはえた白い顔とむきあいながら、稲舟の身がまえや金ピカの身なり装束のもつ可愛らしいグロテスクさをひどくなつかしいと思う。

「夫れ金屋と阿嬌を貯へて、歌舞管弦を事となし、栄花に飽きしそのかみは、のぼるも安き雲の上、殿上の交りたりし身も、変れば変る習とて、幾重隔つる山里に、さすらひ人の果なさは、直衣狩衣ぬぎすてて、一重まとへる白綾の小袖もつらやいつしかと、薄墨色の五月空、軒端に薫る橘に、過ぎし昔を忍ぶなり、みたれくるしき面影も、いとど優美の姿なり」

どこにもない世界。まさしくこの「歌枕阿古屋松風」の志は、どこにも実在しない世界を描いている。この作品には、自己解脱への希求をもちながら、肉体が「物」でしかないと気づいた者があげる悲鳴の美しさがある。

稲舟は、身辺の諸事雑事に目をくれない。その稲舟が「この世のわずらい」の諸事雑事に足もとをすくわれて命を落してしまった。

配所にある中将。配所にあった美妙。こういう図式はなりたたないものであろうか。栄華をきわめながらいまは配所にある中将（美妙）のもとに、人の愛恋に身を灼いたために山神の怒りにふれ「松の精霊」にされてしまった女（稲舟）が慰めに訪れる。そしてひとさしの舞いを舞いながらどこにもない「名所（＝世界）」を口説してきかせ中将を慰める。

この「歌枕阿古屋松風」が掲載された博文館発行の「文芸倶楽部」の巻尾には、

「支那征伐の歌」正価七銭

「征清歌集」正価十銭

「明治軍歌」正価十二銭

の広告がのせられている。

「支那征伐」とは、聞くだにおどろおどろしいが、これが当時の知性を支えていた文芸誌だと思えば、肌寒い思いをさせられる。

また、生活具合の傾いていた美妙の苦心なのだろうか。

言文一致創作者　山田美妙先生著

日用書翰文

記事論説文

言一致作例

洋装美本全一冊

正価四十銭

郵税八銭

などの広告も見える。

だが、当時において、この種の文芸誌を発行することじたい困難なところも多分にあったのだ。

博文館の住所は、
東京市日本橋区本町三丁目八番地　博　文　館
とある。博文館からは、「明治文庫」「世界文庫」「逸話文庫」「春夏春秋」など、「文芸倶楽部」とあわせて五種の雑誌が発行されていた。

「文芸倶楽部」は昭和八年まで刊行されつづけられたようだが、日本の軍国主義のあおりをうけて、ついに廃刊したが、この「文芸倶楽部」には、当時第一線で物を書いていた人たちが総じて作品を発表していた。

稲舟はまだ、この「文芸倶楽部」に、新作浄瑠璃しか発表していなかったが、美妙のほうのルートから、小説も発表してもらえる動向にあったので、年来自分の胸にあたためていた半自伝的小説の推敲をかさねていた。

それは、当時としては画期的な、医学の修業を強いられた少女の話で、良家にありながらも妾腹の子のために精神的には差別されて育てられ、ほんとうは絵を書くことや草紙を読むことが好きなのに医学の修業を強制され、ついにはあずけられた先の医家を出奔し、女義太夫になる、という話である。

それは、若い女らしい夢見がちな小説だった。稲舟はその春入学した共立女子職業学校に通うかたわち、夜は懸命にこの小説の想を練っていたのである。稲舟はなんとかしてこの一作で作家としての道を切り開きたかった。

捨身の自伝的暴露のにおいの多分にあるこの小説には、当時の稲舟の内なる現実がむきだしにされていることに注目しなければならない。

共立女子職業学校に通っていた稲舟は、共に学ぶ女子生徒を見まわすとき、なんともやり切れない思いにさせられるのだった。彼女は、女生徒のだれもかれもがうっすらとしたマヌケ性を顔の表情に塵のように浮かべ、やがて結婚

という穽にやすやすとはまり「家」のなかに埋まりこんでいくのだ、と思ってまわりを眺めていた。そして彼女は、

「ふん、こんなつまらない人たちと同じ地平にたって生きたくはない。メスの豚共、高貴な精神世界に生きることもなく、醜いかたちで生殖作業をして、ゾロゾロと子どもを生み出し、醜く貧相な男たちにつき従う。私はそんなことに耐えられない」

と独白することが再々あったのだ。

不吉な影

稲舟は、自分の健康状態がますますおかしくなっていくことに気がついていた。

朝の目ざめはそうだるくないのに昼すぎになると薄く熱が出、全身が重苦しくなるのであった。手の甲を陽にかざして見ると、静脈が浮き出て透きとおるばかり蒼白かった。手には昔の、薄桃色のふくらみはすでになく、たしかにどこかがおかしい、と彼女は思った。

「癆瘵（ろうがい）？　私にもいよいよ死神がすり寄ってきている。ま、それもいいでしょう。やっと楽になれる。つらい此世、ままならない地上。こんな地上に未練はない。人はみな浅ましい。浅ましく腐っていく肉をぶらさげて、ああでもないこうでもないと死ぬまでの間、カニが泡を吹くようにつべこべとなにか言いながら死んでいく。迷い、迷い、この世全体が迷いと汚穢のかたまりではないか。醜い人間たち。だれもかれも。私には遠からず死が訪れるだろう。それとてただ、時間の早い遅いでしかなく、自分には人よりすこし早く死が訪れる、ということなのだ」

稲舟は地上を達観しはじめていた。此世のなにもかも見てしまった気がするようになりはじめていた。

花江という一人の女主人公に託して、稲舟はままならぬ呪わしいこの世の仕組の中であがいた末、女義太夫になり

果てた女のことを描いたのだ。

それを書き終ったとき稲舟は、長い旅をしたように疲れている自分、五体の中にたむろする何か得体の知れないマッス状のものを吐き出したような虚しさに見舞われた自分を知った。

「物を書いてなんになる。この世への色気か？　虚栄心か？　私はなぜものを書くのか？　だが物を書くことを捨てることはできない。私の在ることがすなわち言葉となれる時、私には喜悦が訪れる」

博文館の「文芸倶楽部」に、稲舟待望の小説としての処女作品「医学修業」は発表された。

当時の「文芸倶楽部」は薄い和紙の袋に入れられて発売されていたそうである。私は国会図書館や近代文学館で「文芸倶楽部」を見せてもらったのだが、どれも袋つきではなかった。本のはじめのほうには、かならず多色刷りの木版画の口絵がそう入されていて、相当に手のかかったものであることがわかる。

稲舟は「医学修業」一作に身の力をこめてしまったため、作品完了後、繊弱な肉体に相当の疲労を覚えた。彼女は、鶴岡の実家に、体が疲れることや薄い熱の出ることを手紙に書いてやった。折りかえし鶴岡の父の清から、かならずどこかおかしいにちがいない、東京で医者に見てもらうこと。そのうえ、かならず一度は鶴岡にかえって、自分の診察もうけること、という内容の手紙がきた。

稲舟は、不健康な不吉な影が自分をひたしはじめているのを自覚しても格別どうとも思わなかった。結核というのは、初期においてはほとんど自覚症状がない。それで手遅れになりやすかったのは、昔の医学の遅れとも平行していたのだ。

「医学修業」を書き終わったあとの稲舟は、心が奇妙に澄んでしまった自分に気づいていた。人間の行為というのは多く呪いのエネルギーに裏うちされていると思う。稲舟は「医学修業」の稿を読みかえしたとき、遠い過去が、自分の裡で完結したのを知った。

この次はなにを書けばいいのか。

これからなにを書けばいいのか、という自問をかかえたまま、稲舟は自分を浸す不健康な気分に左右され、鶴岡からの催促にしたがって、いちど鶴岡に帰ろうか、と思った。東京の夏は暑くてひどい。鶴岡の夏は川風が吹き通ってすずしい。弱っている体を養うためにも鶴岡に帰ろう。それに学校も夏休みに入るところだった。

そうこうしているうちに、小説「医学修業」が世に出た。明治二十八年七月二十日発行の博文館の「文芸倶楽部」に、それはのったのである。稲舟は疲れた胸に「文芸倶楽部」を抱いて、七月のいつ頃か鶴岡にむけて旅立った。稲舟はできたら東京にいたいと思っていた。だが、寄偶先では、なに事も不如意であり、第一、他人の家では夜のランプの油代のことにまで気をつかわなければならない、ということもあった。

鶴岡の涼しいところで、次作を書こう。「医学修業」のあとに書くものは、それは、彼女の内部現実をかきまわしつづけてやまなかった、男の影、美妙のことがあった。いつか美妙をモデルにしたような小説を書く日が来るであろうことを彼女は予感していた。「書くこと」だけが生のおおよそになりつつある稲舟であった。この世への迷妄を切りすてて作品の中に自分のいのちを活かしたい。稲舟はそう思うようになってもいた。

鶴岡にかえった稲舟は、当然からだの診察を父にうけた。その結果、稲舟は結核だった。父の清は、この稲舟の結核の進行状態について、稲舟にあまり深刻な事態だとは知らせなかったようである。

「お前もだいぶ無理をして、からだが相当に疲れている。栄養をとって充分に休まなければ、あとで取りかえしのつかないことになる。夜更しとか、根のつまるもの書きなどもってのほか、おかはんたちのいうことをきいてゆっくり静養するように」

といった。

父の清はこの頃から、稲舟があるいは助からないのではないか、と思っていたのだ。

世捨て

父清は、やつれた稲舟の美しい顔を見、人のいない所で男泣きに泣いた。

〈錦はたしかに癆痎のようである。これにかかればいまの医術では助けることはできない。しだいに悪化の一途をたどるばかりなのだ。気の強い娘だが秀れた資質はある。死なせたくない、いとおしい〉

だが、稲舟の病状はこの時、すでに相当の進行をしていたのである。

「昨年八月十五日夜の事なりき。田沢国手は其二女と賓客三四人と観月の会を其別墅に開く。余亦招かる。興蘭はなる時、余は独り出でて叢野の間に彷徨し、仰で月を望み俯して野花を摘む。此時跫声の微かに聞こゆるあり。驚きて顧れば、真白なる顔月に照らされて蒼く、美は一種の凄気を交へ、白衣軽く痩せたる肩を包み、手に雪白なる烏瓜の花を携へ消然思ふ所あるものの如くなるは即女史なりき。且行き且語る。女史は屢々囁けり。妾も自ら死を欲することありと。其音容今猶余が心に印す。此を以て之を見れば、女史の死を望める一朝一夕の事にあらざりきならんか。嗚呼女史の死を望めること此の如く、世を厭ふこと此の如し。故に余は思へらく。此人生涯寡居一種の比丘尼となり、純情潔白の間に余年を終へんとするものならんと。何ぞ図らん俗情は再び此厭世の人を襲ひ、彼俗中の俗たる一小説家は突然女史を携へて東京に登れり。女史が此境涯こそ我不平を慰むるに足るべしと思ひたる結婚は益々女史に世の厭ふべく、万事意の如くならざるを教へ、遂に波の破鏡の嘆あるに至らしめたり」(「稲舟女史の訃音を聴く」嘯月生)

稲舟の死の一年前の状態はこのようであった。東京の共立女子職業学校から帰って、養生するためにも、彼女は家の者たちの要請のままに、そのまま鶴岡に居つくことになったのであろう。稲舟は、遠い東京を想ってみた。俗塵舞い散る東京。あれほど勇んででかけていった東京。だがそれは一皮はげば、俗物のたむろする小汚い土地と彼女には思われるようになった。

＜私はほんとうのところどうすればいいんだ。東京にはもう帰らないだろう。帰らないというよりこの身体具合をかかえて東京生活は相当無理に思える。しかし、この鶴岡もまた、蒙昧な土地にすぎない。妹に婿養子をとるようになれば、家にもまた居づらくなっていく。私にはすでに自分の場所がない。死。死は私にとって親しい臭いがするし甘い誘惑でもある。だが私はもうすこし書き残したことがある＞

当時の稲舟を支えていたのは、この＜もうすこし書き残したことがある＞ということであった。

稲舟の死の前年は、彼女の死を貯えつつ、静かに動いていた。

父清は、戦勝国日本の中で、自分の地位も確立しつつあり、いうことはなかったが、愛する娘の弱りを目前にして、手のほどこしようのない自分を嘆いていた。

この明治二十八年、つまり彼女が東京から帰ったあとの二、三か月、この期間は、彼女が遺した作品のまとめに入った時期ではないかと思われる。いままでの彼女の生の総体を、稲舟はみずから尼のような視線で点検し、俗臭からはなれ、もっぱら身体の養生と読書、それと創作にかかっていた。

それはしかし、見方によれば一種の逃避ということもできる。彼女には、自分の身をなにかになぞらえていなければすまないようなドラマティックな精神のオシャレさがある。そのオシャレの部分が彼女にものを書かせるバネにもなっていたのだが、とにかく彼女は、彼女の肉体の弱りが進めば進むほど、その現実から逃れよう術（すべ）としても、俗世に身がまえる、という姿勢をとるようになったのだ。

稲舟は鶴岡にありながら一篇の浄瑠璃を書いた。

それは「鏡花水月美人禅」である。この「鏡花水月美人禅」というのは、才色たぐいまれな玉琴という姫が、仏道に帰依し、座禅三昧の生活を送っているが、ある日、玉琴の父重忠のところに、重忠のつかえる頼家から使いの者がきて、使者のいうには、玉琴の才色を見た頼家が「御そばづかえ」にさし出せとのことだから、さっそく玉琴を御殿に上らせよ、ということなのである。驚いた父の重忠は、「おもひもよらぬ、ありがたき其御諚意、早速さしあぐべきはづなれども、いかなる前世の宿縁にや、拙女玉琴この程より、深く仏道に帰依いたし、親のいさめもつゆ用ゐず、棄恩入無為報恩者と、只一すぢにこりかたまり、日日三昧堂にとぢこもりて、座禅に余念もあらざる次第、御諚意申きかせしとて、御受などはおもひもよらず、いとおそれおほき事ながら、この儀なにとぞ我君の、御前よしなに御とりなし、ひとへにたのみぞんずる……」

このように使者にたのみこむのである。だが使者の平賀の朝雅はききいれず、玉琴のこもる屋敷内の三昧堂にでかけるのだが、その後を追った重忠は、経巻で身をまかれて松の根かたでおののき震えている朝雅を目撃するのである。なお重忠が三昧堂をのぞくと、そこにはひとりの旅僧がいて、玉琴と問答をかわしているのだ。「実にやめぐみも深き夜に、我をとひたる御僧は、そもやいかなる御方ぞ、名のるもうしや我なりと、御声いともさはやかに、光明遍照かくやくと、をがまれたまふ釈迦如来、姫は思はず払子（ほっす）をすてて、随喜の涙にくれ……」るのである。その時、虚空はるかに音楽がきこえ、香がかおりはらはらと宝花が舞い散った、とある。

「鏡花水月美人禅」とはこのような浄瑠璃である。この作品の中で注目すべきことは、文頭の「星月夜、鎌倉山の鶴ヶ岡、子故の闇も深見草、さかりの花の面影を…」仏道に入らせてしまった父重忠の描きかたである。

稲舟はいつも、自分の前方にふさがる者たちをすべて敵のように描いてきたところがあった。しかしここでは微妙にちがってきているのである。玉琴の父の重忠の描きかたに、作者稲舟のいたわりが示されるようになっているのだ。

みずかありなむ

小説第一作の「医学修業」を一流誌の「文芸倶楽部」に発表できたので、それはからだの弱ってきていた稲舟をはげますに、大変力のあるものだった。稲舟の内面には美妙へのいい知れぬ憎悪があったとしても、稲舟の小説第一作が美妙の後押しがなくては、誌上にのることがかなわなかったことは確かであった。

美妙が稲舟の作品を見る場合の眼つきというのは、ほかの女たちが書く作品にあるような四囲への右顧左眄がない、強烈な自我の展開のしかたに対する「同意」というものであったろう。「これはひょっとすると大変な女のもの書きになる」美妙はこの頃から稲舟をそう思ったようである。

美妙は「見えるほう」だったから、生自体にも作品にも小細工をするところがあったが、稲舟は「盲目」の美しさのようなものをもっていたから、作品の中にも魂の単純な美しさをあらわしやすかった。

美妙の小細工といえば、明治二十七年に彼が起こした石井とめとのトラブルの件についてだが、石井とめに近づいたのは、それを種に小説を書こうと思ったからだ、という彼の例の発言についてのドロナワ式作品「阿千代」が「文芸倶楽部」の四月号にのせられたりしたことがあった。

明治二十八年という年は、国内にはコレラが流行し、戦後の好景気によって呉服屋が大はやりにはやった年である。この年あたりから、全国的に靴をはくものがふえたりもしている。

東京から帰ってからの稲舟は、からだの弱っている自分を憐んで家の者たちはみなやさしかったから、あらためて肉親というものの姿を見まわしたであろう。

父の清は稲舟の健康状態の現実をよく観察していたから、とくに彼女に慈愛をむけていた。「火の玉のような子」、清はこの娘が男であったら、さぞひとかどの人物になったものだろう、と思ったりした。実家の者たちの、きめのこまかい彼女の健康管理と涼しい鶴岡の夏の中で、稲舟はしだいに元気づいていくようにも見えた。

稲舟は、二階の自室にひきこもって、終日、本を読んだり、次作の構想を練ったりしていた。稲舟の内側の底深いところには、美妙という一人の男性の生きかたが重い澱となって沈んでいた。

〈自分は師美妙への純一な愛を崩したことがいちどたりともなかった。それなのに〉

このころの稲舟の呪咀は、世の男性全体に投げつけられる程のものとなっていた。稲舟がもうすこし長く生き、時代の全貌を冷酷に観察できうるようになっていたなら、「しろばら」とか「五大堂」のような、男性憎悪を軸とする作品の質もだいぶおもむきをかえていたはずである。当時の時代の仕組じたい（いまでもほとんど本質的変化はないが）男性中心の社会であり、稲舟はその鋭い触角を抱いたまま身じろぎするたびに、時代の壁というものに頭をぶつけざるを得なかった。「だれもかれも」視野狭窄症患者であったのはいまとて変りはないが、その「病い」によって自分をも狭め、他をも律している時代の質というものを稲舟は憎んだのである。稲舟文学の総体は、時代の視野狭窄への攻撃の道具化されていたといってもいいぐらいなのだ。いまも暗いが明治はもっと暗かったし、明治という檻の中に閉じこめられた稲舟はせいいっぱい身をもがいていたのだ。

共立女子職業学校に入っていたほんの短い期間に、彼女は「学校当局」がさしとめていた「紫袴」を着用に及んで登校し説諭された。彼女にはしみったれた倫理感というものはほとんどなく、元来感情が乾いていたから、禁断の「紫袴」を平気ではくこともできたのである。

しがないドレイのような感覚で身を縛った醜い女たち（と彼女には見えたはず）のウョウョする共立女子職業学校の空気に耐えられなくなったとき、稲舟は、目にしみるようにあざやかな紫色のハカマをはきたくなったのだ。学校側も生徒も、稲舟の激しく挑戦的な紫のハカマに呆然としたことを考えればこっけいだが、ひどく楽しいではないか。稲舟のこの感性のドライさ。きれいで高慢チキな顔をして、紫もあざやかな袴を得意然と一着に及び、みじめったらしいしょぼくれた生徒たちの間を闊歩していた稲舟の姿というのはなんともかわいらしい。

教員室によばれて、教師から説諭されながら稲舟は、

＜薄ラバカ、オマエノイウコトニナゾ、クップクスル私ジャナイ。シミッタレメガ＞

と小さな頭骸の中でせいいっぱいの反撃をこころみていたことはたしかである。

稲舟の文学へののめりこみの強さに困惑した彼女の両親が、自分の寺の住職に説教をたのみこんだことがあったという。稲舟は仏間で住職の説教を黙ってきいていたというが、自室にかえってから自分のノートには「クソ坊主」その他の悪態を書き散らしたのだ。

人世

明治二十八年十一月二十日発行の「文芸倶楽部」第一巻第十一編には、稲舟の「鏡花水月美人禅」が載せられたが、同時に美妙の「鰻旦那」が巻頭の小説として載せられている。

「すべて安値ばやりの世の中、安くて而も食べ物が乙と来て居るもの、はやるまいと思っても何ではやらせずに置くものかと、客の方から力瘤入れて、意地に為って通ふ小料理屋坂井屋の大繁昌。

主人（あるじ）は元天麩羅屋の下まはりから出た吉五郎といふ男、天麩羅屋の呼吸よりは客あしらいの呼吸が

旨く、味よりは世辞が其実旨い。が、客は其世辞を買って旨いと食べる。食べた客の懐中（ふところ）の萎びるのはつまり吉五郎の巾着のふくれるわけで、開業以来二年も経たぬに、新座敷を七つも新築して、その方へは酢のきいた客を通すといふ勢ひ、近所の同業も業を煮やして按摩膏貼り付けの御禁厭も度々きッたが、按摩膏も気が無いか一向利かぬ」

「美食家」美妙らしい作品だが、筆達者ながらシャッターチャンスのきまらない「無駄口」といら印象をうける作品である。

稲舟はこの頃、ずっと温めつづけていた構想を作品化しはじめていた。一月に発表した「西行廓問答」、二月に発表した「消残形見姿絵」、三月に発表した「歌枕阿古屋松風」、七月に発表した「医学修業」、十一月に発表した「鏡花水月美人禅」と彼女の明治二十八年中の作品の筋道を辿ってみると、そこにおのずからな彼女の精神の所在が見えてくる。

色即是空、生者必滅、会者定離、天人五衰などという仏教的諦念に拠る美学である。彼女は、一種魔的な眼つきで世界を見はじめていた。いたるところに死臭を嗅ぎつけるようになっていた。きょう盛る愛恋も明日は無残に枯れ朽ちて、清らかなものは壊されやすいのだ、と彼女は見た。

「世の恋と言ふもの、否それより成立つ夫婦と言ふもの、我床しと思ふ人と、只大方に打とけて互にたすけたすけられ、ある時は花に遊び月に浮かれある時は又憂をも共に慰め合ひ、百年親友の同居の如く、真に潔く送るものならば、決してうき世とかこつ人もあらざるべし。されども世ひらけそめてよりこの方、夫婦の関係恋愛の極、さては愛情のとどのつまりは、決して決して若鮎のぼる瀬川の如く、さるさらさらとして水晶見るような、清きものにはあらじとおもへば、我は忽ちぶるぶると身振（みぶるい）して、さながら寒中の河の中に投（はう）りこまれたような心持になりて、どれほどいいと思った人も、心の底には魚河岸の腸樽、吉原の鉄漿（おはぐろ）どぶの如き、きたならしい劣情のひそみ居るかと思へば、我は電光石火いま迄いいと思ひし事も、微塵一点の未練もとどめず、さらりと西海の清流にそそぎをはるべし」（「しろばら」）

この時までの稲舟は、人世をこのように見たのだ。だが若いときはおおくナルシシズムで己を美化して見るものである。「あちらは醜く」「私は美しい」という図式は、人間の総体に対する視力の浅はかを暴露することにもなる。

しろばら

ずしりと手ごたえのある「しろばら」の原稿を前にして稲舟は、ある狂熱的な想念に侵されていた。稲舟は、「しろばら」がなにはともあれ、自力の作として完成したのだ、という体の底から噴きあがってくる喜悦と、この作品が世に出たときのおおかたの評価の沸騰に、ある悪魔的な笑いさえ浮かんでくるのを禁ずることができなかった。

光子という女主人公を、稲舟は彼女自身が目指す美の理想の女として描き出している。清らかで美しい女、光子。光子は岸本英和女学校の女学生で、光子の父は貴族院議員、母は秋子で、その姉にあたる人の子が、光子に熱烈に求婚している。つまり、いとこ関係にあたる伯爵の嗣子の星見篤麿がそれで、この男は「粋様」と呼ばれる蕩児である。光子の家の桂家には、篤麿の息のかかったお勝という女中が入りこんでいて、この女中がこの小説の重要な舞まわしとして作品の中でつかわれている。

光子の家の桂家では、伯爵夫人となることのできる光子を喜んでいるのだが、当の光子は、ちょっと変ったところもあり、獣のような男との結婚を拒絶し、そのうえ、精神的な恋愛はいいが、肉によって結ばれることについてのグロテスクさを確固と想っているのである。

篤麿にはなじみの芸者がいる。

「神田川の流れに浴うて門（かど）の柳の糸細く長く風に靡きて、御神燈の影くらき待合菊のやの奥座敷、六畳一間（ひとま）を小意気に作りて、床には蜀山の讃したる鳥文斎が遊女の横物、真偽は知らねど楊柳観音の置物さすがに取り合せおかしく、あまりの事といはれをきけば、なびけといなぞなぞ、いかさま商売柄にはありがちのはなし。さりとて浮気な花の一枝も甑（かめ）にはさくれで塵一つ見えぬ畳に対座（さしむかい）の男女二人、男は年頃やうやう二十三四にもやなるらん、すらりとした当世風の好男子（いろおとこ）、みなりはやつれたれど万事垢ぬけのしてこれがその粋様とやら。女は二十歳ばかりの丸顔の色白、扮装（つくり）から思ば芸妓にてもあるらしく、さして美人といふにはあらねど、愛嬌はしたたるばかり、舌だるい口のききやう不作法にも打とけし有様、さてこそ深き中なるべし」

篤麿には芸者との深い関係が一方にはあり、この芸者が、篤麿の熱愛する光子の存在を知り、嫉妬から光子の学校に投書する。そのため光子は学校を退学するのだが、光子の父は、光子と篤麿の結婚を進めようと考えているのだ。光子は、しかし男の醜悪さや、数々の醜行をあげて結婚などできないことを力説する。篤麿の相手の芸者というのは、美妙がちょうどそのころ新橋の歌妓と情交をもっていたその女と似ている。

光子の父は、篤麿と結婚しない光子に怒りをぶちまける、光子は父の勘当をうけるかたちで家出してしまう。行くところのない光子は、かつての乳母のお浪のところに身を寄せる。

光子の母は箱根にいっていて、光子は母とも連絡できないまま不安な気持でいるが、篤麿と意を通じている女中のお勝は、このチャンスに光子を連れ出して篤麿のものにしてしまおうとたくらむ。お勝は光子のいる所をたずねて、光子の母の了解を得たといって、光子に母の実家に当分いこうと誘い出す。翌朝二人は上野を出発して夕方には直江津につき、旅館に泊ることになる。

この旅館には、しめしあわせていた篤麿が別室をとって待機しているのだ。そんなことは露しらぬ光子は、祖母にあうのをたのしみに床について眠る。

眠りこんだのを見すかしたお勝は行動を開始する。

「枕につきて二三十分、色には見せぬ心労に、流石の光子もくたびれしか、早すやすやと寝入りたるを、そこらのものをかたづけ居たるお勝は、とくと見すまして、其身もやがて床に入りしが、稍一時間も立ちし頃、むくりとばかり起きあがり、あたりきょろきょろながめながら、障子細目に引開て、ぬき足しつゝいづこへか、見かへり見かへり出て行きたり。稍有りて又も人音、お勝ならんと思ひの外、扨てもたくみにたくんだり、頼みになせる護身刀、我とさへ走らぬ澆季の世には、実（げ）に恐ろしき油断の大敵、星見の若殿篤麿が、さもうれしげに入りきたりて、すかすか光子の側により、花のやうな寝顔をながめて、暫時うっとりまもり居しが、寝返せしに打驚き、目をさめられては大事と、袂をさがして小き瓶を取出し、ハンケチを以て光子の鼻を軽く覆ひ、自分はななめに顔をそむけ、瓶の草を幾滴かそゝぎかけ〳〵て、あたりを一寸見まはしながら、夜着引のけて打笑み〳〵、諸手（もろて）を掛けて抱き上げ、声忍ばせてゆり動かし、光子さん光子さんと、呼べど答のなきものか、衣紋乱れてしどけなく、玉の様な乳まであらはに、くすぐられてもつねられても、死人の如く生態なし。嗚呼いかに旅路につかれたればとて、此有様は何事ぞ、光子はかかる言ひ甲斐なき女なるか、否々今しも篤麿がハンカチーフにそそぎたるは、外科医者が手術を施す時、患者に用ゐる恐しき哃囉彷謨（ころゝほるむ）なり。呼べどさめぬも無理ならず、篤麿暫時打まもり仕すましたりと身をひねらせ、行灯ふっと吹消しぬ。あはれ果なき片思、恋路の闇の手さぐりに、今や下界の大悪魔、夢あたゝかき天女の化身に、神のとがめも恐れずして、あはれや恥辱をあたへんとす、とく起きさめよ、光子、夜は更けて人静、風泣いて障子に声あり」

これが「しろばら」の最後尾部分の文章であり、「しろばら」という小説の顚末を示すクライマックスとなるところである。

対象を熱愛する者とそれを拒絶する者の関係。これが「しろばら」一編の作品の構造なのだ。だが「しろばら」は直感的な事態への洞察には及んでいるが、考えの筋道に対する追求は不徹底である。

しかし、稲舟の子どものような眼つきは、当時の権力の粋組を尊しとする一般的風潮を尻目に、その粋組を喰い荒し、人間のありていの様相をまず提示してみせている。そこに彼女のつよさがあるのだ。

「ほんとうに乳母や、うちのお父様（おとっさん）の不見識にもあきれるね。華族と名のつく者ならば、馬鹿だか何だか更に見わけがつかないのだよ」

当時、まして女でこれほど強力に権力への発言をすることじたい、考えられないことであった。

稲舟のこのような視力はどこから来たものなのか。考えの筋道は未整理だったとしても、彼女の意識に、やはり北村透谷あたりからの影響を見ないわけにいかない。当時において、まして女の作家で「華族と名のつく者ならば、馬鹿だかなんだか更に見わけがつかないのだよ」というような毒舌を吐いた者はほとんどいなかったはずだ。

ロートレアモンは、ものを書くという行為は虚栄心に発する、ということをいっていたと記憶するが、この「しろばら」一編をしさいに読んで見ると、男の劣情に汚された白薔薇の構図は見えながら、稲舟自身、半分無意識の「大むこうのうけ」を計算しているところがしだいに見えてきて、むきになって「しろばら」という女の映像を描き出そうとする手だてに、分裂が発生してくるのが見える。

「今や下界の大悪魔、夢あたたかき天女の化身に、神のとがめも恐れずして、あはれや恥辱をあたへんとす、とく起きよさめよ、光子、夜は更けて人静、風泣いて障子に声あり」の一文には、稲舟のいわゆる女性の側の男性憎悪観は見えているが、作家という、男でも女でもない、トーマス・マンの「作家は死人の眼で世界を見なければならない」ところまでは、彼女の視力はまだいたってはいなかった。はっきりいって、稲舟のこの処女聖視観は、「遅れた考えかた」であって、文学的な真価をとえば、ほとんど無い、といえる。「しろばら」は、稲舟自身の理想追求の姿勢に、肉欲の武器で攻撃をしかけてくる男性に対する彼女のヒステリックな問題提起なのである。

稲舟が作品の中で使った哥囉彷謨（クロロフォルム）という薬品は、昨今の三文テレビドラマとか推理小説のたぐいに、日常茶飯のごとく人の自由を緊縛する小道具として使われているが、この、アルコールに水と晒粉をまぜ蒸溜して得る無色揮発性の液体、窒息性の臭気をもつ麻酔剤は、当時として画期的な印象をもつものとしてあったのだ。「物書きには新しがりやが多い」というのは通説だが、稲舟もまた、子どものような眼つきで、このクロロフォルムなる溶剤を見たのだ。

「しろばら」ははたして、美妙の息のかかった作品なのか。息がかかっているとすれば、作品にクロロフォルム剤を使用するあたりに美妙の影がチラとのぞき見できるようにも思うが。

しかし、明治の芸術には、まだ江戸末期の残虐な草双紙や、残酷な口碑伝説からの影響が多くあり、作家たちもマゾヒスティックな、またサディスティックな美的感情から脱がれることはできなかった。自然主義的文学運動が起こる前の、作品上の誇張や飛躍・逸脱から、稲舟もまた脱しきれなかったのである。

「其翌々日、磯馴松風物すごき此処柏崎の荒磯に、波に着物もはぎ取られて、髪はさながらつくもの如く、あはれに乱れし少女の死屍（なきがら）、風のまにまに打よりしを、目ざとく見つけし浜烏、早容赦なく飛びきたりぬ」

「しろばら」の末尾はこのように結ばれている。

光子という少女は、篙麿により、クロロフォルムを嗅がされた不覚の時に身体を犯されたのを知り、その絶望でみずから投身自殺をとげたのだ。柏崎というのは、新潟県の中部の市で精油所のあるところだが、その磯辺に、少女の死体は漂っている、ということになり、浜烏（はまがらす）が容赦なく死体に舞い降りてくるところで小説は終る。

この小説にも、すでに死臭がたちのぼっている。稲舟はこの小説を書きながら、肉体的な相当の疲れを覚えていたし、作品を書くということは、自分の影を喰っているようなものだという自覚もあったはずである。

「清らかなものは犯され悪徳が栄える」というマルキ・ド・サドの作品に登場するジュスチーヌの映像と重ならなくもないが、稲舟の作品には、サドほどのドラマティックな構想はもちろんない。稲舟は内に溜った混乱の様相を、ともあれ「しろばら」一篇の中に吐き出し、言いたいことの七分通りを言ったのである。

稲舟の「しろばら」は、「文芸倶楽部」の十二編増刊閨秀小説号誌上に発表された。

同誌の扉には中島歌子の、

花といふ花をあつめしここちしてみるふみいかにたのしかるらん

という短歌がのせられている。

一流の女流が競って作品をのせていることに対する、中島歌子の頌め歌である。

三宅花圃・若松賤子・樋口一葉などの作品と稲舟の「しろばら」は肩を並べていたわけである。一葉の「十三夜」という作品とともに稲舟の「しろばら」はのったので、一葉の「十三夜」が、三十枚位の短篇なのに、「しろばら」はそのざっと三倍はある長さのもので、稲舟の作品が優遇されていたことがわかる。

また同誌には稲舟の盛装した写真ものせられている。麗々しい厚化粧で、眉などは濃くべっとりと描かれ、紅印でも押したような唇、つまり花嫁用厚化粧といった風のものである。着物は白地に花模様の友禅で、頭には薬玉のかんざしと造花までつけている、という花ばなしさである。

「白薔薇は星見篤麿といふ華族の若殿、待合にて芸妓そめとの縁を断つに始り、篤麿が貴族院議員桂球樹の娘光子を直江津の旅店に誘ひ出して、哥囉彷謨（ころゝほるむ）を嗅せて強姦するに終る。作者田沢稲舟といへるは近ごろ美妙斎主人の妻になりぬと聞く。巻に出でたる厚化粧の肖像を見るもの、あの顔にてこれをばよもと云はざるものの無かるべし」

これは、雑誌「めざまし草」における森鷗外の評である。「巻に出でたる厚化粧の肖像を見るもの、あの顔にてこれをばよもと云はざるもの無かるべし」とは、当時のみんなの驚きぶりを端的に表していよう。

権威と秩序への反抗と自己救抜を主題とする歴史小説「阿部一族」を描いた森鷗外をして、これくらいびっくりさせたのだから、他は推して知るべきであろう。

だが、一葉の「十三夜」の好評には比すべくもなかった。「十三夜」の女主人公は耐え忍ぶ美しさをもった、古くからの典型的日本女性として描かれていて、「しろばら」を書いた稲舟の考えかたからすれば拍手をあびやすいようなものであった。閨秀小説号評として、稲舟と同郷でもある高山樗牛は、一葉の作品は絶賛したが、稲舟の「しろばら」は、

「女流作家の名誉の作といふべからず。吾等は淑徳ある作者の品性に於いて累を為すあらむを惜しむ」

と、明治二十九年の二月に評しているが、「帝国文学」では、稲舟の作品傾向に対して、一葉に欠けたところをもつ女流作家とも評している。「帝国文学」の、樋口一葉のもたない才をもつとした稲舟評は、高山樗牛の淑徳ある作者の品性に於いて累を為すあらむを惜しむ、などとする稲舟評よりは正鵠を期していると思う。

稲舟の郷里の鶴岡でも「しろばら」は読まれたし、相当のさわぎを起こしたらしい。笹原儀三郎氏のしらべられたところによれば、鶴岡の郷土雑誌「東華」（第八号、明治二十九年一月号）の編集者天池健吉という人物が、

「よくもこんな大胆不敵なことを書いたもので感心の至り、〝ころゝほるむ〟を思い出すと不潔、卑穢、嘔吐の沙汰、作者に多少とも反省してもらいたいもの。これを読むと男はみな邪慳なものとなろう。筆者も、こんど、女はみな邪慳なものとして小説を書いてみたい」

と書いているそうである。天池健吉という青年は、稲舟の主観的真意に考え及ぶことができなかったから、稲舟が描いた作品の表づらを額面どおりに受けとって、「アタマにきた」ものであったらしい。

鶴岡の家中新町あたりには、いまだにカヤ屋根の武士の家があり、生活に使用されているようである。まして八十数年まえの鶴岡の人たちの度胆をぬくに「しろばら」の内容は当然すぎたことがうなずける。

天池健吉という青年の読みがもうすこし深かったら、稲舟の時代への呪いと想念を読みとれたことであろうが、前述の高山樗牛にしろ天池健吉青年にしろ、みずからが「女たち」の前にたちふさがる壁それ自体であることに、すこしの疑念ももたなかったというドンカンには気づかなかったのだ。

世評としてはこのように、「しろばら」は好評を得られなかったが、ショッキングな材を平然と書きこなした女として、稲舟の名は残されたのだ。

かつて隅田川に身投げしようとさえしたことのある稲舟。絶対視していた師美妙の行状を目撃させられた稲舟。貧しい感情生活の中にうごめいている人の群を見た稲舟。稲舟は人の世のどうにもならない不条理を見、そのうえでの「しろばら」表現ということなのだ。

一葉の「十三夜」は、夫の虐待に耐えかねたお関が実家に逃げかえる。父親にさとされて子どものいる婚家にかえ

ろうとするのだが、そのかえり道でひろった辻車の車夫が幼友だちの録之助で、お関のためにそのような身分に身を落としたことを知る。互いの宿命のはかなさを嘆きつつも西と東に詮方なく訣れていく、という話である。

ここにもやはり、稲舟と一葉の作品態度の明らかなちがいがでてくる。

一葉の書いた、宿命の糸にあやつられながら、諦念によって耐え生きる庶民の女お関と、女大学的なものを美徳とすることを拒否し、親のいいなりにならず自我を主張した末、浜烏に屍体をつつかれる有様になりながらも敗北的勝利をまっとうする稲舟の描いた光子と。

しかし稲舟も一葉も時代の罪に奔弄された女たちを描いている。

「しろばら」と同じ「文芸倶楽部」の閨秀小説号に載った一葉の「十三夜」は、「能く閨秀小説の重を掌侍し女性作家の為に万丈の光焔を放ちたるもの」(太陽二巻二号)とまで称賛されたわけだが、「しろばら」には淑徳ある作者の品性に於て累を為すあらむを惜しむ、などという批評が出ることもまた「明治」の限界である。

この閨秀小説号じたい、全国的に反響の大変なものだった。

「生嚙りの学問を矢鱈と振回はし、親をやりこめ男を罵倒し手をつけられぬ蓮葉娘」(早稲田文学・明治二十九年一月。宙外生)、「変成男子的処女」(奥羽日日新聞)という加評は恐れ入る。

が、この評を放った、この言葉の裏側にいた男性というのは、みづからの視野狭窄を棚にあげた狭隘さをいまの時代にまで曝している結果になったわけである。

当時としては、稲舟の言動は人の考えの外にあった、ということも考えられる。

これらの批評の群にとりまかれた稲舟というのはどのようであったろうか。意外に静かにあどけない眼つきでまわりを正視していたように思う。稲舟には、自分の心の根もとを見すえる純一強靱なものがあったから、まわりの音にちらと心動かされはしても、静けさを保っていられたと思う。

前にものべたが、稲舟は理想追求が激越だったから、そこいらにいる通り一ぺんの男性の魂になど、自分の心の飢えをいやされないことを知っていた。稲舟の心をかすめていく男性の影といえば、美妙とか高山樗牛などだったが、その高山樗牛が「しろばら」を「女流作家の名誉の作といふべからず…」等と評論をおこなったことについては、しかしひとかたならぬショックは受けたであろうとの推察はつく。

稲舟はこう思ったにちがいない。〈なまじの道学者ヅラした者のだれ一人として、男と女の劣情の結果としてこの世に生をうけなかった者はいなかったはず〉と。稲舟ほど、人間の血と肉による「患い」の根の深さを正直に洞察した女流作家を、私は明治の女の作家たちには見ない。稲舟について、彼女のこの点を露悪趣味として指摘したおおかたの明治の人間たちは、自分の着物の下に「かくされているもの」を見ることをただひたすらおそれていたにすぎなかったのだ。はだかの王様を見た子どもが、「王様ははだかだよ！」と証言した。稲舟は時代からの抑圧のためにすこし歪められたかたちで、ほんとのことを可愛らしい唇で言いたてていたにすぎなかったのだ。

稲舟が時代に見たものは、男の性の道具に供される女たちの姿だった。認識の高みに達し得ない「見えない」男たちと、「見えない」「物言わぬ」女たちの演ずる劇を見て稲舟が、この人たちと同じ地平にたってはなにもやらない、と思ったのは無理からぬ話である。

「しろばら」の載った「文芸倶楽部」に同時に掲げられた稲舟の写真は、当時の文壇において、随一の美人との評判をされた写真であった。

だが、美は個々の人間のもつ概念いかんによって美とも醜ともなりかわる。厚化粧をして盛装した稲舟を美しいと見たのは「明治」の中での時間で、いまではない。厚塗りに硬直した女の顔。白粉を塗って地肌の見えなくなったその顔の唇といえば、指の先に紅をつけて唇にちょっと押しつけたような具合なのである。これが明治の化粧法であり美というわけだ。当節、そこいらへんをこの化粧法でシャナリシャナリ歩いたらバケモノあつかいされてしまうだろう。時間というのは恐ろしい。

とにかく「しろばら」はセンセーショナルな作品であった。

美妙は稲舟の「しろばら」が好評にしろ悪評にしろ、問題化されたことについて内心喜んだようだ。「この女は、いままでに出なかった質の女流のもの書きになる」と美妙は思ったようで、「それに自分好みだ」とも思ったはずだ。

「清らかなものの凌辱」を以て一つの人生悲劇を構想する方法は美妙特有のものであって、美妙が作品構成に失敗して「彼は惨惚をよろこび、汚辱を弄ぶ」と評せられたのもその点であり、その傾向が「医学修業」同様この「白薔薇」にも強く強ひられて来て居たのであった。（塩田良平「明治女流作家論」）

故塩田良平氏は、稲舟の「しろばら」をこのように指摘、分析していたが、「しろばら」の構想は、稲舟独自の考えかたが根底に置かれている、と私は見ている。

短か夢

美妙は稲舟の「しろばら」を自分好みであるとして、鶴岡にいる稲舟に称讃をまじえた手紙を送ったと思う。だが、いまその手紙は残っていない。田沢家の火事などでそのほとんどが焼けたからである。

稲舟はどう思ったか。「しろばら」を「女流作家の名誉の作家といふべからず」ときめつけた高山樗牛をはじめとする冷評のなかで、美妙の評言がもっとも核心を衝いている、と稲舟には思えたのではあるまいか。

美妙には奇怪な分裂的な言動はあったが、視野狭窄思考ではないところがあった。美妙は、小説と詩の二つが哲学の真理を描くもので、いわば哲学の変態であること、哲理に通暁して、宇宙を己に集めたものであるべきとして、我国では、単に「婦幼の眠を覚すより外には能無きもの」と卑められていることへの慷慨をもっていたし、その追求の姿勢には熱いものがあるのを稲舟は見てとったのだ。稲舟は、自己の内なる体制と外なる体制にしめあげられながらも、人間の自由とはなにごとなのかという問いからたえず眼をはなさなかったから、すこしアヤフヤな印象はもっていても美妙の志向には目をむけざるを得なかったのだ。

その頃、東京にいた美妙は稲舟にどのような手紙を書いただろうか。

社会的に失脚した美妙のまわりは、それでなくても孤独癖をもっていた美妙だから、ほとんど人が寄りつかなかった、と見ていいのではないか。そのような時、自分の志に影のかたちとなって寄りそいを示してきた女弟子の稲舟を、美妙は当然のごとく想ったにちがいない。それと、物欲にさとい美妙が一応の資産家とみなしていい稲舟の実家を全く計算に入れていなかったとは考えられない。一挙両得といっては言いすぎだろうか。美妙は、社会的にも家についても妥当な女として稲舟を見たにちがいない。ということは、この頃彼は、日本橋の歌妓西戸カネとすでに相当の情交をもっていたはずなのだから、稲舟とカネを両天秤にかけることもあっただろう。カタギの娘の稲舟を嫁にもらえば世間体はいいし、恰好がつく。母からの精神的な支配をうけていた美妙がそこのところを軽んずるはずがない。そのうえ、稲舟は、時代にかなう美人風であり、自分好みの女でもあったのだ。

「稲舟思慕に堪えかねた美妙は廿八年秋深き頃山形に赴き、田沢家の了解を得て稲舟を伴って帰京したために異常なセンセイションを捲き起した。」。塩田良平氏は、「明治女流作家論」のなかに稲舟についてこのように書いている。離れても文通しあっていた美妙と稲舟は意が通じあっていて、右のような行動もなし得た、と見ていいようである。稲舟の美妙にむける心理は複雑だったとしても、低い次元でのイザコザを越えたところで、稲舟と美妙はお互いの一致点を見たのだろう。

稲舟の実家では、稲舟の健康状態を第一に心配した。鶴岡に帰ってからの稲舟は、家族の手厚い健康管理によって、健康状態が良くなったように見えていたのである。

鶴岡にあって尼僧のような心境で暮していた稲舟を、しかし、世間の者たちはそっとしておかなかった。さまざまな噂で稲舟をつつみこみ、稲舟にとっての故郷というのは、心の閉ざされた人たちの群がるところ、としか映らなかった。

＜はたして私は、この鶴岡にいて生きのびられるか？　蒙昧な人たちの心にとりかこまれてどう生きればいいというのか＞

稲舟はくりかえし自問し呟いたことだろう。

稲舟は「鏡花録」の中に、美妙に迷った自分、ということを書き残したのだが、稲舟にとってその時の美妙は、蒙昧な鶴岡からの「出口」と見えたこともまた重要なことである。稲舟は美妙を「出口」と幻視し、そこに脱出の幻影を描いたのだ。

「ここ（鶴岡）から出られる！」

ということが稲舟にとってどれほど魅力のあるものであったか。それと、美妙との結婚によって、世間を見かえす、という意識も彼女に働いたはずだ。

稲舟にはこのころ、縁談がもちあがっていて、それはかなり進行していた。親たちにすれば、婚期を逸しかけている跡取り娘に、なにはさておき婿をとりきめようとしたことは当然の成行であろう。

田沢家と縁戚にあたられる山形市の佐藤英夫氏の語られたところによると、稲舟の妹富の夫となった中野秀四郎氏もこの時の稲舟の婿養子の候補者であったということで、帝大の医科を出、ドイツに留学し、帝国脳病院長となったということであった。稲舟は、この中野秀四郎氏との縁組もまた拒んだのである。

愛のかたちとはどんなものであるか。サン・テグジュペリは「愛は見つめ合うのではなく同じ方向を見ることだ」と言っていたが、稲舟は医者である中野氏とよりも美妙とならば、曲りなりにも同じ方向を見ることができると思った。稲舟は、東京の美妙に、自分が実家にあって、婿をむかえるよう親たちから強力に進められている、と書き送ったことはまちがいないことであろう。

美妙はそれを知らされてどう思ったか、逃がす魚の大きさを感じたにちがいない。

美妙は、それまでわりにたくさんの女たちにかこまれて過していたから、稲舟との結婚という追い迫られた考えかたにまで到らなかったかもしれないが、いざ稲舟が他の男の妻になる、と考えた時、自分に純一な愛をもってくれ続けた稲舟を貴重だと思ったろう。日本橋の歌妓のよさは充分身に味わっていたとしても、正式の妻とするに恰好の稲舟に対する魅力は大きかった。

美妙はそう考えた時、身をもってはるばる鶴岡に下った。

鶴岡にいる稲舟を正式にもらいうけにやってきた美妙は、稲舟とともに人力車に相乗りして鶴岡市中を走りまわって、当時の人々の顔をそむけさせた、というような伝説めく話がのこっている。

明治二十八年十二月二十一日、稲舟は戸籍上の廃嫡願届済となった。

だから、美妙が稲舟を鶴岡にもらいうけにきたのはその日付より前になる。

物事のはっきり見えるほうの母の信は、美妙の経済的内幕についても見通していたことだろうし、なによりも繊弱な稲舟が姑が二人もいるような山田家に入っていってうまくいくはずがない、とも思ったにちがいない。

稲舟としても、現実的な生活上で決してすらりといくとは思えなかったろうし、相当の不安があったとしても、親のきめた縁談に自分の生の退路を断たれるより、自分とほぼ同じ方向をみる美妙についていこうと、最終的な決意をしたと思うが、その決意は光あふれるような状態ではなく、もっと重いしこりをこめたものであった。

一説によると、美妙と稲舟の結婚について判断に苦しんだ稲舟の両親が磐若寺の住職の意見を聞いた、ということである。住職は「みほとけのみこころのままにおまかせするしかない」とでも答えたものであろうか。ともあれ美妙と稲舟は、稲舟の両親の許可のもとに、関山峠を越え、東京にむかったのであった。

稲舟は関山峠を越えるときなにを想っただろうか。かつて稲舟はこの峠を、東京へのあくなき希求を抱いて、また美妙への燃えさかる恋慕を抱いて越えたし、母の信に無理やり連れもどされる時も越えたのだ。

二人は関山峠を越えて、作並温泉に一泊した。婚約旅行と新婚旅行をかねた旅になったわけである。

稲舟と美妙が東京についたのは、明治二十八年の十二月二十五日頃だった。十二月二十五日といえば年も押しつまり、なによりも稲舟は、自分の誕生日が目の前だ、と思ったはずである。誕生日を東京でむかえることができる。そのことは彼女をひどく喜こばせたにちがいない。女心を喜ばすに敏な美妙は、新妻の誕生日になにを贈っただろうか。

稲舟は、明治二十九年の新年を山田家の人としてむかえた。この時稲舟の籍はまだ山田家には入っていなかった。稲舟は山田家に入ってなにを見たか。それは、山田家の、思っていたより深刻な経済的な窮乏状態であった。美妙は神田永平町九番地のハイカラ趣味の二階屋は、明治二十七年の九月に売却してしまって、小石川区久堅町の住いに移っていたので、昔日の華やかさはすでにどこをさがしてもなかったし、それに、そのような凋落をむかえた息子美妙と、女とともに別居している美妙の父吉雄にはさまれて、いっそうあせりの色を濃くしている美妙の母のおよしを見たのである。

「美妙が大祖（たいそ）と称するところの、八十五歳の養祖母おます婆さんは、木乃伊（みいら）のごとき体から三途の川の脱衣婆さんのような眼を光らせて、姑およしお婆さんの頭越しに錦子を睨めつけた。

美妙の父吉雄が、およしの妹とずっと同棲していて、帰らないといふのも、この大祖お婆さんが居るからだといふことを錦子は嫌といふほど悟らせられた。

だが、さうした女傑が、二人も鎮座することは、錦子も承知の上だった。その覚悟はしていたのだが、耐へられないのは、日本橋に出てゐる芸妓（げいしゃ）に、美妙の子供が出来かけている—といふことだ。狭い家庭内で、三人の女に泥渦を捏ねかへさせないではおかなかったのだ」（長谷川時雨「春帯記」）

長谷川時雨は、美妙の親しかった石橋思案から得たという資料をもとにしてこう書いているが、日本橋の芸妓の妊娠については事実がちがっている。明治二十九年三月、鶴岡の実家にかえった稲舟のにおいも消えない山田家に入ってきた（四月）西戸カネという日本橋の歌妓が山田美妙の長男の山田旭彦氏を生んだのは、明治三十年四月だから、山田家に稲舟がいた時はまだ身ごもっていなかったことになる。

はじめから波乱の中ではじまった美妙と稲舟の結婚生活だったが、美妙の経済上の窮迫が事態をいっそう悪化させ深刻化させた。カンぐれば、美妙が日本橋の歌妓と交渉をもち、そこでつかいこんだ金銭でにっちもさつちもいかなくなって、一応の資産のある実家をひかえている稲舟に目をつけた、と見て見えなくない。

美妙がモデルとなっていると見ていい稲舟の「五大堂」の今宮丁という作家の描かれかただが、ホーレル水でも飲んだものか日本人とは思われぬほどつやつやする色白な恰好のよい顔に、ぞっとするほどの愛嬌のあるえくぼをよせて人との受け答えをし、人に愛想をいうが心の中ではセセラ笑っている、というところなど、稲舟に対して美妙がなにをもくろんでいたかなどわかったものではないところがあるのだ。

美妙と稲舟のそのような内実をよそに、二人の結婚の報道はセンセーショナルだった。美妙も自分の失地挽回のために、稲舟との結婚をジャーナリズムにのせて利用しようと思っただろう。

美妙は稲舟との結婚早々、「峰の残月」なる作品を、明治二十九年二月の「文芸倶楽部」第二巻第二号に二人の連名で発表している。

小太郎と照との悲恋をあつかったもので、故・塩田良平博士によれば、いくぶん山田家と田沢家の間にはさまれた美妙と稲舟を模した今様ロメオとジュリエットの悲恋譚と見られなくもない、ということであるが、この「峰の残月」は当時好評をもってむかえられ、鷗外も、二月に出された「文芸倶楽部」における全作品の中で第一の作品に推している。この作品がほんとうに二人の合作であったかとなると、それは美妙一人の作である、との見方がおおかたの評である。構想とか言いまわしなどは全く美妙のものであり、幾分の注文が稲舟から出たとしても、美妙の作品と見るのが妥当のようである。

この「峰の残月」の合作名で作品を発表し得たあたりが、美妙と稲舟の関係上での最良の時であったと思う。二人の結婚はジャーナリスティックにさわがれはしたが、美妙の経済生活の実情は相当以上のものであったらしく、東京の山田家の人となってわずかして、稲舟は鶴岡の実家に金をねだる手紙を出している。それは稲舟の筆蹟ではあったが、文章の感じは男のそれのような手紙であったのだ。

結婚式と披露を三月頃に挙行したいと思っていたが、急に一月の二十日頃にすることにきめ、その用意に取りかかり、注文すべきものは注文し、すでに出来あがってきたものもある——嫁入り道具を、美妙の家に支払わせては肩身が狭い——費用の領取証はやがて取揃えてお目にかけます、という手紙の内容だった。

交通事情の不便な時代に嫁入り道具を東京まで運ぶのが困難なのはあたりまえだが、「好き連れ」でいっしょになる二人なら、無一物で生活をはじめてなんらさしつかえないはずだが、この手紙の背後には、稲舟をダシにして田沢家から金を出させようとする美妙の下心が糸をひいているように思えてならない。

この手紙を稲舟からもらってすぐあと、田沢家では「どうしたものか」と思案している最中に、稲舟からもう一通の手紙がとどいた。それは、前にも申上げたように、披露の費用について、新聞にもいろいろ書きたてられたため、式を挙行せざるを得なくなってきているから、嫁入りにはぜひ入用の品を金子（お金）でもらいたい、ぜひお願いする、との手紙だった。その結婚費用に要する金額というのは、四百八十円三十銭という大金で、これは、ちょっとしたしもた屋なら建つ金額だ。

その内訳は次のようである。

一、金二十円　たんす
一、金八十円　やぐらふとん
（中略）
一、金四十五円　ベッ甲櫛等
一、金三十一円　平打純金ゆびわ
（中略）
一、金三十五円　化粧用西洋箪笥
一、金二十二円　婦人持十八金時計
一、十五円　同くさり

（中略）

一、金六十四円　洋服一組

一、金七十円　ボンネット

計四百八十円三十銭

費用が、一見してウサン臭い額であることがわかる。車代が五銭か六銭程度の時代なのだ。

この、金さえもらえばよい、という文面の手紙をもらった田沢家では、ことに金銭の動きにさとい稲舟の母信は、山田家の窮状をすでに見抜いていたことでもあったし、田沢家から金銭をせびるための手段に稲舟がつかわれたのではないか、という疑念をもったのではなかろうか。だから手紙に書いてあった金額をいいなりに出したかというと、全額は出さなかったようである。美妙は稲舟と結婚し、稲舟の実家からもらった金で一息つくつもりであったろうが、そうはうまくいかなかったわけだ。田沢家でも、なにかウサン臭いものを感じたにちがいない。

稲舟の後ろで、美妙がそれとない糸をひいていたとしたら、その程度の小細工で世の中をだませると考えた美妙は甘いとしかいいようがない。稲舟の小説「五大堂」の中の今宮丁という作家は、「黒ちりの羽織なまめかしく、献上博多の帯のあたり、時々ちらつく金鎖に収入にくらべて借金の程もしられ」と描かれているが、先にあげた結婚費用の内訳にもこの時計の金鎖が出てきている。これは、借金しても金鎖を飾りたいあわれな作家美妙を皮肉った一文と見ていい。

とにかく二人の結婚は、このように、はじまりからつまづきの影に侵蝕されていた。

稲舟はのちに「鏡花録」に「夫に迷った」自分、というように書いているが、どこかうさん臭い美妙、とは感じても、それをあきらかに認めるには自分の矜持が許さないところもあったのだ。

明けて明治二十九年一月一日の読売新聞に「女作家の天縁」というタイトルで二人の結婚を報ずる記事がのった。

「(略) 女史の身の栄は錦上に花を添ふと謂ひつべき。芳信あり、今は明治の文壇先登の秀才なる美妙斎山田武太郎氏と婚礼の式を挙げたりと。女史を迎へる為に迢々其家を米沢に訪ひ、帰途甘露月 (ハネムーン) に充てて作並の温泉に遊び、山高く水長き所、佳人才子手を携へて吟詠自他相適し、目出度新夫婦の帰京せしは四五日前の事なりと云ふ」

文中「米沢」とあるのは、記者のまちがいである。

この明治二十九年一月には、かつて稲舟との縁談を進められた田川郡鶴岡町二百人町士族中野正義の四男中野秀四郎が、稲舟の妹富と結婚の式を挙げるにいたっている。中野秀四郎が田沢家に入籍したのは、一月二十二日のことである。

美妙の家に入った稲舟は、妻と嫁と作家という名のもとにひき裂かれねばならない現実につきあたった。生まれつき家事にうとい稲舟が、山田家の中に入った嫁として、どれほど苦労したか想像にかたくない。昔の嫁はていのいい女中と同断であったから、実家にいても雑布をつかまないですんだ稲舟が、涙をのまなくてならないことも何度かあったのだ。

稲舟が山田家にあったのはほんの二、三か月だったが、稲舟は考えていたことと厳しい現実のくいちがいにことごとく気づかされた。また、思っていた以上の美妙の母の美妙の生活への介入、そこでは稲舟など意に介されない存在であったことは、さきの中川小十郎による美妙の母の様子の証言によって想像するにかたくない。人にかしづかれて生きてきた稲舟にとって、自主的に家政に参加し、姑のきげんをとることの困難は、口でいうほど生やさしいものではなかった。妻と嫁の二役にせいいっぱいで、稲舟が山田家にあった時は、作家業はできなかった、と見ていいようである。

稲舟との結婚生活の中でも、美妙は日本橋の歌妓と関係を持ちつづけていたのは確実で、日本橋の歌妓西戸カネは、後に、美妙の妻は自分だけである、とずっと思いこんでいた、と証言したことから見ても、美妙は稲舟と結婚後も西戸カネの世話をしていたと思われる。

結婚したかしないかという短時日の後、美妙と稲舟は別居生活に入った。

別居生活に入ってみたものの、美妙にはそれを支えるだけの財力がなかった。別居生活に入ってからの経済生活はおそらく、稲舟の実家で支えていたのではなかったかと私は思う。

小康を得たかに見えていた稲舟の胸部疾患は、無理な生活によって再び勢いを見せはじめ、稲舟は床につく日がしだいに多くなっていた。稲舟の実家では心配し、みんなが稲舟の身のふりかたで騒ぎだしていた。

明治二十九年三月末、鶴岡から母の信が上京して、弱り果てて意識さえ変になりかけていた稲舟を鶴岡に連れかえった。帰った鶴岡の実家には、妹の富が中野秀四郎と夫婦になって暮していた。稲舟は心中、自分の帰るところはすでになくなっていることに気づいた、昔の女は、「女三界に家なし」で、出もどりという形は「家制度」のなかでどうにもならない困った事態だったのだ。

世間では、美妙の結婚のなりゆきに好奇の目を光らせて見ていたから、さっそく腐肉にたかるハイエナのように、美妙と稲舟の破婚に爪を立てた。

「(略)すぐと合作小説は文芸倶楽部に依って公にせられたが、扨も好事魔多しと小説家なら書くところ、天此良縁を悪んだのか。平和なるホームの海も是れから波風が起り始めた。夫れは何でせう? 美妙の祖母です。是が中中八ヶ間敷いのに、親を棄て世間を構はず百年の身を愛といふ皮を被った獣慾の犠牲にして省みぬ稲舟と出逢っては、誰かの言ふ旧思想と新思想との衝突は到底免れないです。（中略）現在稲舟の両親は子の不孝だけ夫だけ可愛ゆく、頃日母親が出京し是非故郷へ伴ひ帰らんと意見に手こずって居るとのこと。これが所謂当世才子佳人の好い標本です」（明治二十九年三月八日「中央新聞」）

七輪のこげあと

当時の新聞は、二人の破婚について好餌とばかり書きたてたが、このゴシップは、時代の尖端をいく者たちに対する一般の関心事として次のような新聞への投書ともなってあらわれた。

「月に心をすましつつ、ゆめわすれてもこひせじと神にちかひし身ながらも、あつき心は七重八重へだつる雲のおちかたの、山路の雪をふみわけて、はるばるとひしなさけには、さすがこころもみだるゝを、親もいなめずすゝむれば、いつかちかひもわすれつゝ、ともにかえりし九重の、みやこの春も夢なれや」（明治二十九年三月二十二日読売新聞「稲舟女史の事を記する新聞をよみて」「つまべに」より）

稲舟は、泣く泣く鶴岡に帰った。

稲舟が帰った鶴岡の町の中にも、待っていたとばかりに噂が流れた。それは、稲舟の着てかえってきた紫縮緬の被布の袂に七輪の焦げあとがあった、と噂になってひろまったのである。縮緬といえば上等の絹物だが、その袂に七輪でつけた焼け焦げのあとがついていたというのだから、東京での稲舟の生活具合が知れよう。

だが、「小町湯」にしろ、「五大堂」にしろ、離婚後に成した彼女の小説に、七輪の焦げあとをあかす、なにごとも記されてはいない。稲舟の性癖として、現実にあった日常のあれこれを小説の中に放りこんで云々するということをしなかったのだ。

稲舟は、自分の美妙との東京での生活内容を露骨に示すようなことは、いっさいしなかった。

籠居

稲舟はうつうつとして日を送っていたが、山田家にいるときより健康もいく分もち直したかに見え、筆をにぎり机にむかう日もあった。

東京小石川の山田家からかえってすぐの四月に、稲舟は「文芸倶楽部」の第二巻第五編に、「誰身の上」と題する小詩編を発表している。それは、「形見の扇」「こねこ」「故郷のこいぬ」「かくれが」「ねやのおもひ」「いそやまざくら」「無情」「汐くみ」「最上川」「おもかげ」「世のならひ」「姿見」「春の野」という小題にわけて作られたものである。

「君を生みしは舞姫と、さがなき人にうたはれて、きけばおもへば幸うすき、すぎにしかたのしのばれて、ひとりつくづくなげきわび、ぬるまだになき手まくらに、つれなくかよふ梅かかは、いつもとめきとあやまたれ、ただそのすがたしたはれて、いとどこゝろもみだるゝに、なほもおもひをそへよとや、わすれがたみにのこりつる、いつかあふぎのゑもはかな、かゝれとてやはうつされし、おもへば筆もうらめしき、なみだにくもるおぼろ月、ふけゆくそらの夜半のかね、おともしづけき春さめと、なみだくらぶるこよひしも、生れぬむかしおもひやり、しのぶは母のゆくへかな」（「形見の扇」）

「君を生みしは舞姫と……」という言葉ではじまる「誰身の上」は、実母を慕う少女の物語詩なのだが、こういう詩をつくったせいもあって、稲舟の母は継母である……というようなあらぬことを言いだしはじめる人もでてきた。

文学的価値からいえばほとんど無に等しい小詩編だが、切ない心を抱いて、この世の無情をかみしめていた稲舟が

「不在の母」を描くことによって自己救済のよすがとするために作ったものであろう。

「さ夜ふけて、人もしづけきねやのうち、かすかにのこるともし火に、我と我身の影を見て、やつれし姿はづかしく、おもひまはせばなに故に、我は此世に生れきて、しぬる待間のいのちをば、はかなくかくもをしむらふ、とてもいのちはながからぬ、ものとしるしるいつまでも、うき事故にながらへて、つひにきえぬるあとを見ば、骨も細りてのこるらん、よしそれとてもなさけなき、うき世の人はいかでかは、あはれとだにもとふべきぞおもへば人のをはりほど、はかなきものはなかりけり（「ねやのおもひ」）

これらの小詩を発表したのは、明治二十九年の四月である。この小詩を注意して見てみると、命細りゆくものの息づかいがある。「とてもいのちはながからぬ」「おもへば人のをはりほど、はかなきものはなかりけり」と稲舟は書いている。自室の床のなかで、弱っていく自分の肉体を見つめていた稲舟の吐息の一節とも読みとれる小詩で、死に魅せられはじめている彼女の姿が見えるのだ。

明治二十九年の二月十日に、若松賤子（本名松川甲子）が若くして結核で死んだことも、稲舟に深く印象づけられていた。

結核―若松賤子の死、それは稲舟にとってひとごとではなかった。人の生のもろさはかなさを、このことによっても稲舟は考えさせられた。

稲舟がいちはやく死の臭気をかぎわけ、若松賤子を想っているころ、樋口一葉もまた、結核に冒されていた。

そんな稲舟に追いうちをかけるように、美妙が日本橋の歌妓を家に入れた、という噂が耳に入ってきた。稲舟が美妙のもとをはなれて一か月にもならぬころのことであった。稲舟は心の中を嫉妬でひき裂かれ、弱っていた身体は、輪をかけて憔悴していった。

なお、西戸カネは美妙と相性がよかったと見え、美妙と終生連れそうことになるのだが、翌三十年四月には長男旭彦が生まれた。当時は戸籍上、旭彦は西戸カネの私生児となっており、明治三十七年五月二十五日、美妙とカネとの正式婚姻によって同年七月嫡出子となった。作家どうしの結婚はけっしていいとは思われない。お互いの自我のぶつけ合い、削り合いだけで、相当のエネルギーが消費される、と私は思う。西戸カネの場合は、なまじものを書いたり考えたりしなかったから、アクの強い美妙とでも同居が可能だったのだろう。

身心ともに憔悴しきった状況のなかで稲舟はそれでも、「小町湯」を書いた。それは、当時田沢家で二日町角に経営していた「桜湯」からヒントを得たものである。

「(略)老夫婦、例の火鉢を吉野川に女中をさけての相談も夫は年も五十路あまり、子故の闇をてらうばかりの薬鑵頭を横にふりて、妻のお村をぢろりとながめ『否さうではない。お前はとかく頑固な事ばかりいふが何も必兄(かならずあに)に相続させなければならんといふ事はないよ。それも敬一がおれの望次第な学問でもした事なら格別、何だえつべこべロをきいて我まま勝手にいつまでもいつまでも赤門あたりをまごついて、やっと卒業したかとおもへば、ヤア宇宙がどうだ、真理がどうだ、なにかにともう生かぢりの哲学熱にうかされて、活発な事業の相手にはならず……(略)」

「小町湯」というのは物欲にこりかたまった父親と、いわゆるインテリ息子との葛藤である。息子は、金持の持参金つきの醜女(しこめ)を父に押しつけられそうになり家を飛び出す。そして風呂屋の番頭になるのだが、その番台の上から女湯に入りにくる女体をモデルにし、それをひそかにスケッチするのだ。その女の裸体を描いた「裸体の天女」が展覧会で評価され、その絵は二万円という大金で買われる結果になり、物欲にこりかたまった父親の蒙を啓く、という話なのである。

稲舟が「小町湯」を書くにあたっては、明治二十二年一月、山田美妙の小説「蝴蝶」(国民之友)の口絵に、渡辺省亭筆の裸体画が使われ物議をかもしたことと、明治二十四年一月に、明治美術会の席上で「裸体の絵画彫刻は本邦の風俗に害ありや否や」で、議論百出した事件が大きくかかわりをもっていた。そしてさらに、明治二十八年春の第四回内国勧業博覧会(京都)がひらかれたとき、前述したように、そこに展示された黒田清輝の「朝粧」がさわぎをひきおこしたのである。

なお、稲舟の死後の明治三十年代に及んでも日本では、この裸体画の展示禁止事件が起こっている。なかでも有名なのは、稲舟没後四年、明治三十三年秋上野で開かれた白馬会(黒田清輝が結成)展覧会に出された黒田清輝とその先生コランの女の裸体画が、局部を黒布でおおわて展示された事件である。今から見ればコッケイともなんともいいようがないが、これに対し黒田清輝はマッ赤になって怒り、警保局が裸体画を禁止するのは日本官吏の俗物無能ぶりを示すものとして激しく批判したりしたことまであったのだ。

とにかく、稲舟が「小町湯」を書いたのが、そうした時代のド真中であったことを忘れてはならない。文体論がどうの、小説的価値が低いのといってもはじまらないような事態の中で、彼女は「小町湯」を書きあげたのである。

「奇抜な趣向を立てるのは此作者に限る。何と男の小説家でも驚いたろう。コロ、ホルムから女湯覗みだ。今度は何のやうな恐しい趣向が出るかも知れぬ」

これは「めざまし草」合評会が稲舟の「小町湯」にあびせた冷評である。

「筋そのものに、不自然さがあり、且何よりもいけないことは人生の見方の低さであった」

これは、塩田良平博士の「小町湯」論だが、稲舟の意図したことと、この塩田評とはかみあっていないようである。

「子故の闇をてらすばかりの薬罐頭を横にふりて」という稲舟の表現は、しかしなんともオカシイ。「誰身の上」とか「忍び音」などの詩では、嫋々とした、そよ風にも倒れんばかりの言葉づかをしていたかと思うと、「小町湯」にいたるとこんな具合になるのだ。稲舟は、阿呆らしい「裸体画論争」をヤジルためにも、一種のパロディとして、この「小町湯」を書いたのだ。

月にうたう懺悔

鶴岡にかえってからの稲舟は、いまや自分を支えるものは筆しかなかったので、体具合のいい時は新体詩などを書いて「文芸倶楽部」や新聞に送っていた。

この頃の稲舟に出合った覆面氏による稲舟像がスケッチされている。これは、私が稲舟と美妙に関する資料を求めて東京大学明治文庫蔵の「智徳会雑誌」の中でみつけた文章である。

「予が廊下に導かれし時、庭下駄の音して玉廉に顕れし半身の像は、いはでも知る余香こぼるる許りの稲舟女史。如何なれば女史浄瑠璃文体を摸ふやと予の頻に問ふもかまはず、語気さへ少しく激して、

　なぜでしゃうか。私が身の過を悟って懺悔の文を書くのにそれを世間では悪くいひますのは。

累々数言予は殆んど怨言の聞き読け、

さう思うと私はくやしう御座いますわ、世間の人の心が解きたい許かしに良人（ひと）の讒訴をするなら免も角、自分の罪を顕して詫びるのに、世間では書けるに任せて筆を弄するなどいはれては一寸も割りに当りや仕ませんわ、ほんとに女は損です、善ても悪に回されるのですもの、も──私は男なんぞは懲り懲り。

　漸くて言は我問題に入る。

歌だの新体詩だの小説のと皆んな飽きましたから、今度は浄瑠璃文をやります積りで御座ますが、近頃では大分近

松の風が真似られるやうになりました」（明治二十九年六月「智徳会雑誌」より）

文章の字句に誤りがあったけれども、そのままここに写してみた。この「智徳会雑誌」にのっていた稲舟像のスケッチ文から見るに、この文を書いた人はわざわざ鶴岡の田沢家に探訪に出かけたものらしい。

この文を書いた人が稲舟と会ったのは、稲舟が六月七日の「読売新聞」誌上に、「月にうたふ懺悔の一ふし」をのせたあとであるが、この文から、稲舟にむけた世評に対しての彼女のいきどおりが知れる。

世論が、稲舟とわかれた美妙にむけていっせいに攻撃の矢を放ったとき、稲舟はそのことに対して、美妙ばかりが悪いのではない、自分にもいたらなさがあったのだと、美妙を弁明する詩を書いて「読売新聞」紙上に発表した。

その昔、山田美妙と親友だった尾崎紅葉が、例の「硯友社」を無断脱会した美妙に怒ってその後美妙と決裂してしまったのだが、当時その尾崎紅葉が、読売新聞の文芸面を主宰していて、稲舟が「離婚の因は美妙にあるのではなく自分のいたらなさのゆえだ」とした「月にうたふ懺悔の一ふし」の長詩を読売に送った時、紅葉はその詩を同誌に掲載したのだ。

「秋ならねどもなさけなき、うき世の風は身にぞしむ、思へばつらしなに故に、誰がため我は生れきて、かゝるうきめをみぢか夜に、ねむりもやらで物思ふ、深きなげきを人やしる、人にかたらぬくりごとの、しらべやいかにやつれたる、すがたをてらす瑤台の、鏡もあはれ心あらば、せめてなさけにきけよかし、声もこころも悲の、涙にくもる一ふしを。（略）けふの別れのうたてさに、浅き山田とうたはれし、きのふのそしりおもひいで、さがなき人の言の葉を、まことゝなしゝくやしさに、心はちゞにみだるなり、さはれ浅きは水ならで、浮びかねたるいなぶねの、とがとしりなば世の中の、誰かは君をそしるべき、されどしらざる人々の、またもや君をそしりなば、すぎにし事をつゝまずて、我罪なりとかたりてよ。（略）おもへばくしくはかなしや、夢にもにたる世の中を、心のままにおくるとも、みちを守りておくるとも、よきもあしきもつひにゆく、死出の山路はかはらぬを、おかしゝつみにせめられて、ここにさんげの一ふしを、うたふはもろき心かな、さはれもろきぞいづこにか、けがれぬこゝろのこりたる、しるしとこそはいふべけれ」

稲舟が美妙をかばったつもりで書いたこの詩は、いっそう稲舟に対する同情票となって集まり、美妙はかえって窮地に追いつめられていく結果となった。

「読売新聞」ではこの詩を掲載した時、次のような一文を説として付した。

「女史は美妙斎氏と同棲すること数月、一朝瑤地躁ぎ鴛鴦分れ飛びて、今や女史は郷里山形県鶴岡に帰り、徐かに人生を観じ居る由にて、昨日遙々一書を我社に寄せられたり。（略）読み来れば字々皆涙、女史の苦心の程推察するに余りあり。……」

「月にうたふ懺悔の一ふし」は、一見哀切をきわめているように見える。だがそれは、一筋縄の哀切などとかたづけられない事態から発生していることもあるのだ。

さきに、智徳会雑誌の記者が探訪した稲舟の記事中、稲舟が「なぜでしゃうか、私が身の過を悟って懺悔の文を書くのにそれを世間では悪くいひますのは、さう思うと私はくやしう御座いますわ、世間の人の心が解きたい許かしに良人の讒訴をするなら兎も角、自分の罪を顕して詫びるのに、世間では書けるに任せて筆を弄するなどいはれては一寸も割に当りや仕ませんわ」といっているが、この自己弁明は、智徳会雑誌の記事に対するうらみごとでもあったのだ。

すなわち「智徳会雑誌」三十号の誌上で、

「近々『悪魔』と題する小説を著し嘗て夫たりし文学者を罵り破鏡の歎ありし由を漏すなるべし」

と書かれたことに対する彼女の弁解の詩でもあったのだ。

弱っていた稲舟は、自分の狂うばかりの本心をむき出しにして美妙や世間にたちむかうのは無理だと思ったのではなかろうか。「月にうたふ懺悔の一ふし」のように哀切のオブラートをかけて、自分を世間に見せたのだ。稲舟の性情からいって、自分のことはあくまでもキレイごとにしたかったのであろう。「近々『悪魔』と題する小説を著し……」とはまんざら根も葉もない噂ではなく、それは「五大堂」の中の今宮丁という放蕩作家となって作品化されたことを見てもわかるというものである。「五大堂」のなかの今宮丁は相当に悪魔的であり、美妙を活写しているといっていい。疲れていた稲舟は、時に意識の錯乱を見るようなこともあって、そんな時、「私はいま、美妙をモデルにした小説を書くことを考えている」とでもいうようなことを、知っているもの書きか、知りあいに手紙に書くようなことをしたのではないかと思う。

稲舟の健康状態はしだいに下り坂になっていた。全身がけだるく、眼をつむって床の中にいると、二度と起きることが不可能ではないか、と思える日もあったはずである。だが、そのような肉体上の負い目をのり越えて彼女は筆をにぎったのだ。

「小町湯」のあとは、やはり心の根もとに深く喰いこんでいる美妙との破れた道行であった。そのプロセスをどのように言葉にするか、ということに彼女は立ち迷った。そしてそれは「五大堂」という一作に表示されたのである。

稲舟は、世間一般が自分の考え得る範囲から割り出したモラリズムで美妙を律しようとしていることには気がついたのだ。それを強固に考えぬき得たならば、稲舟も、美妙の妻というような狭い枠を越えて美妙と対等にわたりあうことができたはずなのだが、美妙も稲舟も、時代の壁に頭をぶつけてもがいてはいたが、制度をのり越えた高い認識のもとに自己を外にむけてひらくことができなかったのである。

私は、自分の私生活上のあれこれを公的な紙上であれこれ騒ぎたてるのを、イイ気なものとしてほんとうは認めない。無言の無数の民衆はジタバタと生き争い苦しみ、そして死んでいったと思うからだ。自分の苦しみだけが世界を動かすかのような錯誤をもった連中にはドウニデモナレと言うように思う。その意味では、稲舟も社会的に甘やかされすぎていたと思う。

忍び音

稲舟は小説「五大堂」の構想を考えながらも、明け暮れ懊悩しつづけていた。

家の前を流れる内川の川面には夏の陽ざしが耀り、庭の樹木の花々は散りつくし、緑葉が、熱をはこんでくる風に翻えっていた。

このすこし前の六月十五日に三陸海岸に大津波が起こった。罹災民の数も多かったのだが「文芸倶楽部」ではこの災害に対して、「義捐小説」号を出してその利益を罹災者救済にあてようとした。その運動の音頭をとったのは大橋乙羽である。この海嘯（つなみ）義捐小説号には当時名のあるほとんどの文筆家が寄稿した。稲舟も東京からこの海嘯義捐小説号に作品を出すようとの原稿依頼をうけた。

「多謝す、天下博愛の文士諸君、諸君は微力なる予輩を扶けて、こゝにこの海嘯義捐小説なる、一部の書を完成せしめられたり。（略）都下の文士諸君の、寄稿を請はんとせるは、去月廿七八日の頃、而して相約するに、翌月三日をもってし、諸君はこの短日月の間、（略）稿、我が編集局の机上に堆きを見るに至る…

盆の二十日　乙羽生謹識」（「文芸倶楽部」海嘯義捐小説号。）

とあるから、稲舟もまた、六月二十七、八日頃から六月末いっぱいで稿を書いたか、まえからもっていたものを東京の文芸倶楽部」に送ったもようである。

同誌の「藻塩草」欄には、また、

「御救恤金　六月十五日三陸地方海嘯（つなみ）の災に罹りたる趣憫然に被思召天皇皇后両陛下より岩手県へ金壱万円、宮城県へ金三千円、青森県へ金一千円御下賜あらせられ救恤の補助に充つべき旨右三県へ御沙汰あらせられたり」

とある。

稲舟は津波に対する感想をのべる余裕などなく、自分の内に満ち引きする津波を語る詩「忍び音」を送った。

忍び音　　田沢稲舟女史

時　鳥

さみだれは、晴れてもくもるならひなり、忘るとすれど忘られぬ、まよひあやしき執着も、思へばにたる姿かな、しるすもわりなすてし世を、忍ぶにかひはなけれども、我のみひとりこがれにし、名もゑにしある舟形の、さとに又もやたびねして、思ひはげしき草まくら結びすてたるつれもなき、ちぎりをうらむこよひしも心ありげに時鳥、かたわれ月になのるなり。

浮　名

けさまでは、いのちをかけし中とても、夕べにかはるためしなり、あすかの川の淵も瀬も、たのまれぬこそ世のつねと、おもひ絶えてもとゞめえぬ、涙にながす浮名かな。

血の涙

人やしる〳〵、人や知るべき人や知る、浮世の人にそしられて、うれしと夜半にいくそ度、血に泣声を人や知る、人は知らねど時鳥、なれのみしるかあはれにも、なのりて過る声聞ば、我をとふかとなつかしく、しばしなぐさむこゝろかな。

「忍び音」とはこのような詩である。

海嘯義捐小説号といえば、津波の中に両親をのみこまれて孤児となった者たちとか、家もろとも波にのみこまれて散りぢりになった家族や病人に送る義捐金を作るための雑誌なのだが、稲舟はそこでもあいかわらず、自分の痛みだけを累々とのべたてた。

「けさまでは、いのちをかけし中とても、夕べにかはるためしなり」と稲舟は嘆き、「人やしる〳〵、人や知るべき人や知る、浮世の人にそしられて、うれしと夜半にいくそ度、血に泣声を人や知る」とうったえかける。好きなように生き、命をはばたかせてのこの結果なのだから、黙って耐えしのべばいいではないか、といいたくなるが、彼女は手前勝手なところがあったから、このような泣きごとを人まえに曝す結果になったものだろう。

稲舟は四離滅裂な現実に一身をひき裂かれながらも、最後の力をふりしぼって、「五大堂」と「唯我独尊」をまとめあげようとしていた。微熱はつづき、体の憔悴は日々まさっていた。すでに意のままにならなくなった肉体、四離滅裂な四囲、稲舟は世をうらみ人を呪うしかなかったが、筆をもつことについての魔法から解かれることはなかった。

そのような稲舟の手元に、自分の「忍び音」を送った「文芸倶楽部」の海嘯義捐小説号がとどいた。

その海嘯義捐小説号には百名ちかい者が筆をとっていた。

森鷗外を筆頭に、例の美妙の「蝴蝶」の裸体画を画いた渡辺省亭や小林清親が絵筆をとり、尾崎紅葉(「藻くづ」)、幸田露伴(「靄護精舎随筆の一節」)、斎藤緑雨(「のこり物」)、山田美妙(「しっかり持て」)、川上眉山(「千紅万紫」)、広津柳浪（「長坊」)、石橋思案（「車の上」)、内田魯庵（「雨の日ぐらし」)、小金井喜美子（「高潮」)、三宅花圃（「電報」)、樋口一葉（「ほととぎす」)、北田薄水（「秋の空」)、島崎藤村（「捨扇」)、田山花袋（「一夜のうれひ」)、佐々木信綱（「旅商人」)、半井桃水（「人殺し」)、厳谷小波（「鯰聟」)、泉鏡花（「妙の宮」)、徳田秋声（「厄仏ひ」）などの名が見えている。

稲舟は一連の作品の中に、「文学士無名氏」のペンネームのもとに「おきく」という作品がのっているのを見た。稲舟は、その作品がだれのものであるのかに気がついた。それは高山樗牛の作品であった。

「おきく」という小説にもクロロフォルムのことが出てくるのだ。「おきく」の中でのクロロフォルムは、だが劇薬の薬物的使用として説明されている。「おきく」は、身分の高い家柄のおきくという娘が、家柄や身分をすてて、雇われ人風情の若い男と結婚する話なのだが、このおきくという女は結核で手術をうけるのだ。その時、神がその子らの苦痛を救わんためにくださったもの、といういいかたで、クロロフォルムは説明されている。そこでは稲舟が「しろばら」の中で使ったとはちがう、劇薬良用としてクロロフォルムは力説されているのだ。樗牛という人は、現実正視の文学はついに書かない人だった。いつも叙情的なフィルターをかけて事の輪郭をぼかして描こうとした。

死のまえを

「おきく」という小説もまた、結果はおきくの死によって終わるのだが、稲舟が書いた「しろばら」の中の光子のような、好きでない男に犯されたうえ、屍体を浜鳥でつつかれるありさまの悲惨な死にざまではない。

樗牛は、同郷年下の稲舟を注目していたし、やはり同郷の大橋乙羽などと、なにくれと彼女をかばって世話をやいていたのだが、彼は稲舟の例の「しろばら」の構図には驚き、「太陽」誌上にそれとない忠告的な評論を書いたのだ。稲舟もまた、美妙ばかりでなく樗牛や大橋乙羽なくしてはそれまでの作家活動がなりたたなかったことを知っていたし、樗牛がおとしめるための批評文章を書く人柄でないことも知っていたから、「しろばら」に対する樗牛の評言も心にとめていた。

稲舟は、狂乱の中にその美質を輝かせはじめるところがあったが、樗牛という人は、あくまで日本主義の骨格を踏みはずすことのない静謐さにその文学的特性があらわれてくる。二人の位相はちがっていたのだから、私とすれば稲舟には、あくまで稲舟流の文学を推し進めてもらいたかったと思うのだが、樗牛の「しろばら」批判や、その批判のお手本的作品「おきく」を見たころから、稲舟の内部にある変化が起こっている。

稲舟の自由希求の精神は、樗牛の述べる文章の論旨に、多く道義・道徳の教条主義を見てしまうことが多かった。平たくいえば、彼女は樗牛がケムタかった。だが美妙という個性に多くの失望を見たあと、思想の化身として男性を見がちだった稲舟の心は、高山樗牛のほうに泳ぎよっていったのだ。

稲舟は崩壊しつつある自分の肉体のことはほとんど考えなくなっていた。作品の中に転生するというように、高山樗牛の「おきく」によって啓発されたものを作品化しようとしていた。

稲舟の心は、肉によるわずらいからいっそう遠ざかっていたので、静かだった。うらわかい魂だけが未生のなにものかをみつめて、なお燃えつづけていた。

＜それにしても樗牛さんの「おきく」は美しい。描きこめられた人間の煩悩も修羅も、あの人の筆にあうと浄められてしまうようだ＞

と稲舟は思った。

人のなす愛をあくまで美しく見たい彼女は、それを封じこめようとする「制度」が目障りでならなかった。「家」

「父権」、このことは彼女の頭を終生はなれなかった。

小説「五大堂」で、物質欲・色欲の化身のような作家今宮丁を描き、その今宮に終生変らぬ愛を捧げた糸子を、社会的にも経済的にも追いつめられた今宮丁とともに五大堂(松島)から海に身をおどらせて死なせたのだが、その糸子は、とりもなおさず作家田沢稲舟だったのだ。稲舟は「五大堂」で死んだ。だが、女の生きかた無限に追求しようとする作家田沢稲舟は、「五大堂」という作品のあとに再生する。

蘇った稲舟は、父権によって支配を受けることのない愛の成就について書こうとする。

それは、「しろばら」の作品の中で敗北的勝利を得たが死んでしまった光子を再び蘇らせ、家門のために政略結婚を強いられる伯爵夫人として描く。

その女性の名は紫子と名づけられて作品「唯我独尊」の中で息づく。当然のことだが伯爵夫人の紫子は伯爵と折り合わない。紫子は、結婚前から外科医柳田美言を愛していたのだ。ある日その柳田美言からもらった衿止めを出して柳田医師をしのんでいたところに伯爵が入ってきたのだ。紫子はあわててそれを口の中に入れ、まちがってそれを呑みこんでしまう。そのブローチを取り出す手術をしなければならなくなったのだが、紫子は自分の夫のいう医師に手術させないで、柳田美言に手術を依頼する。柳田美言は、外科手術では一人者といわれる人である。手術の場にのぞみ、麻酔をかけられた紫子は柳田美言を愛していたこと、伯爵がきらいなことを口走る。そのことによって、傷口の治癒ののち、紫子は伯爵家から離縁され、柳田美言と結ばれる、という小説である。

人は己の心の影をそのときどきにおいていろいろの他者に映して旅をする。はじめ美妙に熱愛を捧げた稲舟は、美妙への失意から心の拠りどころを他にもとめたのだ。

「文学士無名士」の名のもとに高山樗牛が書いた「おきく」という小説、それは、作中の「私」は、若い医師であり、小説は「私」が語る、という形式をとっている。つつましく有能な若い医師が「おきく」というたぐいまれな美しい女を手術し、それを看とり、かつおきくの生と死のドラマをみつめる形で小説は書き進められている。

稲舟は、樗牛のその静かな筆さばきや、端麗な物事への凝視性に目を見張る思いをしたのだ。「あの人とはなんというちがいだろう」と稲舟は思う。あの人、とは美妙を指すのだが、彼女は、美妙によってみずからの内なる魔性を呼びさまされていたのだが、それとちがう静けさを稲舟は樗牛に感取したのだ。

一度深い情を結んだ女石井とめに対する美妙の無残なとりあつかい。その四離滅裂な言動。そういうものを骨身にしみて感じた稲舟にとって、荒海をかえってきた船を迎える凪いだ港のように彼女には樗牛が見えた。

「イヤおれのやうな老人は、今の小説家とかいふ者の才学はどんなものか、品行はどんなものか、一向に知らないが、しかし昔の戯作者などといふものは、大抵普通のまじめな人間とはちがっての、いはゞこれといふきまった職業もなく、しっかりした学問もなく、マアきゝかぢりの漢学か何かを、どうやらこうやらつかひこなして、俗人を驚かせたやうな質のもので、其上品行なども皆みだらなものばかりで、つまり其持って生れた小才で、世の中を胡麻化して、一生貧しく賤しく送ったものばかり多かった」(「五大堂」)

右の会話は、糸子の父親が作家今宮丁が家に出入りするのを知って話す作家についての感想なのだが、これは、稲舟がみた美妙の映像とも重なっているようである。幽霊の正体が枯尾花だった、というほどの失望を美妙に持った稲舟は、その反動として、美妙とは対極的な樗牛に心傾けたとしても、無理はない。

稲舟は死力をつくして「五大堂」と「唯我独尊」を書きあげた。

病気に蝕ばまれていた稲舟は、それでなくても繊弱な肉体を酷使し果てていた。

婚家における家制度の中での姑からの重圧、そこから逃げかえった生家でもまた、中野秀四郎と結婚してかまえた妹の富がいたのだ。「場」がない、自分の生きる場がない、と稲舟は思った。このような時代に生きのびるのはむしろ浅ましいようにも彼女には思えた。それに、弱り果てた神経にとって、存在すること自体、肉をまとって生きつづけることじたい、重苦しいばかりであった。

稲舟は死にたい、と思いつづけるようになった。それはいまはじまったことではなかった。熱愛しつづけた美妙の心の裏側を見たときからそれはいっそうつのったのだが、それより前、ずっと小さい時から、彼女は生存について、それ程の執着はもっていなかった。

「私は幼少い時から何となく世の中のつまらないといふ事に気づいて…」(「鏡花録」)

彼女は自分の厭世的なものは小さい時からあったのだ、と説明する。それに加えて失意と肉体的衰弱が彼女を生につなぎとめておくことをいっそうできにくくした。稲舟は生存を浅ましい、と思う。腐りやすい肉につつまれた肉体をうとましいとも思う。稲舟は最後の呪いの力をこめて紙をひろげ筆を走らせる。「一度は画師にならうかと」思いこんだ時もあった者の、それは筆勢だった。白い紙の上に彼女が描いたものは、一個の髑髏であった。

「おもへば、くしく、はかなしや、夢にもにたる世の中を、心のままにおくるとも、みちを守りておくるとも、よきもあしきもつひにゆく、死出の山路はかはらぬを」(「月にうたふ懺悔の一ふし」)

どのような生を送ろうと、最後に辿りつくのは死しかないのだ、と彼女は画を描きながら呟く。

稲舟は、人はいろいろな形状の肉につつまれかくされているが、それを剝いだところには、この一枚の紙の上に描いたほとんど無性格な髑髏があるだけなのだ、と思ったのだ。瘦せた白い頰におくれ毛をたらし、白い紙の上に髑髏の絵を描く若い女というのは凄絶な光景である。稲舟の目の前には、死の冥(くらが)りが見えるだけだった。

浅ましや骨をつつめる皮一重まよふ身こそはおろかなりけれ

稲舟は髑髏の絵のかたわらに、このような歌を書いた。

稲舟の健康状態は、とうに危険区域に入っていたのだが、彼女の余命がどれほどもないだろう、と思っていた家の者たちは、筆や書物を離さない稲舟を遠まきにして見守り、好きなようにさせておくことがせいいっぱいの有様だった。

八月のはじめ、暑さのさかりという日であった。稲舟は、細い命でやっと握りつづけていた筆を置いた。怨念のごとく想いつづけていた「五大堂」も完成し、未来時間に希望を托すべき作品、「唯我独尊」も書きあげたのだ。この二作は彼女の死後に遺作として発表された。

重なる苦渋と、肉体の弱りの中で、彼女はゆっくり眠りたい、と思った。まとまりのない想念が雪のように彼女の頭の中に舞いちり、意識がとりとめなくなっていくことだけが彼女にわかった。

〈とにかく少し眠りたいわ、なんとかして眠らなくては。ねむり薬をすこし飲んでみよう〉

稲舟は二階の自室から下に降り、薬局の棚の上の薬瓶から、睡眠薬を持ち出した。だれも見ていなかった。

八月五日の午前中、稲舟の様子を見にいった家の者が、布団の上に横たわってせきあげ苦しんでいる稲舟のただならぬ様子を見、急いで父の清をよびに走った。この時の稲舟は多分死のうと思ったのではないかもしれない。だが、身心の弱り切った者にとって、生死のけじめがつかなくなるのは物理的な状態だから、彼女が死にむかって転り落ちることを平気でするのもありうることだ。

この時は、医師である父清の必死の看病で稲舟は立ち直った。

「一度艶麗なる筆に文壇の老将を驚かせ、二度美妙斎と自由結婚して粋士を騒せし閨秀小説家稲舟女史田沢きん子は鴛鴦の暖褥からずして良夫と別れ暫く悲嘆の憂き月日を送りしが、失恋の余り先頃草深き山形にあり、月に謡ふ懺悔の一ふしを読売に寄せて其儀毒薬を服し浮世の羈絆を脱がれんとせしが、父なる君の介抱にて蘇生せしも、其後の経過宜からず、日増に身体衰へて目下危篤の模様なりとか。あはれ薄命なる人なりけり」（九月三日「東北日報」）

当時の新聞には彼女のことが、このように報道されている。この報はまたしても、東京の各紙に伝わって、さまざまの噂がとんだ。そして重態の床に伏す稲舟の未来を暗示予告するような、暗い呪いに塗りこめられた彼女の作品「残怨日高夜嵐」ののった「智徳会雑誌」三十一号が、このような状態の田沢の家に郵送されてきたのである。

終焉

八月五日以後重態をつづけていた稲舟は、家の者たちの手厚い看護により一時もち直すかにも見え、床の上に起きあがったり、すこしは歩けるようにさえなった。しかし、先に父清が嘯月生氏に語ったように、もう一年はもつまい、という状態のところに彼女は睡眠薬を飲み衰弱してしまったのだ。

秋風がかすかにたちはじめると稲舟はまた急速に弱りを見せた。

明治二十九年九月十日、午前七時十五分、稲舟が横たわる床のまわりをかこんでいた近親者たちは、稲舟のやつれた白い頬が、苦しい呼吸によって震えつづけていたのがはたりと止んだのを見た。臨終であった。

享年二十三。

初秋の朝の光が、人間の生きる道を探しつづけたうら若い額の上に落ちた。

「まよいあやしき執着も、思えばにたる姿かな、しるすもわりなきすてし世を忍ぶにかいはなけれども……」（「時鳥」）

稲舟の魂は「まよいあやしき執着」から解き放れて、真に自由になったように見えていた。稲舟は、死化粧をほどこされ、正装し、手に紙と筆をもたせられ、棺に納められた。

九月とはいえ、まだ日中は夏の名残りをとどめて暑かった。葬儀は、九月十二日の午後一時に出棺し、般若寺にはこばれ、とり行われた。正装していたために、火葬に時間がかかり、二度火葬されたといわれている。

戒名は「浄徳院真如覚大姉」である。

稲舟の墓石には、ただ「田沢錦子墓」と刻まれているだけである。

この稲舟の死によって、美妙の社会的な地位は決定的な失脚につながってしまった。世評は美妙に対して鋭く迫り、稲舟の死を彼に突きつける者が多かった。美妙は稲舟の死により、彼の死の明治四十三年までの十五年間、日陰者のような生を余儀なくさせられたのである。

だが、日陰者にさせられたからといっても、美妙の仕事は残ったのであり、そこのところをはっきりと認識しておかねばならない。

終　焉

跋文

真　壁　仁

田沢稲舟は樋口一葉と同時代に生きて、稀有の美貌と才稟にめぐまれ、文学の上でも耽美妖艶の花を大輪に咲かせる閨秀として期待されながら、あたら二十三歳の若さで散った。

同郷の詩人作家である伊東聖子さんは、この薄命の女人を明治開化期の混迷の闇から照らし出し、犀利な批評眼と明晰な表現で解明してくれた。一葉との異質性、山田美妙との愛の惑溺と離反、そして透谷や樗牛とのかかわりなどに焦点をすえ、当時の社会、風俗、農村の動向などを見透しながら、稲舟の現実にたいする不収斂の体質と、不安や懐疑を通しての変化成長のあとをこまやかな筆致で描き出していく。田沢稲舟の明治文壇における存在の意味が、著者の新しい解釈によってはじめてここに提起された。硯友社を去って言文一致の主張と実作を掲げ、黎明期文学の旗手であった山田美妙がやがて失脚するまでの、文学と人間の自己分裂の姿もするどくえぐり出されている。これは小説的方法を駆使したはじめての稲舟評伝として、明治文壇史の欠落をみたす力作である。

（まかべじん・詩人）

あとがき

山形県というのは、日本の中でも殊に湿った風土で、私の生まれた所でもある。

明治七年といえば日本の近代は名のみの混沌の中で、山形県のはずれ鶴岡の町医者の娘として田沢稲舟は生まれた。無口で夢見がちなこの女の子は、筆をもち言葉を書こうとした。明治の表面の欧化の波の底で、日清戦争前夜が用意されていたというような時代の只中に東京に出て、この時代の裂け目を代表する若い作家・山田美妙を愛し、その愛に破れて死んだのである。

代表的な作品は五作ほどであるが、十二歳頃から筆を握り、二十三歳の死までの十年間の作品は、二歳年長の樋口一葉の流麗な文章と人間のつつましいかなしみを知る文体とちがって、それは未分化ながら、夜明け前のあくなき自由への渇望を表現しようとする、滅裂なまでの格闘の悲惨な軌跡が描き残されたものである。

日本の文化史上最大の混乱期、各思想も凝固を見ることができないとき、言葉による自己提示をなそうとした稲舟のエネルギーは、いま在らしめられている時間の中から眺めかえしても、なお強靱なものであったと思わせられ、私の八年間に渡る稲舟の生の追跡ははじまった。

その稿は、山形新聞紙上に昭和四十七年十二月十九日から一九六回にわたって「炎の佳人・田沢稲舟」として連載され、そして今回、それを基にあらためて稿をおこし、一冊にまとめることになったのである。

こうして出版されることになったについては、推薦のお言葉を賜わった詩人の真壁仁氏、山形大学の新関岳雄氏、いまは故人となられた山形新聞社の近藤侃一氏のほか、田中良一氏、そして東京での山形出身の友人である後藤成氏の多大なご好意のもとにあったことを、東洋書院斎藤勝己氏への感謝とともに、記して謝意を表する次第である。

昭和五十四年五月

伊東聖子

［書評］

倫理的桎梏との破滅的な苦闘

夭折した明治期女流の運命を辿る

黒田喜夫

これは歌人伊東聖子による同郷の女流作家・田沢稲舟の評伝である。田沢稲舟は日本近代――近代文学のまさに黎明期に、樋口一葉らと同時代の人間的覚醒と表現的覚醒のこんとんを負って、つまり、その時代にものを書き始めようとした女性の、女性たる苦闘と命運を負って、いわば一瞬の特異な花を咲かせたまま二十代始めの命を絶やした明治期の才能の夭折者の一人である。

いま特異な花などといったのだが、その特異さとは、例えば同じ痛み多い非命のひと樋口一葉の表現が、「終生むくいられることのなかった物質的不遇の現実に根ざす……日本近代初頭の庶民の物質地獄の様相を証言した抒情詩人」（本書・序章）としてのものであり、「庶民のもつ弱さ、哀れさ、愚かさ、ずるさをゆるすところに成立し……弱者への深いゆるしと祈りを思わせるもの」（同）だったとすれば、一葉より一年歳下の稲舟のそれは、稚拙なままに反世界的に「自己が美とみなすものからはずれた精神、事柄についてゆるさないところに成立する」「ときに美に耽ることさえあって、たやすい救済など拒絶する、むしろ悪意に彩られた」（同）といえるようなものだったということである。じつは取りも直さず、こういう引用部分の見方が、著者のこの同郷同性の先人に牽かれ、短いその生涯の営みを証しだてようとするモチーフを示してもいるわけだが、日本近代の始りの、社会現実と個々の観念世界ともどもの多層性・二重性の内で、特に後進風土とその倫理的桎梏から身を起し、生身としては当時言文一致運動の旗頭だった文壇のダンディ山田美妙との恋愛結婚――破たんののち命を絶やし、表現としては当時のどんな女流文学とも甚だ異質な嗜虐・耽美的な官能描写などをもっていた薄命の先人への共感と、その共感をどのようにかこえて了解と批評にいたろうとする切実な企てがここにはある。

著者は、田沢稲舟の生れ育った町（山形県鶴岡）を何回も歩き廻りながら、「稲舟が死んで七十数年、…稲舟が短く生き…死んでいったこの町の体質がどれだけ変ったものか…稲舟の激越な生や悪意に彩れたその作品を丸ごと理解し抱きとめることのできる人が、いまにして何人いるだろうか」と思ったと冒頭で述べているが、この時間の遠近は、時代（の劇性やしんじつ）はいかなる者の生にでも映しだされる、それをこそ視る、という思念と方法の手探りによって著者の現在《いま》されようとする。一葉や稲舟の同時代において、「平民の女たちにとっては、書き言葉文化は時代のうわずみのことであって自己からは遥かに遠いものであった」が、田沢稲舟は一葉のように言葉から遠い者たちの方へ身をよせるのではなく、それから離れる、離れざるを得ない自己の現出を激しく余儀なく生きることによって、時代を逆に映しとっていたと著者は述べるのである。

一つの時代に言葉から遠い者たちに身をよせるのではなく離れる、離れざるを得ないことにおいて自己の美を樹て、倫理的桎梏との苦闘を破滅まで通すような生、そこに著者はなお時間をつなげて自分と重なる同性の言葉をもとうとする「出発」を見ているのだが、その共感から同化してしまうのではなく、稲舟という（明治文学史の）一欠落における女性《ひと》と時代の劇を了解しつつ批評し得る、一種勁い文体を著者はつくりだしているようだ。それはその了解と批評によって、田沢稲舟のような時を先走る反自然的な表われが、じつはここで倫理的桎梏とよばれたり後進風土とされたりしたものと時代との劇性の受動を、稚くて破り得なかった余儀なさの、いわば耽美的自然なのでもあることを、ほとんど視るところまでいっているように思える。（「週刊読書人」一九七〇年掲載）

（くろだきお・詩人）

社会評論社版あとがき

「いな舟、稲舟、かの主、羨れ候……」

田沢稲舟より二歳以上の樋口一葉は右のような言葉を、自分の歌稿の余白にいたずら書きをしている。以前「近代文学館」で一葉の日常着を展示したのを見たのだけれども、それは、別々の色柄の布地をつぎはぎして仕立てられた粗末なものであった。着物の仕立物の賃仕事をしていた一葉だったから、一葉自身が仕立てたものだったかもしれない。

比するに稲舟は、医師の父と、米商や銭湯経営までした、日本資本制形成の初期に見うけられる理財にたけた母に守られ、お姫様然とした暮しを続行できていたうえ、近代日本の最初の文学結社となった「硯友社」を、尾崎紅葉・石橋思案・丸岡九華らを動かしてたちあげ、言文一致運動の旗手となった山田美妙に稲舟が愛されたことは、一葉にとっての羨望事となったものであろう。一葉が意中で想いつづけた師の半井桃水に一葉は終生、想いを語ることはなかったと伝えられている。

日本近代をかたちづくるにはまだ遠く暗いとき、政治、経済、文化、宗教のエネルギーの混淆流亡散逸裂開のただなかで、中島歌子・三宅花圃・若松賤子・樋口一葉・北田薄氷・大塚楠緒子・伊藤替花、そして田沢稲舟の女の作家たちは、時代におけるモノ・コト・ヒトのハヴィトウス（生活慣習＝M・フーコーの説意）を証し、〈言葉〉を書こうと苦闘を展開していたのである。

明治期に主に活動し、日本の近代文学をかたちづくっていった先述した女の作家たち、歌人・自由民権運動者たちの多くは、稲舟を含めて、日本の中の上層部に属した者が多い。たいていの庶民の女たちにとって、言語文化〈書き言葉文化〉は、時代のうわずみのことであって、まだ〈自分〉からは遙に遠いものだった。

稲舟が生れた明治七年は、彼女の生地である山形の鶴岡に学校が数多く設立された年であるが、教育令はなん回も改正され〈脱亜入欧〉との近代化政策のぶれのなかで、軍国主義教育の発端はできあがっていき、日清→日露→日中→太平洋の各戦争の基礎を固めていくこととなる。

国外のロシアでは、世界の〈大きな物語〉の発端となった、知識人らによる〈人民の中へ（ヴ・ナロード）〉の運動が起り、フランスではフローベールが、「エンマ・ボヴァリーは私だ！」フランスのいたるところでボヴァリーは泣いている、との世界にひろがった名セリフを残して「ボヴァリー夫人」を書きあげていた。稲舟の魔にでもとりつかれたような文章は、近代化政策がなだれこみつつもいまだみじろがぬ、庄内藩から三百年余の支配をうけつづけた、倫理的桎梏にむけた、彼女の孤独な牙としての言葉だったのである。フローベールが書いた、西欧近代のはじまりで引き裂けたグロテスクなエンマ・ボヴァリーの姿は、稲舟の存在のたたずまいとよく似ていたし、中世迄は神が座っていた場所に座ることとなった、あらたな〈明るく透明な巨悪〉を生みだしつづける世界内ヒト／ジンルイの頭上には、いれかわっての機械―神と銭―神との合成神が居座って啼きはじめて〈いま〉にいたるのである。

稲舟の身体存在及び言葉は、はからずも近代（モダニティ）のヒト／ニンゲンの表裏を証言することとなった。「浅ましや骨をつつめる皮一重迷ふ身こそは愚なりけり」との一首の歌を残して稲舟ほ死んだのであるが、それから百年してM・フーコーは〈人間の終焉〉を提示したのだ。経済主義を防ぐことができず、ひろがりつつある高度消費都市型社会⇅高度情報化社会と地球の人口爆発の状況は、言葉でモノを指示しにくくさせ、言葉とモノを支える統辞法を崩れさせた。

ものを書けば、紙の原木を殺すとの環境との矛盾のなかで、ものを書くという現実がある。

本書は「山形新聞」に二〇〇回近く連載したものを元に手直しし、一九七七年に東洋書館より上梓した『炎の女流作家・田沢稲舟』の新版である。新版刊行にあたって、旧版の訂正はいくつかの誤植にとどめた。また旧版刊行時の故・詩人黒田喜夫氏による書評を収録させていただいた。

この『作家・田沢稲舟』を書く私の態度としては、明治という時間―生活構造を眺めかえすということではなく、「事実だけは腐らない……」との理念のもとに、できうる限り明治の時制のただなかのモノ・コト・ヒトに臨在、憑《ひょう》依《え》して、そのハヴィトウス（生活慣習）の全貌に迫り証すことができればと念願し書いたものである。この一書を成すにあたって支えていただいた社会評論社の松田健二氏ほかの方々に心からの謝意を表するしだいである。

二〇〇五年二月

伊東聖子

伊東聖子（いとう・せいこ）
山形県生まれ。
東京都武蔵野市在住。
作家・俳人・歌人・文芸評論家・映像作家。
キリスト教神学を専攻。牧野紀之に師事しヘーゲルを探究。小説や詩で山形新聞社賞を受賞。『女と男の時空』（全13巻）の編者としてフランス政府に招待表彰される。「角川短歌賞」に20句入選。
映像——『日本の表現者たちの昼』『山谷』『方形のフォルム』
写真——『舞踏者たち』『大野一雄を写す』
句集——『永劫回帰』『対応宇宙』（パラレル・ユニヴァース）近刊。
小説——『新宿物語』
歌集——『透視』『睡蓮曼荼羅』ほか。
評論——『家族と人間』（共著）、『女の系譜』

作家・田沢稲舟——明治文学の炎の薔薇

2005年2月25日　初版第1刷発行

著　者——伊東聖子
装　幀——桑谷速人
発行人——松田健二
発行所：株式会社社会評論社
東京都文京区本郷2-3-10
☎03(3814)3861　FAX.03(3818)2808
http://www.shahyo.com
印　刷：太平社＋平河工業社＋東光印刷
製　本：東和製本

ISBN4-7845-0930-5